逃离洛杉矶

2020

淡巴菰 著

中国文联出版社

图书在版编目（CIP）数据

逃离洛杉矶 2020 / 淡巴菰著. -- 北京：中国文联出版社，2022.3
ISBN 978-7-5190-4821-1

Ⅰ. ①逃… Ⅱ. ①淡… Ⅲ. ①纪实文学－中国－当代 Ⅳ. ①I25

中国版本图书馆 CIP 数据核字(2022)第 017953 号

作　　者	淡巴菰
责任编辑	卞正兰
责任校对	胡世勋
封面设计	鲁明静　汤　妮

出版发行	中国文联出版社有限公司
社　　址	北京市朝阳区农展馆南里 10 号　　邮编 100125
电　　话	010-85923025（发行部）　010-85923091（总编室）
经　　销	全国新华书店等
印　　刷	中煤（北京）印务有限公司

开　　本	710 毫米×1000 毫米　　1/16
印　　张	19.75
字　　数	203 千字
版　　次	2022 年 3 月第 1 版第 1 次印刷
定　　价	58.00 元

版权所有·侵权必究
如有印装质量问题，请与本社发行部联系调换

序

瘟疫时代的美国众生相

读完淡巴菰这部书稿的第一章,我不禁长舒了一口气——虽非战乱,她陪老母从洛杉矶逃回北京一路的惊险波折,在她幽默从容的叙说下,引人入胜而又揪心扯肺,最后则让人有劫后余生之庆幸,并再次想到那句绝非完全是戏谑的话:活过2020!

这是女作家的第三部关于洛杉矶的纪实散文,与《我在洛杉矶遇见的那个人》《在洛杉矶等一场雨》一样,这是又一卷中国女性视角下的美国众生相,只不过背景是瘟疫笼罩地球的2020年。这种以域外亲历为线索的文字,既冷静客观,又温暖平和,我认为实属难得,是很值得国人一读的,故由衷推荐!

个体所患曰疾;群体所患曰瘟;瘟而广则谓疫——统言之为病。汉字表意,着实确细。

自新冠疫情在全世界迅速蔓延以来,国内外已陆续出版此类作品,或可称为"疫情题材"。淡巴菰这一部,算是出得较晚一些,却颇具新意,我读后,有三种特殊感觉。

一,真切可感的命运传奇,具有牵人心魄的可读性。疫情初期，作者采风于美国。她七十多岁的母亲不顾老年病缠身前往，初心是探望女儿，也了却异国居游的夙愿。不料风云骤变，而迫切想要回国时，受疫情影响，一波三折，至使归国之行，如同逃亡。从准备回国，到终于脚踏国土。不难看出，作者将每一步的挫折、沮丧、期待、感激都实时记录，成书时才精心整理梳理，献之于读者。母女二人，诚可谓经历了同生共死般的心理折磨与考验，而作为女儿，其职责所系，焦虑、忧虑，个中的感受更为真切。这一章节使我仿佛在读惊险小说，具有甚强的代入感。我为作者的叙事水平点赞。

二，复合性的视角——主要体现于后面回溯在美国的社交与见闻部分，使该文本具有独特的创作笔法。这一部分中，又以与形形色色的美国人的交往最显特色。作者曾是国内非常出色的文化记者，故其看人看事，有记者本能的敏感。她又是女性，其记录便多了种女性特有的细腻。她还写诗、创作小说（代表作《写给玄奘的情书》），作为文学女性，其描写又多了作家角度，文笔之文学色彩有在。她还是有生活情趣的女性，爱植物，喜欢侍弄花草，乐于下厨，这使她看人看事，聊天的范围，不但又再多了种女性的普通生活视角，也使此书具有了生活气息。此书文笔特点鲜明，乃是一种优秀记者驾轻就熟的报道体与散文笔法小说笔法的自然结合——前者使其文笔洗练；散文笔法使其叙事从容而优雅；小说笔法使笔下人物生动，似可见。我也要为作者这一独特的文采点赞。

三，该书信息量颇大，起码对于我如此（我相信是记者本能的对历史事件的敏感让其有意记录纳入的）。明明写瘟疫时代的美国人生活，又不仅限于表面的记录。比如，不读此书，我还真不理解美国的私人持枪问题为何有如此大的争议。读后我才明白，拥枪者乃沿袭着如此强硬的传统逻辑：枪支销售在瘟疫开始肆虐时期大幅上涨，而人们排队抢购是为了必要时真枪实弹地保卫家园，以对付铤而走险之徒对自己和亲人的袭击。一对年龄加起来超过一百五十岁的老人，家中竟备有长短枪13支之多。若非作者所记，听别人说我会当成是戏说，在别处看到那段文字我会认为是流言。仅此一例，启发我们理解一个国家及其人民，理解他们的文化传统及其秉持的逻辑，或不应简单化地予以判断吧？又比如，此书向我们解释了，为什么那么多美国老百姓成为了"川粉"；又为什么那么多美国人不相信中国之变。可贵的是，作者记述以上诸事的文字，没有丝毫"唯我独尊"的优越感。当彼国人大谈自以为是的中国"问题"时，这位曾做过四年驻美文化外交官的女作家，其当面解释有理有据，心平气和，表现得既有涵养又有诚意，不卑不亢。而这，也可以说是此书的纪实品格。

在我看来，《逃离洛杉矶2020》是一部中国特殊女性视角的，呈现疫情阴影之下美国诸类人等心理和日常现象之备忘录，即便冰山一角，却有着档案般的社会意义，非常值得阅读与关注。

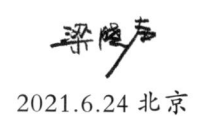

梁晓声

2021.6.24 北京

| 目录 |

引言	1
30小时水米未进的归程	8
醒目的红字	74
栀子花祭	90
烫嘴的口罩	104
Let it rain，让雨下吧	116
两个只有80岁的老头	130
瘟疫中的典型一天	166
泉下有知否	192
植物大战新冠	224
独自去天堂打高尔夫的迈克	260
重回洛杉矶	296

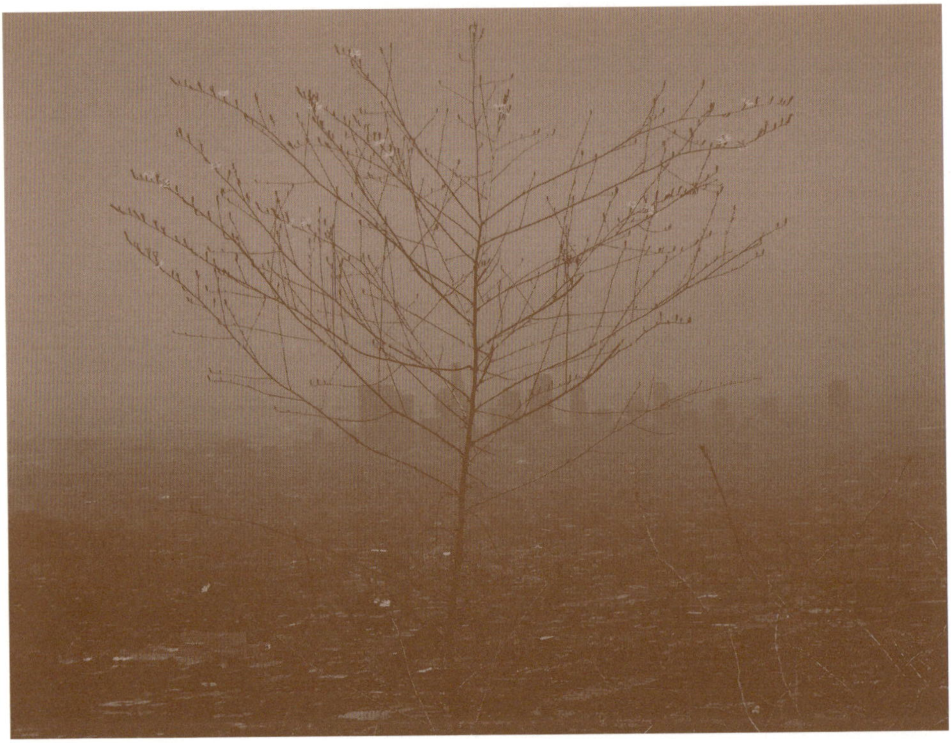

引 言

2020年11月18日,是我和母亲在深圳隔离的第七天。

早上九点,着白色防护服的医护人员敲门,并非每天早上按惯例来给我们测体温,而是通知我们去楼外的长廊下做隔离以来的第二次核酸和血清检测。望着他们一行离去的背影,我忽然想,也不知从何时,地球人已经习惯了看到全身穿戴得像宇航员的人在四周走来走去,只不过他们的服装是一层塑料膜,没有宇航员那么厚重结实。

由于我们的航班抵达在晚上,经过一系列安全与核酸检测后直接入住酒店隔离,这是我们这一飞机人踏上国土一周以来第一次沐浴到祖国的阳光。核酸检测,不仅是使用率最高的词汇之一,也是我们这一行人最熟悉的流程。第一次核酸检测是飞机落地后的两小时左右的夜半时分,在机场临时搭建的许多低矮但便利的小隔间。而在上飞机之前头一天,我和母亲刚在洛杉矶做了检测。

楼外遇到几个同样等候检测的人,对着那温热的太阳,都下意识地眯着眼。三百来人尽管乘同一架飞机横跨太平洋赶回来，15个小时共处一个机舱，即便曾有机会打照面或相邻而坐，由于一直都戴着口罩甚至面罩，我们这五十个人后来又同吃同住在同一酒店一周，再见面互相打量，仍然是完全陌生的面孔。但看得出，在那长廊下保持着距离挪着步子，彼此互相投放的眼神里是掩不住的难兄难弟般惺惺相惜。那是共同经历过一些痛苦或磨难的人才会辨认得出的特殊信号，存在着两个基本意思：一层是自怜，"咱们这一趟真不容易啊"；另一层是自励，"再坚持几天就胜利在望可以回家了"。可能还有点自勉，"大家千万都好好的，一个人都别出现意外啊"。但凡有一个人结束隔离前被检测出阳性，相关的其他人，比如飞机上邻座者，从机场乘大巴到酒店近距离接触者都会被延长隔离日期。

在室内憋了一周，每个人都像鱼儿渴望着水一样向往着久违的阳光，真走起来脚步却都有些迟缓发飘，好像久困在床的人终于下地却已经不习惯走路了一样，下意识里要思考斟酌一下才找得到适当节奏和步伐间隔。

不同于美国那短短的棉签试探性地在鼻子或喉咙部蘸几下（美国许多检测点医护人员还不出手，而是让被检测者自己坐在车里取样），国内的棉签不仅长得多，对我们这些从疫区回来的还格外小心，鼻子喉咙同时都测。抗体检测也不似在美国的扎指血，而是抽静脉血。但国内的工作人员显然要麻利熟练得多，几项都做完也不过五六分钟时间。不同于七天前在机场的测试我只是感觉到片刻的鼻子酸楚，这一次则头部隐隐作痛，倒不是因为那静脉血抽在我的小臂中间青紫了一块，而是那棉签探入鼻腔太深，似乎直捅天灵盖一般酸楚，头也跟着疼了起来，有点像感冒初起的症状。

我以为这难受一会儿就消退了，没太在意。但过了一会儿我居然喉咙发痒咳嗽了几声，心一沉，我突然有些不安，这不会是感染病毒的初期症状吧？我大步走回去把我的疑虑一股脑儿倾吐给一位面目年轻但神色很老练的护士，她正举着采样试管核对下一个受测者的姓名。"没事，以前也有人有过这样的反应。过段时间就好了。"

我妈想磨蹭着多晒会儿太阳，多看几眼青枝绿叶，坐在路边的石条凳上用手机拍着那巨人般的香蕉树。我也立在一边儿拉伸着后背，眯着眼沐浴温暖的南国阳光。"后面还有人在等候检测，不要距离太近，还是请您尽快回屋吧。"三步一岗五步一哨的保安同情却又得守规矩，催促着我们回房间。

我揉着仍在酸痛的太阳穴和头顶躺下，看到床头放着的手机有几条留言在闪。

"牛！你居然买到机票回国了。我回不去了。"来自金牌编剧 Z 先生。我似乎听到被困在洛杉矶的他那无奈的叹息。据说美国疫情期间滞留的逾期外国探访者已经超过 610 万。想想都让人同情：国际航班熔断，有家回不去。而许多滞留者为了延续签证好取得在美国的合法居留要平均等待 17.5 个月！

"这个庚子年辛苦啊。我在欧洲的那些朋友只有一个成功回国。全都动不了。"来自旧友老北京人 M。十五年前我们曾共同出版一本杂志，我也有缘结识了他已经移居欧洲的几位发小儿。

"等有机会了跟你请教回国经验。"洛杉矶的华人教授 T 道。他是木心的挚友和其作品的译者，我一周前曾接到他电话打听如何去领事馆办加急签证回国，远在西安的九旬老母病重，持美国护照的他纵然拥有多次往返中国的十年签证，疫情当前，那签证功能暂停，没紧急特殊原因他是不能回乡省亲的。

"我女儿刚大学毕业，学校在西雅图，她先飞到洛杉矶，然后飞到广州，隔离两周，飞到天津。我本来打算去接她回沧州的家，没想到她刚下飞机就被沧州派的 120 救护车直接拉走了。拉到沧州被要求再次隔离两周！路上花了整整一个月时间！"聊到女儿的回国路，我那在某私募基金做得风生水起的师弟 X 哭笑不得，"可能也正因为这层层加码的严控，才保得一方安宁，我们沧州半年来还真没有一例新增感染病例。"

无论身处何方，无论男女老幼、黑白贫富，谁都知道，这个世界已经被那小小的病毒折腾得乱了套了。

我想起在宾馆排队等候检测时和一对老夫妻的闲聊。"这一年没干别的，从三月开始，光跟机票较劲了。订票，取消。再订票，再取消。现在眼瞅着就年底了。我们住芝加哥，为了做航班起飞前 48 小时内有效的核酸和血清检测，提前两天先飞到洛杉矶。亲戚倒有，可谁敢住人家里呀？好在酒店都空着，也不贵⋯⋯唉，总算回来了！"太太是个瘦弱的戴眼镜斯文人，一脸的寡淡，那是生活在非母语环境下惯有的无归依感表情。

"我们平时往返也不过八九百块，这次每人花了两千多美金，还是单程。还不算从芝加哥飞洛杉矶的费用。现在据说三四千都一票难求喽。咱们这个航班最近很有可能停飞。美国疫情太严重了。"先生也是个知识分子模样的人，沉默慎重的样子，可能在房间憋久了，此时也有几分健谈。

我本来这几日一直在犹豫是否要把这一趟特殊的行程和在洛杉矶那个山谷里的疫情与生活记录下来。口罩消毒液短缺、闭门索居、封城、航班取消、在家办公、核酸检测、抢 ICU 病床、示威游行打砸抢……全世界看似相同的瘟疫相同的困境,却有着太多不同生动的细节与故事。一沙一世界,一花一天堂。我相信没有哪个人的抗疫生活是一样的。我决定还是要不厌其烦,甚至有几分不堪回首地把这些不可思议、不可复制的日子记录下来,权当是给这场全球灾难做一个小小的私人注脚吧。

可是对于灾难或重大事件,我们人类到底能记住多少记住多久?

扪心自问,人生中那许多我们曾自认为永生不忘的时刻,究竟还记得几多?

有多少女子还记得自己初潮的日子?初吻的地点,或者,和爱人第一个夜晚窗外的月亮是圆是缺?或者,第一个孩子出生的啼哭声是响亮或微弱,以及初为人母、喜悦地为婴儿穿上的第一套衣服的花色?

那一幕幕,无论当时让人多么激动、兴奋,而又刻骨铭心,暗暗发誓永生不会忘记,多年以后,我们只能诚实地哀叹,那些模糊了的印记,远没有牛背上的烙印更清晰永恒。

那跟现实关联更紧密的事情呢,——你激动地领到人生中第一个月工资的数额,你费尽心思设定的首个银行密码,你儿时父母家的门牌号,你慈爱的祖母去世的日期,你痛不欲生为爱而失眠的理由……时过境迁,它们都会如贝壳石子,被时间的潮水覆盖、冲淡,就像从未发生过从未出现过,再如何努力回忆都无能为力。

这本书和它记载的细节,我也相信,很快会被遗忘。我更希望,许多都并未发生过。

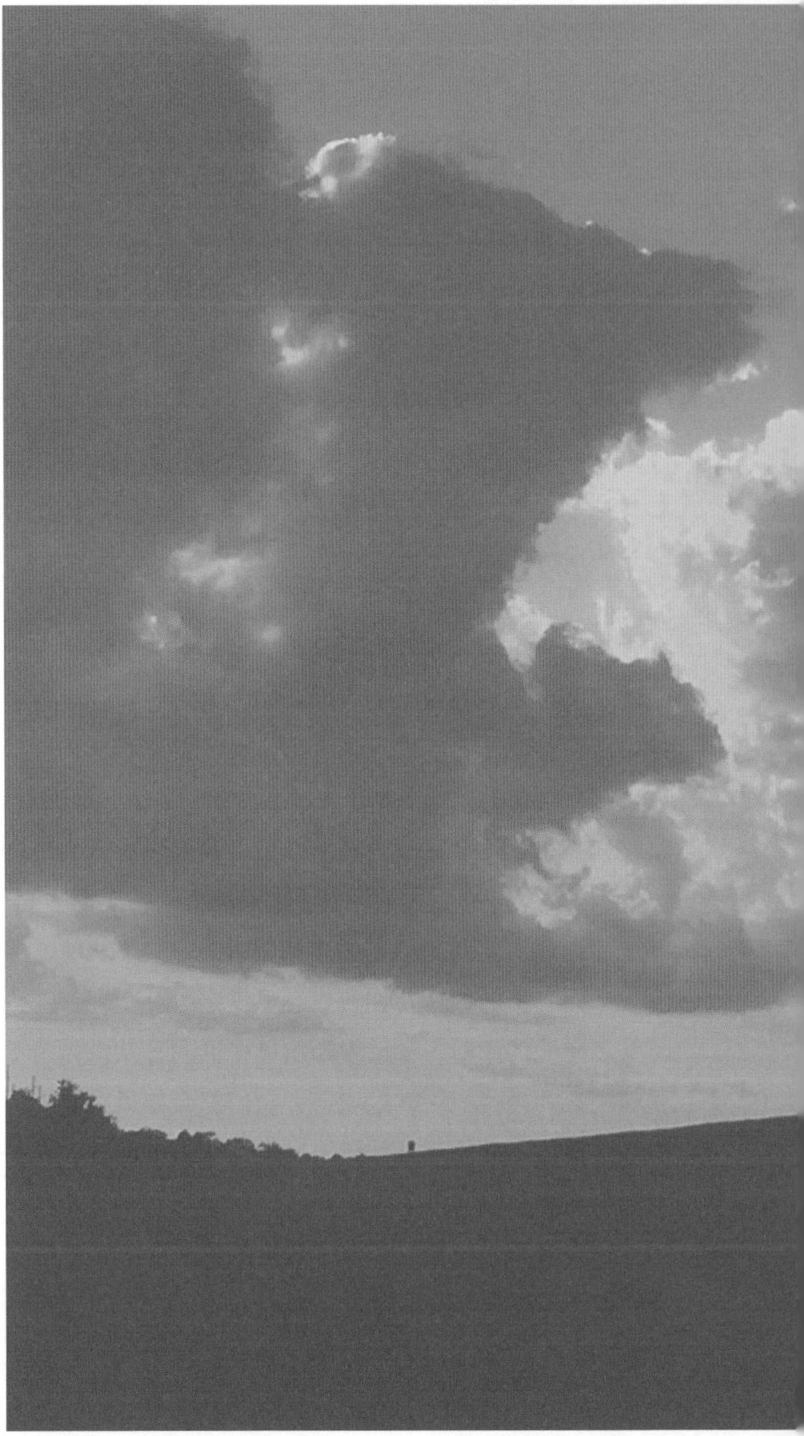

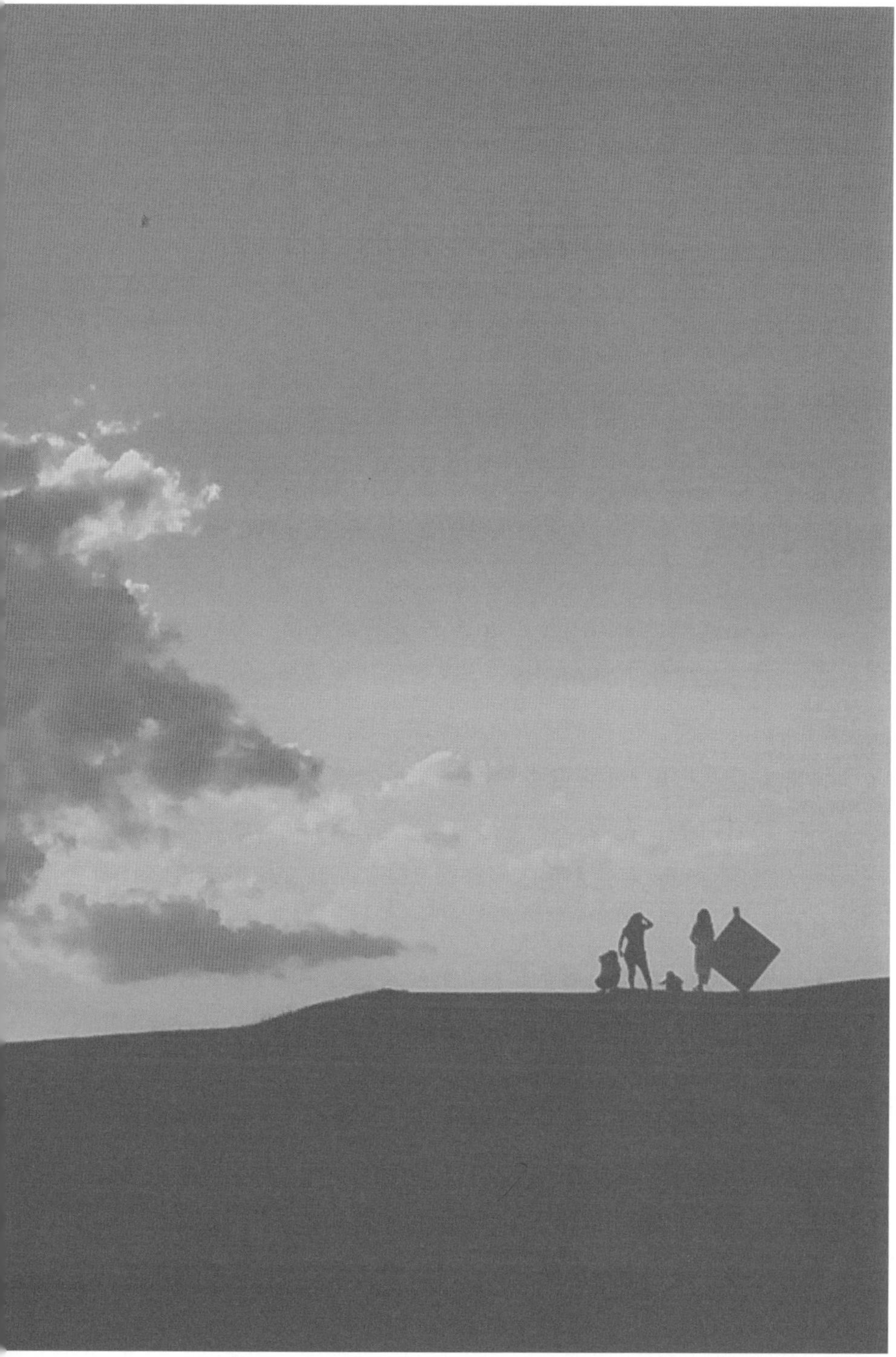

30 小时水米未进的归程

1

从未踏出过国门的我妈 2019 年突然决定要去洛杉矶看女儿。于是，在外孙的陪同下，初冬时节不顾糖尿病与高血压两座大山的威胁，74 岁的老人飞到美国。预计停留 4 个月，等中国北方春暖花开了再飞回去。

我有时想，在我母亲飞越万里长空的时候，那个注定改写人类历史的病毒是否也已经蠢蠢欲动，伺机发出所向披靡的杀戮？

"去年这个时候，我们早就备好年货买好春联了。今年可倒好，除了你我，周围没有一个人知道春节是什么。"只能跟我一个人对话的母亲一边包着饺子一边念叨。

那天是腊月二十三，灶王爷上天的小年儿，在武汉大规模显形的病毒已轻松攻破了近六千人脆弱的身体，夺去了一百多人的性命。美国在 1 月 21 日已经发现了首例患者，但仍和整个西方世界一起自信地隔岸观火。没人想到城门失火，殃及池鱼的蝴蝶效应比任何一次都立竿见影。那小小病毒凶险可怖，不仅人传人，而且还空气传播！

国内亲朋们人人自危，关门闭户躲狼一样在家守岁迎新，个个惴惴不安。"打工的孩子们都回家了。一家老老小小除了吃三顿饭就是躺在床上发呆。这叫什么日子？"好在母亲用微信，不时和国内亲朋交流。

我也在网上读到湖北某导演一家4口12天内被病毒夺去了生命，禁不住唏嘘感叹，我们自诩为强大的人类在小小的病毒面前如此脆弱不堪一击。

母亲一边为亲人们担心害怕，一边又暗自庆幸自己这百年不逢的旅行帮她"躲过了一劫"。

可是这高兴显然有点早。

首先纽约很快成为重灾区，数万名医护人员前往救援，让人想到中国集全国之力救援武汉的义举。可不幸的是纽约没能像武汉一样度过危机，病毒之火很快燃遍全美，到三月底，美国确认病例已经超过中国，达85,954人，死亡1300人。4月中旬，美国五十个州全部进入紧急状态，并无一幸免出现死亡病例。

3月11日，洛杉矶出现了首个死亡病例。12日，我选修了三门课的社区大学宣布停课。

3月13日，一个真正的黑色星期五，时任总统特朗普不情愿地宣布全国进入紧急状态，工人回家、办公室关门、学校停课。

洛杉矶关闭了教堂、酒吧、健身房、公园。

19日，那长相英俊优雅的加州州长加文·纽瑟姆（Gavin Newsom）宣布整个加州居民要"Stay at home"，居家令生效。洛杉矶正式宣布全城禁闭，七〇后市长埃里克·加尔塞蒂（Eric Garcetti）恳请大家戴口罩，保持六英尺①距离。除非必要生活物资采买，所有人呆在家里。并声明"这不是请求，而是命令"。

23日，洛杉矶开始为高风险人群做核酸检测，主要针对有症状者和老年人。一周后，才开放对所有人进行检测。当时，全美感染人数为143,491人，2136人在洛杉矶。

仅仅一个月后，4月29日，这两个数字惊人地火箭式上升，全美感染者达1,055,303人，洛杉矶为22,485人。

三月底，同住一个屋檐下的美国鬼子杰伊开始在家办公。为了去办公室取回一个笔记本电脑，他需要打报告得到老板允许才能回到那进进出出了十几年的大楼。又过了不久，他们正在操作的项目因为一个Bug（程序错误）受阻，必须得有人回到总部在某台仪器上处理。他再次自告奋勇全副武装地钻进办公室，花了六个小时在另两位同事远程帮助下才清除了障碍。看着他回来后从双肩背包里一样样掏出口罩、消毒液、护目镜、一次性手套，还有那凯旋后兴奋的表情，让我想起电影《血战钢锯岭》里的战斗英雄。

每天，每个人都生活在与那看不见的病毒形影相伴的恐惧里。西班牙，确诊病例过十万，医护人员感染比例高达14.4%。

---

① 英尺：英美制长度单位。1英尺合0.3048米。

意大利，年仅34岁的女护士感染病毒后，"因为害怕传染给别人"，选择了自杀。而仅一周前，威尼斯一名49岁的护士在出现发热症状后投河自尽。德国、法国、加拿大不仅床位紧缺，而且四处采购口罩不得上演了抢夺与口水战。

母亲开始长吁短叹。她的返程机票已经被我们取消。生平第一次，航空公司没有收退票费，因为我们不得不取消：美国航空全面停飞中国航线了！自三月底，为了控制病毒境外传播，中国民航局开始实施"五个一"政策，一个航空公司在一个国家只保留一条航线，一周最多执行一班。该政策要求以三月中旬发布的国际航班计划为基准，而当时美国各家早在特朗普的命令下暂停了所有中美航线。到了六月初，美国交通部突然"以牙还牙"，宣布美方将暂停中国航空公司飞往美国，理由是中方没有允许美国航空公司提供来往于中美两国的航班。

隔着浩瀚的太平洋，中美两国间的航路彻底阻断了。

当务之急是给母亲申请签证延期，否则过了五月中旬她的居留就是非法。

杰伊默默地上USCIS（美国公民及移民服务局）网站下载表格，填好打印出来，连同一张五百多美元的支票，麻利地寄了出去。不久我们收到书面函告，让等通知去当地移民局办公室录指纹。眼看着录指纹的日子到了，杰伊说还是先打个电话过去确认一下为妙，疫情让人对秩序失去了信心，一切正常早已是奢望。对方声音冷漠地说别来啦，疫情严重，移民局办公室早就关门停业了。"明天就该去了，居然也不通知一声。幸亏打了电话，否则岂不是白跑一趟？"我很恼火这傲慢的理所当然和不可理喻。

"特殊时期，没有道理可讲。和许多公司、机构一样，移民局也宣布裁员了，预计有一万五千工作人员失去饭碗。"杰伊说唯一能做的事就是等了。

4月10日，一千万洛杉矶居民开始被要求强制戴口罩。除了口罩更加难求，枪支也紧俏起来。洛杉矶警察局居然把枪店也列为食品店一般的必需品生意而允许开放。买枪支弹药的人在许多枪店门口排起了长龙。"枪支不能对付病毒，却可以保卫自己的家不被急红了眼的抢劫者破门而入。"不只杰伊的弟弟克里斯一个人这么想，本来已经有三把枪的他新买了一把AK-47，似乎他有一大批仇家潜伏在暗处要动手。听起来耸人听闻，在枪支泛滥的美国一点也不奇怪。杰伊的父亲与继母身处民风剽悍的得克萨斯州，更以拥枪而感到安全和有底气，两个加起来一百五十岁的老人家里居然有13把枪。他爹在电话里让他也至少买一把手枪，"瘟疫和战争一样，你要么有钱有枪，要么就等着玩蛋。"后来，《华盛顿邮报》报道，美国2020年枪支销量激增64%，达2300万支，创下历史新高，其中首次买枪的人数达到800多万，他们近一半又是在前四个月购买的。

杰伊的发小之一迈克曾在海军陆战队服役，作为狙击手，伊拉克、阿富汗都留下了他战斗的足迹，退伍后他以给一些好莱坞电影公司做财务谋生。迈克不时手痒，周末闲了会开车去郊外的射击场打靶。有时杰伊会与他同去。"即使买我也就买个手枪，而且得万分小心不能滥用。你知道美国每个州对于枪支的使用法律都不相同。在加州，即便看到可疑的人站在你家前院你也是不允许开枪的,合法的射击范围是从房子前门到后院,也就是说只有人家进了屋子或后院,你才可以自卫开枪。"

我其实比美国人更胆小,很少像邻居一样成天把车库门四敞大开。"哎呀,没有人会给这小门上锁的。"看我每次在他割完草后都把那通往后院的小栅栏门锁上,杰伊嘲笑我过分紧张。后来我发现我们小区因为邻近马路,又紧临一个总有家长接送孩子的小学校,其实相当安全。我甚至某天建议是否把 ADT 的安保警报装置取消掉,每月五十美金似乎有些不太必要。杰伊想了想说还是等疫情结束了吧,听他的警察朋友说最近偷盗案件还真是越来越多了。

我们和大多数邻居一样,争取一周只去一次超市,有时还互相代购。为了不混戴口罩,我们从第一天被要求戴口罩就有约在先,第一个挂钩上的是我老妈的,第二个是我的,第三个是杰伊的。他某天往剩下的第四个挂钩上也放了一个,说是他的爱猫火球的。多亏了我国内的朋友朱莉和老同学 Y 分别从北京与成都各寄来一百个,我们得以有了一道安全屏障,没像大多数美国人一样围着花花绿绿的三角巾或自制口罩聊胜于无地"裸奔"。

此后就是杳无音讯的等候。按规定签证延期最长半年,也就是说,我母亲的签证到十一月中旬会再次面临过期。终于在十月一号,正逢中国农历的八月十五,我妈再次得到了去录指纹的机会。驱车四十分钟,到得那个街头立满了木头电线杆子的凋敝小城。在仍然酷热的烈日下,我们与其他几个肤色各异的人等在那个不起眼的建筑外面。有个黑瘦的女子带着七八岁的男孩上前跟我们叽哩哇啦地询问着什么，我猜她一句英语不会，一脸焦灼，不管不顾地冲着亚洲面孔的人说着极快的西班牙语。幸亏杰伊像大多数在洛杉矶长大的美国人一样，西语是第二外语。他说了几句什么，对方才放松下来，像得到确认这里是她该来的地方。她继续面无表情地立在那儿等候着，眼睛望向什么地方，又像空洞地什么都没看着。我猜焦虑的她也是和大多数滞留在美国的外国人一样，既有家回不去，又不被这异乡收留，像搁浅在沙滩上的鱼。

窄窄的街对面是个自助洗车的铺子。两堵墙架着一个屋顶，极简陋，那颜色却是极有希腊风情的地中海蓝，刚好旁边有两株高大的棕榈树，衬着湛蓝的天，从我站的地方打量，像电影里的场景，很有几分异邦之美。"与其站在这儿等着，你还不如去洗洗车。"我跟杰伊说道。

"我才不呢。晒死了。"一向好脾气的他微笑着拒绝，说等我们进去了，他会去找个麦当劳买个汉堡。无论我做的早餐多么丰盛，他每到中午一定要开车去某个快餐店吃点什么，好像不那样，一天到晚吃中餐他的美国胃就闹革命。"美国人哪怕是去买瓶水也开上车，就跟中国人骑上自行车出门一样。"我妈刚来时感觉挺新鲜，看邻居们都如此车进车出，也渐渐习惯了。

终于轮到我母亲，我陪她进到冷气十足的大厅，才发现里面宽敞得像个剧院，却空无一人。三个工作人员心灵受过重创一般，面无表情地缩在沿墙而设的小隔间里，几乎不与我们对视，只机械履行着程序：拍照，摁指纹，在护照上盖上日期。那个中年妇女边抓着我母亲的手指往指纹识别器上摁，边说着

"风松，风松"，后来我才明白过来，她看出母亲是华人，用她仅会的汉语在安抚对方"放松，放松"。

其实只要不做违法的事被抓到，如果以后不打算再来美国，大多数逾期探亲的外国人是不必非要交那几百块钱延期签证的，比如我母亲这样的高龄老人。可是万一呢？人们凡事都本能地想给自己留条后路。谁说得清将来的事？再说中国游客十年多次往返美国的签证率因为特朗普上台后已经降到新低，如果有可能多用一次的话，至少那排一上午队的等候和一千多块钱的签证费会更物有所值。

母亲拿到的延期签证也只够她在美国继续合法停留一个半月。而我已经自以为幸运地预订了洛杉矶飞北京的机票。

从六月份开始，我们就已经试探着搜寻机票。国航网站瘫痪了一般一片空白，没有一张机票。转道加拿大？貌似便宜，可我母亲的签证过期，无法过境。其他需要两次停留的航班对她这高血压高血糖患者几乎不敢考虑。

直到九月的某天，杰伊在楼上大声叫我，说去中国有票啦！我三步并做两步跑进他书房凑近电脑，果然发现罕见的国航机票突然充足得令人不敢相信。不仅每天都有，且价格也未离谱到天价，单程2100美元左右。记得不久前乘包机回国的留学生们还人均机票6000美金呢，而某天明星G电话里说某导演一家回国几乎花了买一辆车的钱。我迫不及待地订了两张11月12日（周四）的机票。

于是无论美国的熟人还是国内的亲朋都知道我们要回国的消息。

我妈像上了弦的陀螺，兴奋地开始了采购模式，衣服、鞋帽、保健品、巧克力、文具、玩具……拢共可托运的四个大托运箱已经塞满了三个半。我们俩的随身物品还一件都没放。

我们甚至计划好了核酸检测的时间。中国驻洛杉矶网站明确指示，所有飞国内乘客，需要出具距离登机 72 小时内核酸检测结果，否则不予登机。我在四月份发烧时做过一次核酸检测，工作人员统一口径告知我二至四天出结果，往往两天后结果就会发送到电子信箱。为准确了解最新检测流程和出结果时间，杰伊决定在我们航班起飞前一周亲自去测一次，并在郡政府认可的检测点做了网上预约。之所以去这公立的检测点，除了不休周末，还因为那是保险公司可以报销的项目。美国各地也有数不清的私人检测机构，随着疫情的蔓延雨后春笋一般似乎一夜之间就冒了出来，收费 200—400 美元不等，且一般不能报销。杰伊去的那个正是我上次核酸检测的地方。那其实是我过去听课的社区大学的地下车库，足有四个橄榄球场大，临时圈起来做了自驾鼻咽子检测站。被检测者开车驶进车库，摇下半边车窗，报预约号码，被确认后继续往前开几米，从另一个戴着面罩与口罩的工作人员手里领取一个棉签、试管包，再往前，几步之遥是另一个工作人员，他隔着车窗指示你如何操作：把棉签取出探入鼻腔底部，擦拭几下，放入有着液体的试管，盖好。然后车再往前开三四米，有一个大号塑料桶，受测者摇下车窗把试管丢进去。从头至尾，开车绕了一圈，没有任何身体接触。

和我四月去做的测试一样，第三天一早，杰伊已经收到了结果为阴性的邮件通知。

"这种无接触的自驾检测方便快速，可坏处也有一个：如果有人想造假，比如说来做测试并非因为有症状，而是因为航班登机要求，无论对方有没有染病，为了不被检测出阳性，他完全可能把棉签象征性地擦拭一下，甚至根本不接触到自己的鼻腔或喉咙底部，那检测结果肯定是阴性啊。"

我跟杰伊有些兴奋地讲述我的新"发现"。不是吗？对任何一个盼望着飞回去的人，费尽周折订了机票、打包好了行李，谁也不愿意最后上不了飞机。

"埃玛，你相信 Karma（报应）之说对吗？那么，不要抱任何侥幸的念头。不管别人怎么做，咱们乖乖按规定来。结果该怎么样就怎么样。"杰伊的话让我浮躁的心踏实笃定了不少。只好心里念佛，祈求我们那个航班没有一个人弄虚作假铤而走险。

我们决定出发前的周日去做检测，周二估计能拿到结果。就算检测比较慢，周三也能出结果，不会影响周四的航班。

人算不如天算。十月中旬的某个早晨，手机里一条国航邮件让我头嗡的一下蒙了：航班取消。而且，没有理由。更没有改签选择。

几天前刚听朋友利安说她哥哥从上海飞到洛杉矶过春节，没成想回国航班四次被取消，到五月份都没能离开洛杉矶。网友们抱怨航班被取消的帖子更是屡见不鲜，没想到这次让我遭遇上了。

心急火燎，给国航打电话。和所有热线一样听够了音乐也没人接听。估计接到邮件通知的人都在想讨个说法。

沮丧地告诉杰伊，他立马噔噔噔上楼去网上搜寻代用方案。我妈更是热锅上的蚂蚁一般，在客厅与餐厅间来回转悠一脸愁容。

我再拨打那号码，等候半天终于接通。"我们每周只能允许飞一个航班到北京。早在九月预售了每天飞北京的航班机票，是期待届时疫情缓解，国家民航局能够允许多开几个航班。可疫情在美国没有得到控制，我们只能取消已经售出的航班。目前这个航线只在周日飞北京。"那接电话的声音也透着无辜与无奈。

我把责备压了下去，迫不及待地问是否可以把我们转到周日航班上去。

"不可能。周日飞北京的航班已经全部售完，到年底都没有票了。我只能帮你看看是否还有可能找到飞国内其他城市的座位。稍等。——飞深圳可以吗？"

太可以了！

"时间是11月10日。"

没问题！

对方告诉我还有最后两个座位，只是不知道票价是否与我被取消的航班相同。"等负责票务的同事上班后核实一下我再回复您可以吗？"她仍是不急不躁极有职业素养，面对各种情绪波动的陌生人做到这样处变不惊周到体贴着实让我钦佩。

抓住了救命稻草一般，我赶紧致谢并把一向静音的手机调到响铃模式。

心神不定，根本不能集中意念做瑜伽，我忐忑不安地准备早餐，没有像往常那样用心地荤素搭配、中西合璧，只煮了牛奶麦片粥，烤了几片面包，摊了三个鸡蛋。

好在终于等来了电话。谢天谢地，票价相同。再次核实个人资料，诺亚方舟上最后的两个落脚点属于我们了。

"你下周再打电话跟我们确认一下，以防这个航班也被取消。"她这最后一句话，让我放下的心又悬起来。

"没多久就该出发了，还有可能取消航班？"我双手放在胸口，也摁不住自己的疑虑和不安。

"真的不敢保证，谁也说不定什么时候一道命令下来，一切都得改变。祝您好运。"

从此，每天早晨睁开眼第一件事就是屏住呼吸查看邮件。生怕有着 Air China（中国航空）字样的邮件跳出来。

提心吊胆的一周过去了，没有邮件。又过了几天，打电话过去，说目前航班仍未被取消。

我妈继续让我带她采购。除了那四个早已临近超重的托运行李箱和两个可随身带上飞机的小行李箱，一对鼓囊囊的双肩背，也都小企鹅一般戳在我书房里只等一声号令就踏上征途。

我不知道此去何时是归期，最放心不下的是那前院后院的花花草草。自从在类似于中国闲鱼的 Letgo 二手网站上买过几次东西，不久前我异想天开打算化兴趣为商机，琢磨着也许我的多肉小盆景可以在那儿找到买家。不用多，每个月卖出去几盆，至少可以赚点买咖啡的银子，同时还可以清理一下已经无处安放的盆盆罐罐。刚好不久前偶尔驱车去五十公里的小城 Fillmore 闲逛，发现了一个空气凤梨的种植基地兼批发小型多肉。不足五十美元买回来两大箱，搭配着一朵朵一簇簇放进从旧货市场搜罗来的老旧陶盆、瓷罐，古朴呆萌，看起来很有味道。我的犹太朋友史蒂夫总惊叹中国人的巧手慧心，嚷着说我应该给插花人员授课，或给居家时尚杂志配图。某天试探着发到网上几盆，没想到几小时后就有人联系我，有一个韩国女人还趁下班之际在夜色中开车一小时赶过来，买走了那盆脸蛋儿粉紫的桃蛋。

看着她捧着我的宝贝离去的背影，我丝毫没有生意成功的喜悦，竟然进屋难过地躲在书房抹起了眼泪。我恨我自己，感觉我是天底下最利欲熏心的女人，为了钱竟卖掉了自家儿女。桌上那15美金就是罪恶的证据。

"那盆儿多可爱呀？卖掉了？以后为了不值当的几个钱，别卖来卖去的吧。"母亲下楼来听说了，特意开门走到前廊去看，以确认是哪一盆换回了这两张皱纸币。她也是念旧善感的人。

她责备的目光，让我更加负疚伤感。

"一切死生皆有命吧。这个星球每天都有上万人被看不见的病毒夺走生命，有什么东西值得我们牵挂至于放不下？何况，你为她找到了新家，在那里接受别人的宠爱与善待，该为她高兴才对。"犹太人不愧是智慧的民族，史蒂夫在电话里的开导还真让我好受了些。那个多肉批发园地是他跟我一起发现的。

但是，我做生意的念头彻底化为乌有了。

2

十月的最后一天，邮箱里赫然收到一封国航邮件：您的航班有改变！

心跳加速，指头颤抖着点开细看。Cancelled！取消啦！

我惊得差点儿跳起来。还有十天就飞了，居然还取消？！

好脾气的杰伊也沉不住气了，"Damn it（可恶）！"他边咒骂着边赶紧回到电脑边去上网想辙。网络，好像是我们现代人最后也是唯一的救命稻草。

我再次不甘心地拨打国航电话。这次比上一次更加绝望和愤怒。

占线。再拨。占线。十几分钟过去了，我只好沮丧地放弃。

登录加拿大航空网站，发现转机温哥华的航班已经由之前的 $600 涨到 $2300！

再看其他的非直飞航班，除了转机多次，还都已经贵得离谱。

母亲双眉紧皱，长吁短叹。她早已不再庆幸躲过了肆虐中国的病毒，而是悔恨为什么偏偏在这时候来美国。"我死在哪儿也不想死在美国啊！"这是她每逢接到国内姐妹们的催促说得最多的话。

手机突然响了，陌生的号码。犹豫着接听了，却是国航。看我曾多次拨打，对方善意地回拨过来。

"您的航班没有被取消啊。只是时间有一点变动，比预计晚到十五分钟。"对方在我一阵噼里啪啦的抱怨后说道。

原来我看到的取消是针对上一个航班，邮件把两次预订的航班信息都一起发了过来。

"但是您要注意乘机要求更严格了。自11月6日起，凡是飞往中国的国际旅客，不仅需要做核酸检测，还要抽血做抗体检测。同时，检测有效时限也由之前的登机前72小时缩短为48小时：从检测、出结果、上传给领事馆得到绿色健康码，到登机不得超过48小时。"

"那也就是说，既然我的航班是10号下午两点起飞，我只能在8号下午两点以后检测才算有效？"我急切地问。

"那我不能解答，您要去洛杉矶领馆网站了解具体内容。"她的善解人意的提醒已经让我非常感动。

真是摁倒了葫芦起来瓢。去哪儿找快速检测能确保当天或最迟第二天出结果的检测机构？

既然免费的公立机构统一口径都是2—4天出结果，我们只能放弃。杰伊给几家私营诊所电话问询，最快的是保证48小时出结果。而且有些还只做核酸检测没有抗体检测。由于中国政府刚刚更改了条例，许多诊所还来不及反应，误以为仍然是登机前72小时有效。

朋友不是万能的，但没有朋友是万万不能的。史蒂夫刚好在给儿子寻找快速检测机构，好让刚结束帮内华达州州长助选的他及时飞回新墨西哥州他自己的家，发现了一家专门为旅行者提供快速检测的机构。虽然远在机场附近，费用也高达$225每人，但因为承诺"当天检测，半夜前出结果"，这于我们不啻救命稻草一根。

我们的飞机 10 日起飞，按说我们可以最早于 8 日检测，9 日发送给领馆等候批准得到健康码，可是 8 日是周日，善于抓住商机的美国人居然还休周末！我们被迫把 48 小时缩短为 24 小时，唯一的机会就是周一一大早开车去机场，找到这家位于 Sheraton（喜来登）酒店的检测点，半夜拿到结果，第二天一早尽快传给领馆，争取在去机场路上得到那性命攸关的健康码，然后再换登机牌、过安检，登机。其中某一环掉链子都会前功尽弃！

我和我妈的核酸、抗体检测万一有一项是阳性，领馆万一批复延误，或者那家检测机构提供的检测报告万一不合规范，我们的旅途还未开始就会被划上句号。就算一路绿灯，戴着口罩在空中飞难熬的 15 个小时到达深圳，大小六个行李箱，两个死沉的双肩背，一个年过七旬有着一身基础病的老人，真够我这小女子喝一壶的。

一想到这些，我就心跳加快焦虑不安。失眠，大把脱发。怪不得领馆网站醒目提醒：如非必要，不要出行！

可是我不下地狱谁下地狱？老妈已经归心似箭。美国对疫情管控的懈怠已经是不争的事实。逾 25 万死亡人数仍在增加，我母亲属于高危人群，且没有任何医保，一旦染病，凶多吉少，还会产生天文数字的医疗费。杰伊这地主的耐心也已经超过了多数人都能承受的极限：与语言不通的中国老太共处一个屋檐下长达一年之久！虽然他总是笑容满面，无论白天工作多忙，晚上还陪老太太玩半小时斗地主，把每周开车到三十英里外的华人超市为她买韭菜豆腐视为己任。可每次我们谈到订票他都很积极，坦诚表示票价再贵也在所不惜，理由很简单：她该回家了。

我这一趟真是明知山有虎，偏向虎山行。咬牙上吧。

3

为了把风险系数降到最低，我这不肯坐以待毙的射手女采取了一系列未雨绸缪的措施。

先是给领馆打电话，想确认核酸结果提交后多久可以拿到那尚方宝剑一般的健康码。也是打了不知多少次，一直占线的这个24小时确保畅通的号码总算有人说话了。"如果那天你11:30还没收到健康码，就再打这个电话问询一下。"对方显然已经被数不清的像我这样的人给折磨得没了力气，声音疲惫，但仍努力保持着职业要求的最基本耐心。

可是我的航班14:10起飞。我的心里愈发没底了。

知道再多问也是徒劳，我挂断电话，一颗心像风筝，在冬日旷野里被寒风任意西东，身不由己地飘着。

杰伊已经在网上付费预约了我们起飞前一天早晨的检测，后来又给那家检测机构打了两次电话，希望对方给提供一下检测结果的样本，以确认符合领事馆的要求。对方每次都毫不含糊地答应，可从未给寄出来一份。

"估计这机构是怕有人根据样本伪造复制。"杰伊说还是相信对方吧，既然人家是专门针对国际乘客的检测，应该会了解最起码的需求，否则不会维持生意。

人为刀俎我为鱼肉。一切都由不得自己啦!

最后一个周日,我决定去买一个颈部靠枕。至少那会缓解一下漫长的飞行带来的肩酸颈痛。

Ross 是价廉物美的首选。萧条的空中旅行让这些旅游物品价格便宜得像白菜价。

买罢开车回家。轻车熟路,一英里似乎只是一眨眼。红绿灯右转,过一个无灯路口,再左转,我的车已经几乎停在了家门口。突然间,只是下意识地从后视镜扫了一眼,我发现车后居然紧紧尾随着一辆警车,那红蓝两色的警灯还正闪烁,只是没拉响警笛。

心突突跳着停好车,手哆嗦着刚推开一半车门,就听到一声令喝:"呆在车里!"

我立即想起最起码的路上违章遇到警察规训:把手放在方向盘上,坐着一动不动。

我缩回到座位上,把门关好,双手放在方向盘上。

那喝令我的警官是个有一撮小胡子的年长者,六十岁左右。他走到我车外,严肃警觉地打量着我,示意我摇下车窗。

"你知道我们为什么跟着你吗?"他一脸严肃,似乎我犯了重罪。

"不知道啊。"我极力控制着声音不要太颤抖。

"你刚才右转弯,没停稳就直接转了。"他盯着我道。

"哦,你说刚才在 Newhall 那个红绿灯路口?我觉得我停了一下啊。"我清晰记得当时我踩了一下刹车,还扭头向左打望了一下人行道以确认没有行人通过。并且,我还真看到了停在我左侧直行道上等红灯的警车。

"没有。你根本没彻底停住!"警察大叔脸色似乎更加肃穆,对我的"狡辩"显然不以为然。

我知道除了谦虚就范任何多余的辩解都是愚蠢的。

于是按指示我乖乖递给他我的驾照、车的注册证明。

他拿在手里告诉我说他的同事将会继续跟我谈话,并快步走回到警车边。我才发现我车的另一侧还立着一位警官。中年,矮个子,慌乱的我现在丝毫不能忆起他的模样。

"请出示你的车险证明!"他的目光态度温和一些,口气也轻柔一点。

车辆保险?我根本不知道我车里有这玩意儿。这些东西一向都是杰伊帮我办理、更新、归置。

"你打开那个杂物箱,通常应该在里面。"他平静地说,显然看出了我的慌张。

我依言照做,掏出来几张折叠的打印纸,毫无头绪哪张是保险。

"你左手那张应该就是。"他不慌不忙提醒着我。

我赶紧递给他。

他接过去走向我身后的警车。

就在家门口,被警察抓了,为这么屁大一点事!邻居们会从窗子里看戏吗?杰伊的车怎么没在?对了,这是他出去吃午餐的点儿!偏偏这时候!根本不可能出来用他那无辜的笑脸给我救驾。我越想越懊恼,坐在车里像束手就擒的猎物只求速死。

这突如其来的不幸事件,让我突然极其沮丧悲观,甚至不由自主地想：这不会是我们那马上就要开始的旅途不顺利的标志吧？

我委屈得想哭。如果告诉他们我正面临着万里迢迢关山阻隔的畏途，脑子里一片混乱，他们会原谅我吗？

我又充满自责。怎么就那么不小心？明明看到有警车在侧还不格外注意，以至于让人家开着警灯追随到家门口……

我不知道该怪谁恨谁，憋屈无奈，欲哭还嫌丢人。

"听着。这次我们给你一个警告。你以后一定注意，遇红灯时右转弯要彻底停稳才能转。"年长的警官仍一脸严肃，看我的眼神似乎带着几分故意板着的戏谑。

"一定一定！太感谢您了。我永远不会忘记！"我一叠声地说着，不由自主伸出手去握他的，突然想起如今握手几乎等于传播病毒是犯大忌的，赶紧缩回。

他似乎满意我的表态。"记住了！"转身上车，一眨眼掉头离开了。

我瘫坐在椅子上，好像从一场梦里醒来，一切都那么不真实。

"如今瘟疫流行，警察也闲得无聊，四处转转找乐子，正好碰到你这样的不痛不痒的违章者。他们一定看你吓坏了，不忍心开你罚单。你今天不幸被逮住，可又幸运地被放过了。"杰伊回家后笑着安慰我，说没事，即便被罚了也没什么大不了。但愿我当面表达了真心感谢。"他们喜欢看到对方感恩戴德的样子。"

我在网上一搜，加州的法律规定这样的行驶违章会被处以罚金 $236！七年前我的一次超速罚单也不过 $229。

两天后，什么样的旅途在等着我？

4

11月9日，周一。六点起床，七点钟我们已经驶出小区奔向五号高速。正开着车的杰伊突然发现车里没有他一贯放着的口罩。别无他法，只好开回家取一趟。再折返上路，已经是上班早高峰。

尤其是进入盖第美术馆一带，本是快速滚动的车流变成了黏稠的车粥，即使在carpool快行车道也不例外。

坐在后排的母亲有些焦躁了，担心不能及时赶到。

8:25，我们提前五分钟到达。酒店大门口处的停车位空荡荡的，显然生意冷清。按几个临时指示牌找到一楼那稀拉拉摆放着十几张椅子的房间，我们显然是第一批顾客。两位工作人员一位是韩国裔的年轻小伙，一位是南美洲中年女子。态度热情，测试手法轻柔，我几乎没感觉到任何鼻部不适，采指血也只是些微刺痛感。

果然是快速，抗体检测结果五分钟就打印出来了，我俩都一样：没发现病毒抗体。

我捧着那张纸，突然想起鲁迅笔下华老栓捧着为儿子治病的人血馒头的小心翼翼。细读上面的信息：姓名、检测时间、结果。似乎该有的都有了。

"核酸结果今晚最迟半夜发您邮箱。再早点？不行。我们一般下午三点左右把今天的检测样本送到Irvine那边的实验室，路上需要开车一小时，还得有五六个小时实验室操作才可以出来结果。"韩国小伙结实得像跆拳道教练，他跟我们用中文说"谢谢"，笑着抱歉说他不会说太多中文。

说话间又有两位顾客进来。一个满脸络腮胡子的年轻人，一位蒙着头巾的伊斯兰女子。

我们离开，似乎都松了一口气。经过厕所，杰伊推门想进去却发现是锁着禁用的。出大厅，有四五个西装革履的客人正走进来，习惯了一般，不用手，其中一人用胳膊肘熟练地推门把手，然后稍耸左肩顶住门，其他人鱼贯而入。瘟疫时期，大家都已经养成了新的开门习惯。

"这下好了，咱们至少完成了一半任务。"我妈露出了多日来第一个笑容。

Do not count your chickens before them hatched. 西谚说，别在小鸡孵出来之前清点它们，等于中国人说的别高兴得太早了。

我们仨没有人想到，这一纸早早打印出来的抗体检测结果竟给我们带来了极大的麻烦。

回到家，再次清点确认所有明天须带的物品，包括站在体重秤上为每一件行李过秤。我好奇是否其他远行的人也如我一样如此为行李称重：先把自己称一下，然后站上去，猛吸口气，把行李箱拎起来，低头瞄一眼秤上的数字，放下，迅速减法心算，总重量减去我的体重，就是箱子重量。我突然发现两个之前明明在 50 磅①以内的箱子突然多出来两磅！立即明白是老太太又往里面悄悄塞东西了。她爱面子重情义，恨不得给每个她认识的老伙伴儿都带上点什么，光渔夫帽就让我买了 25 顶，说送给跟她遛弯儿打牌的老太太们每人一顶。

我没吭声，就这样吧，好像有时机场人员也不特别较真儿。否则又是一场不愉快的争执。目前稳定压倒一切。

晚上照例，吃过晚饭后，我们仨都装得若无其事地打了几圈牌。喝奶，睡觉。

事到临头，除了硬着头皮上，我似乎已经把自己从家庭主妇调到了勇士木兰模式。

"我感觉他们不一定会等到半夜发布结果。"我妈乐观地说。

我希望她的乐观预测应验。可上床前查看了几次邮箱，那期待着的检测结果并没有奇迹般提前到来。

一向失眠的我，那晚居然很快睡着了。凌晨三点突然醒来，第一个反应就是摸手机查邮件。

有一封，是我母亲的核酸结果：没有检测到病毒。再刷新，仍只有那一份。显示发送时间是半小时前。我的呢？不会我是阳性吧？听说阴性出检测结果所需时间比阳性的短。

"看看垃圾邮件里有没有。"杰伊也醒了。

看了，没有。

我起身下楼，打算到电脑前查看，有时垃圾邮件在手机邮

---

① 磅：英美制质量单位。1 磅合 0.4536 千克。

箱不显现，还是电脑更保险。

一边等电脑启动，一边再次刷新手机，有了！刚刚到！

紧张地屏息点开，阴性！

似乎一块大石头被推开，小草呼吸到了清新空气，沐浴到了第一缕阳光。激动、感恩，我脚步轻快地跑回楼上卧室，马不停蹄地打开微信小程序防疫健康码国际版，填报上传我们的个人信息。由于之前已经登录浏览过，一切都似乎轻车熟路，可到最后上传检测结果照片时，无论如何总是失败。"文件太大吗？发给我，我帮你缩小再试。"远在北京的儿子也加入进来遥助一臂之力。仍然无济于事，上传不成功。

在我沮丧地快放弃之际，突然弹出一个页面：如果照片上传不成功，可发送至邮箱……

看来这是程序设计问题，而不是我操作不当。

如逢大赦一般，赶紧照做。等把我和母亲的文件都上传并将检测结果照片发至邮箱，已经凌晨 5 点了。

逼着自己再睡一会。醒来已经是 7 点。

浇了最后一遍花花草草，打扫了房间，为地毯吸了尘。吃过早饭，收拾好厨房，看表已经十点。

那二维码仍是黄色，显示仍在审查中。我犹豫了一下，决定不等到 11:30，而是立即打电话给领馆。事实证明，这是我当天做出的最明智的决定。

"你那个申请收到了，我看一下。稍等。那什么不行啊，通不过。核酸检测报告是好的，抗体检测报告不符合要求，因为上面没有机构名称和地址电话。需要重新发送合格的版本。"那位领事的声音仍是疲惫憔悴的。

"可是这是同一家机构,我们一起做的。"我一下手足无措,好在大脑还在运转。

"那也不行。每个报告单都应该有这些基本信息。你赶紧联系对方发一份,否则你就来不及了。"对方声音如铁,丝毫没有通融余地。

"那好那好。我这就联系拿到重新发您。可否不走前边的信息填报程序直接把这检测结果发您邮箱里?"我问。

"不行!一切从头来过一遍。否则程序通不过没法认证。"

我赶紧道歉道谢,挂断电话。

给检测机构打电话。对方无人接听,留下语音,说情况紧急请尽快回复。

同时把刚开完公司电话会议头上还戴着耳机的杰伊叫下来。

一向主张诚实的他决定铤而走险一次,copy and paste(复制粘贴),把需要的内容从另一个报告单上拷贝添加上去。

十几分钟后,我再次上传了所有内容,打电话给领馆确认。"好了收到了,赶紧出发吧。路上就应该能通过健康码认证了。"这次是另一个态度温和的领事。

同时检测机构一位女士也回过电话来,得知情况,她说可以再发送一个带有地址电话的文本给我,但当下不能,只能是在一小时左右发出。

即使火烧眉毛了,除了致谢,我又能如何?

看表已经是 11:15。好在我打电话的时候杰伊和母亲已经将行李装好车。

没时间再耽搁。出发！

路上，我不记得多少次忐忑不安又满心期待地查看那个小小的二维码，可是那黄色的小方块像哭丧的怨妇的脸，期待中的绿色从未出现。

到达机场，显示唯一可用的停车位在五层。盘旋着上去，在露天停车场停好车，杰伊就要往下搬行李。

"等等！健康码还没拿到，进了大厅也不能办手续。"说罢，我再次低头查看那二维码，天哪，这回变了。但是，居然，变成了红色！意味着没通过！

是否我们自己复制粘贴的报告人家不认？好在手机邮箱显示检测机构正式的血清抗体报告已经发送了过来。我屏住呼吸，抑制住焦躁的心跳，十指并用，第三次上传了所有内容。

再次拨打那个号码，是气急败坏孤注一掷了吗？我的声音都干巴巴像个机器人。

"你们被拒了？我看看。哦，好，你现在再刷新一下看，应该是绿色的了。通过了。"那位和蔼的男士似乎比我还兴奋，还友善地祝我们一路平安。

我和杰伊每人拖拽着俩大行李箱，我妈拉着俩小箱子。我和她一人还背着一个双肩背包。三个人打仗一般朝航站楼奔去。

令人生畏的旅途开始了。

5

洛杉矶汤姆·布拉德利国际机场航站楼大厅冷清得像世界

末日。登机手续办理柜台八成都空着。

国航柜台前却已经排起了长队。一位穿着白色防护服的工作人员给每人发放表格、测体温、查验健康码。

一向粗心的我这次居然细心地带了笔。正填着表，听到一个小伙子在跟一位女孩借笔用。"抱歉，您还是借工作人员的好吗？"女孩有些尴尬地拒绝着。

怕对方是病毒携带者？

我一点也不怪她。

"我们这里有笔。等下你可以用。"杰伊又在当志愿者。

我心里嘀咕，如果借给他，这笔我就不要回了。好在那小伙这时从工作人员手里接过一支。

把四个大行李箱托运了，拿到登机牌，我心里陡然轻松了，仿佛褪去了皮的蛇，瞬间身轻体健起来。

杰伊分别与我们拥抱道别，目送我们乘滚梯到二楼去安检。

稀稀拉拉不多的旅客，安检从没有这么迅速。然而当我重新穿好鞋子戴上帽子，一位一脸严肃甚至傲慢的年轻女安检员歪着脑袋打量着我，居高临下地问："这个行李箱是你的吗？"确认后她不急不慢地打开，仿佛手里握着确凿无疑的罪证。我心里既不服又紧张，像那天被警察拦截在家门口进行质问一样。突然间我吁了口气放松了：只见她手里拿着那包我用了一半的足浴盐，倒出来一撮放在一张特殊布条上擦拭。哈，她怀疑抓到了毒品贩子？看她变得失望的脸，我忽然想乐。

我妈也遇到了麻烦，她的不锈钢水杯里有一口喝剩下的水，一位男安检员严肃地告诉我，要么扔掉杯子，要么去外面倒掉重新回来做安检。

我妈坚决不肯扔掉这她已经用了一年的杯子,问我当场喝掉水行不?我翻译给对方,他冷冰冰地说不行。

"那我宁可走出去倒掉再回来。"语言不通的中国老妈说着,大无畏地逆人流而上,独自穿过安检门回到大厅,不紧不慢喝下那口从家中带来的凉白开,再次脱鞋安检完成了整个流程,回来找到看着行李的我。

这一幕让我不由对七十多岁的老妈心生佩服。

往常人头攒动的免税店,如今贴了停业封条,礼品店、餐馆关门大吉。候机大厅像被暴徒洗劫过一般萧条。

找到133登机口,已经有上百人坐在那儿候机了。面罩、口罩、防护服,人人一脸肃穆,似乎马上要奔赴的不是温馨美好的家园而是吉凶未卜的战场。

国航的工作人员一律白色带湖蓝条纹的防护服护目镜,不知道的还以为自己来到的不是机场而是医院。广播告知,登机时间为14:30,比预计推迟了一小时。

我们拿出换登机牌时给的一纸指示,按中英文的引导下载中国海关小程序,填写所有个人信息,包括在国内住地、紧急联系人。

然后生成二维码,连同登机牌一起,排队出示给机组人员查验打孔。

之后,再次回到座位上等候。

时间从未如此漫长。大家都静坐着看手机。水能不喝就不喝,厕所能不用就不用,口罩能不摘就别摘。甚至,能不说话就不说话。

终于等到分队列登机。

"您的衣服都拖地了，赶紧收起来！"一位空姐利索地帮我把缠在行李箱拉杆上的羽绒服拍拍土往上团一团。

"我来帮阿姨拉行李。"另一位上前接过我妈的行李。并帮我们找到座位，与另一位空姐一起把两个严重超重的箱子放进行李架。

"还是咱们的空姐服务一流。你看美国航空公司那些大妈大叔才不管你！"我旁边的女学生不由自主赞道。我想起某次我乘坐阿拉斯加航空去旧金山，我费力地踮着脚往行李架上放我的小箱子，旁边就站着一位年轻的黑人空姐，丝毫没有搭把手的意愿。她听到了我的小声嘀咕抱怨，义正严辞地回敬我一句："我们没有义务帮乘客做这事。"我想说，除了义务，您总听说过帮助这个词吧？但我还是自私地噤声了。我也没有义务提高她做人的素质。

唯一让我感到不爽的是几乎满座，与之前所说75%的售票率不符。

谁都归心似箭，大家又做了严格的健康检测，应该别太担心吧。我自我安慰着，舒了口气。

我们终于离家又近了一步。

大家坐定，准备起飞。五位空乘人员进来做最后的安全检查，他们全副武装身着白色防护服的样子很cool（酷），像降落到地球上拯救人类的外星人。我不由自主摸出手机拍了几张照片。

突然他们中的两位同时发现了我和手中举着的相机,一起指向我。其中一人走过来,通过那好听而权威的声音我能判断是一位资深空姐。"你给我们录像还是拍照了?你知道有人已经对我们的着装表达不满了,说我们不该这么全副武装。"

"我感觉你们这样很酷啊!在封闭的机舱里近距离服务好几百人,你们这样的自我保护一点儿也不过分。其实人们很心疼你们空乘人员,十几甚至几十个小时这样捂着,比我们受罪多了。"我由衷的态度冰释了她的顾虑。

"不要发到网上啊。我信任你。"她认真地看了我一眼道。

我诚心诚意点头保证。从没有感觉中国的空姐们如此可敬可爱!即使看不到她们美好的面孔与身姿,那份担当与责任感,比任何肢体的美都更高贵优雅!

之前曾读到近期飞回国内的网友发的只言片语,说飞机上冷,不提供毛毯,要多穿衣。可其实温度一点儿也不低,穿着一件单夹克都丝毫不感觉冷,我的羽绒服反而成了累赘。

刚上飞机我们已经被告知:闭塞拥挤环境下不提倡脱口罩吃东西,15小时飞行只供应一餐:面包、水、一片奶酪、一点罐头水果。

好在人在高空,时空错乱,胃也变得麻木,并不感觉饿。

在我看来唯一不方便的倒是不提供耳机服务。许多原本指望着看电影消磨时光的人,一下子没了事干。

粗心的我再次庆幸自己带了耳机。

我坐挨着过道的位子,右边是我母亲,她右边临窗坐着一个女孩。

看了两部电影，我戴上眼罩正打盹儿，突然被我母亲和那女孩的动静弄醒。原来一直在睡觉的小姑娘从睡梦中醒来，开始左寻右找，又俯身在椅子下面摸索，后来干脆让我和母亲都立到过道里，说她的眼镜不见了。

空姐听母亲说胃不舒服，主动给她送来一个盛满热水的大号可乐塑料瓶子。她也跟着俯身寻找，未果。

那女孩起身说要去厕所戴上隐形眼镜回来再找。十几分钟后，眼镜在她座椅下现身，捉迷藏游戏结束。

一再地道歉，脸圆圆的还有着婴儿肥的女孩开始跟我们交谈。她来自东莞，到洛杉矶交流学习一年，没想到疫情几乎毁了一切。

我又迷迷糊糊睡着了。再醒来，听机上广播说飞机开始下降了。

心底不仅欢呼，我们终于要离开这闷了15个小时的空中罐头了！

6

降落到深圳宝安机场已经是晚上十点。

好在断断续续睡了一路，并不觉得困而只是倦，浑身似乎散了架子。

我们按机上座位在大厅分组就座。一批批被叫去填表、出示海关二维码、护照盖章。然后是轮流进到临时搭建的小屋内做核酸检测。与在美国检测可以鼻腔、咽部二选一不同，这里两样同时做。且探底很深,从未体验过的酸痛感直抵头顶。

"这样严格彻底好啊,否则有漏网之鱼,没检测出来,最后遭殃的还是大家。"我妈似乎一下觉悟高了起来。我们揉着发酸的鼻子,随着穿防护服的工作人员指挥往下一站走:坐大巴去领行李。

大巴车像一条敏捷的龙猫,载着骑在背上的我们在夜色中左移右转。

我的临座是一位中年妇女,小声问我是否我们认领了行李就直接搭这车去酒店。我也暗暗希望如此。但同时心里预感一切似乎不该那么顺利,之前我从网上看到有美国飞上海的先行者写的帖子,说在机场要等候至少两三个小时才能离开。

不足十分钟,车停在一个水泥建筑底层。一地行李像失散的孩子,等着被主人自由认领,然后放进推车,排队等候大巴拉我们去酒店。

我听一位工作人员说我们这个飞机有约250名乘客,随机被分到不同酒店入住。

我们要去的酒店叫竹园宾馆,距离机场约一小时车程。

"你的口罩不够安全。戴上这个N95。"登上大巴前一位随车工作人员严肃地叫住我,递给我一个口罩。

我注意到车的前三分之一除了司机和几位工作人员,座位都是空的,与后面的乘客区还有一条绳子拦着。显然对我们这些从重灾区飞回来的人,大家仍是保持必要戒备的,即使每个人都揣着一纸核酸检测证明,毕竟病毒不知附着在什么地方。

车到半途,坐在我前面的母亲突然难受地呕吐起来,接过

30小时水米未进的归程 | 39

工作人员递给她的塑料袋,却是干呕,胃里没食,她候车时空腹吃了降压药。

这一小时似乎特别漫长。我也都颠簸得感到恶心了,终于,车开进了宾馆大门。

下车才发现在下雨。行李车显然先我们到达。被卸了一地的行李都湿了。已经是凌晨二点半,可露天一排溜的桌子后面是七八位工作人员,在等着给我们发门卡,同时按行李件数给写着门牌号的塑料锁扣。我心底最后一点委屈立马烟消云散了:正是为了我们,人家丢下家里老人孩子,裹着密不透风的防护服加班到凌晨。我们除了感激哪有什么辛苦委屈可言?

我认领出四个大件行李,把塑料锁扣一一绑上去。我们被告知保安会把它们给逐个拉到各自房间门口。

拖着小件行李,沿着走廊七拐八绕,无心欣赏两侧的假山绿植,疲惫至极的我们终于进了房间!

看表,凌晨三点。距离落地已经过去了五个小时。

"你看到房间门口那塑料椅子了吗?那是送餐员放饭菜的地方吧?"我妈说。

我已经留意到楼道两头都各有一位工作人员"把守",显然是以防有人不自觉想出去"放风"。

"美国已经连续十几天每天确诊人数过十万了。中国怎么样?听说隔离很严格很受罪啊!"美国朋友玛丽安给我发来信息。

"我非常理解和接受国内的防疫策略,组织非常严密严谨,难怪如此高效。中国是世界上目前最安全的地方。"我自豪地告诉她，有这样一个大环境，每个人牺牲一点方便是非常必要也可以理解的。我不会像美国有些愚蠢的民众那样被要求戴个口罩都认为侵犯人权。

"美国人民指望不上一个像中国那样高效、有科学组织的政府，只能靠个人运气熬着，熬到疫苗出来。"她的字里行间透着无奈。

有人敲门。一份麦当劳汉堡已经被放在椅子上。人却已经没了影子。

可能人多分送耗时，那汉堡已经凉透了。

我打电话给前台，问是否有泡面。

不一会儿，我和我妈埋头吃上了热腾腾的方便面。距离头一天在洛杉矶的最后一顿早餐已经近三十个小时。吃到一口热乎汤面，幸福得想流泪。

> 我要爱，要生活，要把眼前的一世当作一百世一样。
>
> ——王小波

刚打开的电脑屏幕上滚动出这一行屏保字幕。我不确定这句语录是否真出自王小波，但心底突然增添了几分对这个世界的感激与珍惜。我突然想起十几年前曾采访过他的遗孀李银河。当我赶到她指定的某个距她家不远的地点，寒暄之后她突然提出我应该为采访付费。已经做过每周一期且连续三年名家访谈的我第一次听到这样的要求，竟然脸红心跳了。令我不自在的不是被人家提出收费，而是人家那坦然的神情提醒我，自己的那一点点诧异实在是井底之蛙的眼界。

7

扫了房间里的二维码,加入了56个人的群,从客房组、医疗组、心理组、街道办事处到其他同机来的旅客。

查询检测结果,问询外卖信息,了解各项服务,只须发个信息,立马有人解答。

需要更换床单、毛巾或补充矿泉水、手纸、牙具,只须发到群里告知房间号,立马就有人整齐地放在门口的椅子上。

酒店为客人提供一日三餐,¥85每天。那荤素搭配的粤式小菜小炒着实可口美味。如果不订餐,还可以在宾馆提供的29家餐饮单位点外卖。从港式烧腊到陕北面点、披萨、汉堡无一不有。

这便捷让人真有宾至如归的温暖。

"中国的快递服务真是无可匹敌。这么便捷快速低廉,让人幸福指数飙升!"我兴奋却毫不夸张地给美国朋友们描述这一切。"货到了不要都可以取消。没有任何理由可以退货。东西更是价廉物美。没有你想不到的东西。"我抱着试试看的心态在京东上很容易搜到了可折叠的泡脚桶。隔离有大把闲工夫,每天不急不慌地泡两次脚,那真是悠闲舒泰。

工作人员给每个房间还发放了一个手袋,里面是莲花清瘟胶囊、六神花露水、喷雾杀菌消毒液、一叠口罩。其体贴细致,让我想到温婉可人、柔声细语的南粤女子。

入住第二天午后，居然收到一袋满记甜品。芒果班戟、琥珀双皮杏仁奶、糖不甩……

没隔一天，又收到了一袋水果：紫芯火龙果、香梨、苹果、香蕉、龙眼。

这，这酒店也太人性化了。

后来才知道，这柔情蜜意的甜品和水果都来自深圳市政府。"欢迎诸位回家，感谢大家配合进行医学观察。"

很快，我们母女俩就适应了新的作息。8点早餐，12点午餐，6点晚餐。早晚两次医护人员查房量体温。我妈成了重点监护对象，测血压、血糖，心电图，还每天得到一粒安眠药。

"这样的日子也不赖。每周三餐不重样。矿泉水敞开供应。垃圾每天收三回，放在房门口就不管了。脏床单、毛巾换下来放进大塑料袋，等我们走了集中消杀。我都胖了好几斤！"没有了时差，我妈终于可以无拘无束地跟亲朋老友电话聊天了。

一眨眼，两周的隔离已经过去了一半。

我们落地当天的核酸检测第二天就出了结果，听说全员平安无恙，每个人都舒了口气。10月底据说从印度飞中国的航班检测出23名病毒阳性乘客，手里自然也有登机前的阴性证明。正是从那第二天开始，中国对海外回国人员的检查要求更严格了，从11月6日开始，凡飞中国的乘客都要持有登机前四十八小时检测结果，而不再是七十二小时有效，除核酸外要求加测血清查抗体。

11月18号，我们再次做了核酸与血清检测。几小时后结果出来，仍然很幸运，每个人都状况良好。

8

"要受点罪喽！"老友明星 G 发来信息，听说我在隔离。

我说有心理准备，带了书（英文版《月亮和六便士》，那有些晦涩的老式英文读起来还真需要大把悠闲时光）可以读，带了笔记本可以写作。唯一不便是不能出去跑步。

"原地高抬腿。"他回复道。

别说，还真有效。只站一会儿就浑身出微汗，神清气爽。看来明星足不出户，自有健身秘籍。

我欣慰自己在斗室中也可锻炼。

床上瑜伽也是我每天早晨必不可少的运动。

房间有电视，叩我一向厌恶被这个盒子霸占时间，从没打开过一次。

我过电影瘾。

手机上去年回国下载的看电影软件还在。那些有所耳闻却没机会观看的电影，终于可以逐一过瘾了。

先是看了《木兰》。花了十九块钱。去电影院看过的沫沫说没意思，说有的年轻人如我侄子都睡着了。但我却认为即使不乏乌龙搞笑，从西方视角看仍是一部有趣的电影，至少他们对神秘古老的东方文明会有或多或少的了解或向往。

然后是《归来》。看似简单的故事和情节，被巩俐、陈道明演绎得丝丝入扣，看得我叹息连连，泪水涟涟。忍不住发信息给编剧 Z 先生，他回复三个字：好电影！

电视剧也尝试了几部《欢乐颂》《都挺好》，只当是娱乐放松，有些不感兴趣的剧集我直接跳过去，纯属打发时间。想起一个美国人逗孩子的脑筋急转弯：Why does the time fly so fast? Because we like to kill the time，意思是，为什么时间飞逝得那么快？因为我们喜欢杀死（打发）时间。

我饶有兴致地写字。

除了仍完成每周一篇的英文周记，还试图把这次难忘的旅程记录下来。"你把它写出来，写成文字，即便是伤痛也可以化作财富。"十几年前Z编剧就曾在我夜半哭诉情伤时给过这样的中肯建议，于是有了那本《写给玄奘的情书》，我幼稚的小说处女作。隔离中看了某媒体对陈道明的采访，这个把陆焉识刻画得淋漓尽致的艺术家也说到同样的话：把苦难当作经历，把经历当成财富。他真做到了，自言陆焉识是他当演员以来距离他最近的一个角色。他父辈在那特殊年代的不幸遭遇化作了他作为艺术家的创作营养。

不提笔便罢，真写起来才发现枝枝叶叶细节很多。繁琐、细碎，却也其乐无穷。

不需要想象，没必要夸张，只须启动大脑的回忆再现功能和手指肚的打字能力。

我聊天。

人生行至中年，朋友已是寥若晨星。为数不多的几个也天各一方，为生计打拼，扶老携幼，已有一年或几年未认真聊天。从34年未见面的发小儿，到20年前漂在北京就认识的友人，无人不感叹，这一年似乎没有开始就已经结束。人生本就苦短，这一年我们都被打劫了一般，失去的哪里是金钱可以衡量？

我酣畅购物。

马云、刘强东，应该有理由比亚马逊的世界首富贝索斯更有快乐感，中国的网民购物经历比美国人更快乐。不仅更快更廉价，物品的种类繁多令人难以想象。只要你需要，无论多么偏门，你总能很轻松地搜到。

美国人能想象出自嗨锅吗？一块由生石灰和活性炭组成的小小发热包，丢进凉水里，上面放一个耐高温的塑料饭盒，就可以在15分钟之内吃到烫嘴的热乎乎香喷喷的煲仔饭。

折叠泡脚桶。美国人民会瞪大眼睛不敢相信，折起来只有铅笔盒大小，打开来就是耐高温的泡脚桶。

唯一令我不开心的购物经历是网上订了韩国777指甲刀具，居然被酒店安检后告知不允许送进房间，理由是其为管制金属物品，尖锐，有伤害性。前台答应送其中两个指甲刀到我房间，其他指甲锉、指甲钳都只能离店时再取走。

我斗嘴吵架。

在这隔离下蜗居，最近的、唯一的对手自然是我那74岁的亲妈。酒店规定一家的两个人，可以入住同一个房间。开始我们还兴奋于有个说话的伴儿，可很快都发现还真是自己独住更清静。

自17岁离家读书至今，感谢瘟疫的成全，我和我妈不得不尝试了一整年的朝夕相处，而且是在异乡异国的洛杉矶。好像有过来人说过，无论如何孝顺，千万不要和父母同住一个屋檐下。所有的不同与矛盾暴露无遗，且再也没有了躲避遮掩的缓冲地带。开始大家还顾着两代人之间那点薄薄的面子，尽量不去正面冲突。可很快假象绷不住了，芝麻绿豆大的小事都可以轻易摩擦起火。

"她被困在这里，言语不通，归心似箭有家不得回。还是原谅体谅一下吧。"杰伊虽然从来就没明白过我们在为什么争吵，每次都这样开导我。其实都是鸡毛蒜皮的小事小情绪。是疫情把大家困在家里，每个人都变得心比针尖还小吗？我每天做饭、打扫卫生、照顾猫和花草，里里外外每天陀螺一样地忙着，居然没有一个帮手。杰伊我可以原谅，毕竟他一天至少八小时坐在电脑前挣面包钱。要知道我妈在国内买菜做饭样样不拉，可她如今那理所当然的纯度假模式，让我干得越多越郁闷，好歹掸掸家具上的灰尘也让我感谢她的好意啊。"有什么可干的？地板家具都干干净净的，还用得着我擦吗？"她不知道如果不是她女儿天天擦，那干净不是不请自来的。

想想我自小起她那重男轻女和神经大条的做派，总把我家里的东西从LV包到首饰自作主张地占为己有或慷慨地送给她的乡下亲戚，新仇旧恨让我越发感觉悲催自怜。你可以选择朋友、邻居、爱人、同事，可谁能选择父母？

好在我们终于跌跌跄跄地回来了。同居一个屋檐下的日子终于要结束了。我终于可以是我自己了。

耗时费钱、一路打仗一般好不容易把她送回来，住在这小小隔离空间，我们开始倒也尽量相安无事，可某天晚上临睡前，都各自摆弄着手机的我们没能像每天晚上一样关灯睡觉。

"我回到家就把那个十万元的定期存单取出来。我不留着了。"

"你每月退休金还不够花吗？干吗动用那笔钱？"

"我花钱的地方多了，那点退休金哪儿够花？"

"你自己连牙都舍不得补，对别人总那么穷大方，今儿给这个姐妹五百，明儿给那个八杆子打不着的亲戚三百。你那么死要面子有什么必要？"

"谁像你跟谁都老死不相往来？你这样的人在县城根本没人理！我自己的钱，爱怎么花怎么花，你们做儿女的管不着！"

"不留点钱救急，那你将来万一病了怎么办？"

"我病了就等死，不用你们花一分钱。我早看出来了，这一年我早受够了！"

我的火一下子被挑起来了。于是星球大战开始了。

灯熄了。黑暗中，我们都能看到火光冲天、硝烟弥漫。

她岁数大了，倒时差绷着一白天都没睡，可能早困极了。我只是接下句慢了点儿，她的呼噜声已经响了起来。

一夜没能睡着的我，自然是战败者。

相爱不分距离。吵架看来也是如此。除了近在咫尺的我妈，远隔着一个太平洋的杰伊也远程交火。

美国疫情肆虐，每天都出去买个大汉堡当午餐、隔一天不去书店转悠一圈就难受的杰伊委实让我担心。眼看感恩节就到了，美国以每天十万人的速度增加着新感染人数，接受了邀请去玛丽安家庆祝平安夜的他居然没考虑要取消。

"我看报道了，刚过去的这一周，每十七秒就有一个欧洲人死于病毒；每一分钟就有一个美国人死于病毒。你为什么不能打电话给她取消呢？这不仅是为你自己考虑，也是为对方着想。

她老公和父亲都是七八十岁的老人，属于高危人群。你总不想给他们带来危险吧？"我知道杰伊是个很为他人着想的人，因而晓之以理以毒攻毒以蜜糖攻蜜糖。

他说他会考虑，可是又跟了一句：我总不能把自己一天到晚都压在石头底下谁也不见吧？

我吓得赶紧打给他微信电话："还有三四个月就可以接种疫苗了，难道不能忍耐这黎明前的黑暗吗？死了的已经死了，没办法。现在眼看就有希望获救了，又逢疫情加剧，如果再不谨慎点有个万一被感染会死掉，那就太不幸也不值得了！"我开启了演讲模式，且自认为比刚结束的总统辩论还要有逻辑和说服力。

"我已经做得比过去小心多了。自从你离开了我已经消毒了两次手机，还清洗过一次眼镜……"他的口气像个怄气的小孩。

"天啊我已经离开十天了，你应该天天消毒眼镜和手机！我们这么安全地隔离在房间里还天天消毒呢！"我忍不住打断他。

"那我把自己泡在消毒水里是不是更安全？"他开始抬杠了。

头没梳脸没洗的我不想再论战下去，不耐烦地下了休战书，说查房的医生来测体温了。

还有五天隔离就结束了。凡是让时间飞逝的事情，都是好的。包括吵架。我想。

9

"祝贺你重获自由。"正在北京家里昼夜学习备考 CFA 的沫沫信息。

"如倦鸟归林。"我边排队办手续边回复他。是因为与世隔绝十四天的生活马上就要结束了吗？即将拥抱自由，大家脾气都出奇地好。"有两个人据说要重新测核酸，要不咱们早就可以离开了。就因为他们俩，大家都白白等到现在。"我前面两个女士操着南方口音在叽叽喳喳，像两只习惯了聒噪的麻雀，不满，却并不特别气愤。

我后面一个面孔发黑气色暗沉的中年妇女把腿边两个小拉杆箱推给一位忙进忙出的宾馆工作人员。"你帮我拉到门口去好不好？"

那穿着白色塑料防护服的男子毫不犹豫地接了，一手一个四轮箱子风一般不见了，让我不由得猜想他前世也许是踩着风火轮的哪吒。

"给咱们把四个大行李箱搬出来的也是这个人吧？他们这份工作也真不容易。"我妈悄声道。确实很难辨认。从半个月前下飞机到此刻，我们身边所见最多的就是一群群一拨拨穿白色防护服的人。全身裹着密不透风的塑料长袍，头脸也被口罩面罩护目镜遮住，不说话连男女都莫辨，更不要说五官相貌。

母亲因为年事已高，成了宾馆医疗组的重点监护对象。除了每天和每个人一样的测量两次体温，还被开小灶，测血压、血糖。某天一个护士还拎着仪器来给我妈做心电图。

"请您帮我看一下这个传导线端口的数字。我的眼镜模糊了，看不清楚。"那是个三十岁左右的女护士，轻言细语，典型的潮汕女孩。她说她必须得分外小心，因为家里还有三岁的小孩。

这就是一线人员，在这次全球灾情中牺牲最大的一个群体。

"哎呀太慢啦。我急着赶飞机呀！要是九点半赶不到机场我就回不了上海了呀！"我身后的妇女开始踮起脚尖张望着前面的队伍。

"你排到我前边好了。"我说。看表，已经是七点半了。我非常理解这宾馆到机场一个小时的距离意味着什么，因而毫不犹豫地仗义一回。

也正是因为担心这莫测的隔离结束时间，我没敢预订25日当晚离开深圳的飞机，而是在第二次核酸检查结果出来后预订了26日早晨的航班。事实证明那是明智之举。不仅免受这位女士的赶不上飞机的风险，还不用负担高价机票。1600块两个人，即便加上一晚400块住宿费，也仍比临近出行再订实惠很多。起飞头一天我好奇地查看了一下，惊讶地发现同一个航班一张机票的价格已经涨到了2000元！

四个从洛杉矶跟着万里迢迢飞回来的大行李箱一直是四座大山压在我心头。先是担心如何从酒店运到机场，继而突然发现，国内航班只能免费托运一个大件行李，且不同于国际航班的23公斤，经济舱每个人只能限制于20公斤！

"走物流啊，深圳这个移民城市的物流很发达，全国各地都可以到达。三五天时间，也不贵。我妈每年往返于河北和深圳，衣物都是走物流寄送。"老Q是我当年在内地当记者时的领导，如今在深圳特区报当部门主任。虽未能见面，他有问必答的存在已经让我如沐春风深感温暖。

既然有大把时间，找个物流公司对比价格与服务，还是应该不成问题，虽然我们已经被告知结束隔离前，随身物品不能寄出离店。

韵达快递、顺丰速达、德邦快递，我学会了下载小程序并一一填报信息比对大致网上报价。但因为不能下单，只好等离店前一天再预约人员上门。

隔离最后一天，是我确定货运公司的最后期限，结果我发现大事不妙。打所有的电话，都是智能接听客服，根本没有真人讲话。

"不能找个小公司直接联系问价吗？"我妈看我四处联系都没下文，也望着那四个巨无霸忧心忡忡。房间本来就不大，两张单人床，一桌一几二把椅子。这四个大家伙把一把扶手椅挤到了门口狭窄的走道。

还真搜到一家小规模物流公司。拨打那个手机号码，接听的是一个干脆利索的男子。

问清了大概尺寸重量，他直截了当报价100块钱一件。"本来我们是三十公斤以内收60块钱，你这个还要给送到朝阳区，每个得加40元。不能再低了。要不你再问问别的公司。"

他的一番话至少让我心里有了底。

"400不贵啊。"我母亲在美国住了一年，也早已经习惯了把人民币除以七的经济学比对。在洛杉矶随便吃顿墨西哥餐，也要七八十美刀。她尤其心疼那百分之二十的小费。

"可这样的公司放心吗？不会给你弄丢了或破损了吧？"沫沫的思维越来越像典型的成人，充满忧患意识。

我告诉他某家快递公司网上自动报价214元一件，还不包括各种麻袋、纸箱等外包装费。

"那也要安全第一。顺丰虽然贵，但至少可以加点保费，不用担心后果。"他的不安也影响了我。我发现二十多岁的他越来越像家长，反倒是快五十岁的我越来越幼稚鲁莽得像个孩子。

尽管不允许外人到房间，好在宾馆承诺我们隔离结束时会和入住时一样，有安保人员帮忙到房间把行李运送到宾馆大门口。

我跟宾馆医务组一位女士电话咨询，她说韵达快递比较经济实惠。"如果不是重要文件的话。"

可是令我吃惊甚至恼怒的是，在小程序上下单后，接单员居然不接手机，连续三个短信也都不回。再次下单，换了另一个人的手机和名字，相同的是对方亦约好了似的，电话不接信息不回。

无奈只好在顺丰下单，亦是没人理会。

望着那四座沉甸甸的行李，心里打鼓。正不知如何是好，接到顺丰客服电话。一个小伙子很客气，大概估价400元，但说不是准确价格。"拉回公司后要核一下体积、重量，加上麻袋或纸箱打包费，才是最后价位。如果你要加保费，另算。我们公司是收费不低。"我最怕这种含混不清的留有后手的买卖，跟他说我考虑一下。

韵达客服也终于打来电话，这次是真人的声音。"不好意思，我们也在困惑为什么那俩接单员都联系不上。不光是您，我们公司也联系不上。为了不耽误您寄运，还是赶紧联络其他公司吧。"对方一再表示抱歉，到最后我不仅发不起火，还同情起这公司了。

德邦快递是做核酸检测时一位同飞机的难兄提到的，倒是很及时地联系上我。"我们网上预估价跟实际收费差不多，4件这样型号的箱子估计750元。"

"还是用那个小公司寄吧，你随打电话随时有人接，而且价位也合理。"听我给那位姓邓的物流公司又打通了手机并说随叫随到，我妈建议。

我再次上他的公司网站了解实力和信誉，把截图发给沫沫。他看了说也似乎没那么"野鸡"，应该还不至于玩儿失踪。

25日晚上7点钟，仍未接到隔离结束的通知，虽然十四天入住宾馆和餐费早已通过扫万能的二维码搞定结清，心理健康咨询表也填写完成。原本打算离开后找个粤菜馆请我妈吃一顿正宗广东菜的计划泡汤，代之以方便面。我已经从宾馆前台那个口音浓重的服务员那里了解到如何自己查询核酸检测结果。"下载一个叫粤省事的小程序，输入你自己的信息，就会查到。"依言如法炮制，果然显示核酸检测结果阴性，日期是11月18日，也就是一周前我们入境后第二次检测结果。在焦急的等待中，令人欣慰的是，似乎在某个神秘的瞬间，核酸结果显示日期突然变成了11月25日，而且我和我妈都是阴性！虽然这不该是意外的惊喜，但至少那万分之一的最坏可能性成了不可能。

我底气十足地打电话给驻扎在宾馆的医疗组催问，对方说再等一小会儿，应该快宣布结束隔离了。又打电话给前台，询问如何联系安保人员来帮忙把箱子经过那长长的七拐八绕处处台阶的走廊拉到宾馆大门口。"你们不用管。有人会逐屋去搬运。你是B楼啊，估计要多等一会儿，他们从A楼开始的哦。"

这么看来我估计我们的离店时间大约会在8:30左右。

看着已经收拾得空空荡荡的房间，我妈无聊得躺回床上。我继续故作镇静地追剧。《欢乐颂》第一季早一口气看完，狗尾续貂的2我是捡着蹦着看。不知为什么很不耐烦看关关和小蚯蚓俩女孩的所谓爱情故事，感觉戏剧冲突一般，另外俩人男友无论长相还是演技都特没劲。虽然平心而论，杨紫演技不错。

正看到小包总的老妈作出脑溢血，听到敲门声。

下午甜点早如期送过了，测体温也取消了，不会再有快递了吧？开门一看，却是穿防护服的保安来拉行李！

那大块头的小伙一脸严肃，愣愣地望着我，甚至不够特别礼貌，可在我们看来他不啻是天使化身。

排队拿到那张现场打印出来的结束隔离的证明单，天色早黑尽了，我们却似乎一下子身轻如燕，快步走到宾馆大门口处去认领行李。我已经给那位物流邓先生打了电话，他说我估计得等半小时，因为看我一直没有消息，以为不会有这单业务的他正在家附近散步。

十四天太久，不差这30分钟。我安慰着我妈，也安慰着自己。

看着夜色中车来车往的街道，听着难友们兴奋的南腔北调解决着各自的出路，一切，包括那暖暖湿湿的空气，让我的心很舒坦惬意。

"WE MADE IT！"我发信息给美国的几个惦念我的朋友。我们胜利啦！

10

H君打来电话说他已经为我们订好了酒店房间，就在离机场不远的某美术馆的楼上，那里的一个书法绘画展正是他的文友同好们为纪念他的公号三周年而为。重情重义的这位老友希望我能有缘一聚，并欣赏这些书画佳作。

我又何尝不想插翅飞过去和多年未见的他叙谈一肚子的知心话，怎奈许多事由天不由人啊。

最后又沟通数次，得知我仍在等候行李寄运，那酒店又在一小时车程之外，他只得遗憾离去，说留了一本他最近刚再版的书给我。

终于，一辆白色的讴歌闪着灯停在宾馆大门口，下来一位个子不高且有些瘦小的中年男子，正是我们期盼的邓先生。

"啊呀这么大的箱子啊！我报价时可没想到这么大哦。"他瞪着眼睛望着我又望望那箱子，似乎在犹豫是否要接这一单生意。我那刚踏实下来的心又悬了起来，生怕他一言不合丢下我们开车走掉。赶紧给他赔笑脸，还套近乎说我也曾在这个城市工作过，目前仍有朋友在这里。

言外之意是俺也不是好欺负的。我这小孩子仨俩人家根本没放在心上，他一再强调这箱子不仅大，还太重。说着瘦弱的他试图拎起一个箱子来，结果一个趔趄差点摔倒。我想乐，又赶紧忍住，上前帮他一起抬那箱子。

在我快绝望之际，一位保安走过来，什么话也没说，开始帮忙把我的行李往那本就不大的车里塞。后来我明白他是感觉不断有车开进院来我们堵在那儿有点碍事。

箱子都被塞进了车，邓先生见状也只好停了抱怨，虽然仍摇头皱眉像吃了大亏。

我生怕他变卦趁机涨价，赶紧赔笑脸致谢。听说我问保险费，正在拿出一本纸质发票给我开收据的他，说每个箱子最多保值2000块。"没事的啦，只要车子不出意外，根本没必要担心。我们走大卡车货运，很安全的。"说他回头会发我一个追踪物流的程序。

"你们也会用麻袋或纸箱再打包吧？"我问，实在不希望有什么破损。

他斩钉截铁地说不会额外打包。

"记得你开始说走航空运输……"我突然想起这个细节。

"那不可能啊！你要求空运我做不了。你可以找别人家。"他说着停下手似乎很乐意扔掉我这四块烫手山芋。

已经是晚上九点钟，让我去哪儿找下家儿？死乞白赖连哄带求，总算，他开着那小车离开了。

我妈明显地长长舒了口气，好像那四个大箱子把她也压得够呛。

打滴滴去酒店，坐进车里那一刻，我似乎才真正开始有了自由的感觉，很简单：所谓自由，就是像正常人一样活着。

司机是来深圳二十多年的东莞人，话不多。车是比亚迪电动车，许是我们行李少，开起来很有劲儿。

很快，和半月前坐大巴从机场赶到宾馆时一样，我妈又晕车难受了。车在深稠的夜色中行进，像在茫茫河水中蹚着走。路旁高楼灯火只是模糊不清的轮廓，看得久了让人眩晕。我也开始胃里翻江倒海，额头出汗发热。

十点半，总算到达，转了一圈打听了一个年轻人才找到前台，掏身份证办入住手续。"您朋友给您留下的东西。"前台小伙正在啃着一个苹果，他递给我一个大信封，有些好奇地望了我一眼。

进了电梯摁十楼却没任何动静，反倒是下到地下车库层，进来一个女孩。"这摁钮不能用吗？"我知道疫情让一切不可能都可能，问道。她面无表情地说需要刷一下门卡摁钮才可以感应。我微笑无语，心里感慨，国内人总讥笑洛杉矶是大村庄，看来这村庄早已不是深圳小渔村的对手。

明明是酒店，却一下子让我们母女有了到家的感觉。

这里，我们可以四处走动，可以躺在干净洁白的床上计划明天出门去哪里。洗漱完毕，母亲很快进入梦乡打起了微鼾。我蹲在地上，打开 H 君留下的那个信封，里面是一本书，其中夹着张折叠的宣纸。打开，是一封行云流水的信：鹏城一聚非传奇，万里天车半月及。思绪不随年月老，鬓霜犹忆对花期。

旁白：庚子大疫，航路阻隔，旧友携老母自大洋彼岸返国于鹏城竹园宾馆隔离半月，匆匆一面，吟小诗以记。

一遍读罢，我已经湿了眼眶。鬓霜犹忆对花期！这一行半个月的劳顿、焦虑、恐惧、无助，我都未曾想也未曾敢落过一滴泪。此时，我只想痛快地哭一下。可是，仍然不能。我们还没回到家呀。

薄薄的一页纸，绵柔像温暖的手。那娴熟不张扬的字迹，似他那张我熟悉的脸。他显然是期待着我们能见上一面的，提早做好了诗文，等候多时聚首无望，只得怅然离去。在时时刻刻强调个性与自我的时代，有多少人还愿意为别人守候？我突然想起新在 Linkedin 上结识的一位移民美国三十多年的大学校友，某天聊起我每周参加的一个诗歌沙龙，我说大家相聚都很开心，只是由于都被生活琐事所累，极少有按时到齐了的时候。他立即斩钉截铁地说："要是换了我，到点儿人不到，我一分钟也不等，立即走人。"我说人应该宽容体谅他人的不得已。"你别说什么宽容，给谁看？还不是你想当好人。"他的不容置疑让我似乎找到了他年近六旬仍形影相吊的原因：太自我。

H君已经跟美术馆说好第二天提前半小时开门，好让我去机场前有机会匆匆一睹群贤书画芳容。

飞机9:50起飞，我们必须在八点出发去机场。而酒店七点开始早餐供应。我实在想让吃了两顿方便面的母亲吃一口肠胃舒服的饭食。决定一早六点半起床，拉着行李去一楼吃早饭，然后上三楼走马观花一下展览，快速奔赴机场。

生怕睡过了，把两个手机都定了闹铃。结果仍是不踏实，失眠，也就眯了两个小时，五点多起来。

洗漱，装箱。

6：55，准点下楼，成为餐厅第一拨食客。

无论在哪儿，对酒店的自助早餐我总是充满信任与期待。虽多是基本的粥汤菜蔬和主食，因种类繁多，又完美地结合当地饮食风格，总能吃得胃里嘴里都舒坦受用。

肉粽子，现煮米粉，白灼菜心，奶油玉米，皮蛋瘦肉粥，花卷，粘糕，迷你烧卖……我们母女回到祖国半个月，终于吃上了一顿有点家的味道的早点。

我一向吃饭速度快，这次又不敢恋战贪食。让母亲慢慢享用，我匆匆奔到三楼。循着招牌，一路找到"好风相从"展厅。空荡荡的大厅，满墙满壁的诗书印佳品，似乎专为我而候着目光对接。边速览边内疚，囫囵吞枣，狼吞虎咽，就是说我这样的走马观花者啊。看表，已是7：45，为几幅特别喜欢的作品拍照，跟赶过来为我提早开门的美术馆小李道谢。差五分八点，赶紧道别，与母亲会面快步退房，小跑着出酒店去路边打车。好在滴滴司机似乎总是方便得像亲人，一分钟赶到。

仍是比亚迪电动车，二十多分钟后我们已经到达机场。

深圳航空一位面目和善的年轻人帮我们在自助机器上换了登机牌，走了一里地才找到登机口。一路所看到的门店全部正常营业，多数还打折促销。想起洛杉矶机场关门闭户的世界末日景象不由再次感慨。我大中国在抗击瘟疫这一场全球战争中，绝对令人瞩目，不管西方是多么羡慕嫉妒恨。

因为目的地是北京，登机前按要求扫北京健康宝二维码。准点上了大巴去登机，没想到那大巴拉着我们在不大的停机坪转了半个多小时才停靠在一架有着深圳航空logo的飞机旁。

"这深航，在自己地盘上搞得这么复杂。"有两位年轻女士揶揄道。

好在三个小时似乎一晃就过去了。我打了个盹，写了会儿日记，喝了一杯茶一杯咖啡。听说我不喜欢那齁甜的速溶咖啡，空姐还专门为我煮了一杯黑咖啡。想起从洛杉矶飞深圳国航的十五个小时空中无微不至的服务，我不禁再次感叹，国内航空公司的服务质量真的可以睥睨天下了。

因为没有托运行李，出机场很迅速顺利。打了滴滴，却被司机告知他不能赶来："我们不允许在那里接客人。"

与深圳温暖湿润的气候相比，北京的空气自然干爽冷冽得多，也许因为是正午，也许身上的热气还没散去，并不感觉很冷。

去大巴售票处买票，被告知经过我家附近的线路取消了。退而求其次，买了另一条到中关村的线路。25元每人。

"您得把口罩戴好，别挂在下巴上。要觉得憋得慌，先下车透透气儿再上车。"大巴司机是典型的北京爷们儿，京片子干巴利落脆，话糙理不糙，让你即便不爱听也没辙反驳。他话音刚落，车尾一男子一声不吭地把挂在下巴上的口罩罩住了口鼻。

"您可以在到站前停一下不？要不我还得往回走。"一个瘦高的坐头一排的女士问，一脸习惯了享受特殊照顾的坦然。

"下面那位是我领导，您问他去。要是他同意我就给您停。"仍是认真得较真儿的腔调。

那女士探头望了一下窗外，扭回脸没再吱声。

两点，准时发车。京密高速路旁的树居然有些还顶着绿色的帽子,我认出多是旱柳。毛白杨已经秃了头,却仍个个挺拔得像个真正的汉子。荒芜而清爽,像刚收割了庄稼的田野,衬着瓦蓝高远的天空,让我这土著北方人终于有了回到家的熟悉与亲切。

"到小营请停一下。"后面那位被纠正了口罩戴法的男子从座位上站起来,踉跄着往前走了几步,立在过道里冲司机说道。

"逢站必报。不用您提醒。坐好喽,要不出了事故算谁的?"

我暗自同情那被抢白了的男子,因为我也正琢磨是否到站前要嚷一嗓子才确保这车会停一下。

车里也就十来个乘客,除了呼哒呼哒的汽车行进的声音,没人再说一句话。

到安慧桥,我们下车。先去行李舱取拉杆箱。司机居然下车来盯着。我倒没反感他的不信任,反倒欣慰于他是个负责任的司机。

再次打滴滴,是因为终于踏上离家门最近的一段路程了吗,我兴奋得话多得自己都吃惊。

"我已经一年没见到我儿子啦!"接到沫沫电话,说他马上下楼去等我们。我开心地说。

"也就两三天的快乐,很快你就该烦他了。我这当爹的反正就这样,哈哈哈。"司机是个三十多岁的黑瘦男子,细长的眼睛总透着戏谑的笑意。

那位司机也许是位生活哲人。不出三天,我那与儿子久别重逢的兴奋很快被疲惫不堪的家务覆盖了。

原先很宽敞的三居室已经变成了储藏室一般杂乱。至少有上百个快递纸箱、塑料袋，占据了书房的整个地面和客厅、卧室大大小小每个角落、墙根。厨房、厕所的台面、墙角甚至门把手、水龙头都被油垢和污渍覆盖着。

整整三天时间，我扮演着保洁员的角色，累得比坐飞机还腰酸背痛。

在深圳隔离期间，接到两个来自河北故乡的政府部门电话，问询我母亲结束隔离后的去向。先是县疫情办公室一位客气的小伙子，后是公安局一位声音听着有几分居高临下的女子，除了问询母亲身份证、电话号码等基本信息，还问我结束隔离后居住地城市、街道、门牌号。"按规定结束14天宾馆隔离人员，在河北境内须接受另外14天居家自我监测。"据说北京的政策稍微宽松，非14天，而是7天。

我原先以为街道部门会找我，以监控我的居家自我体温检测。后来发现并没有什么人出面，接到几个电话都是快递或物流人员。但我跟我妈还真是在一周内大门没出二门没迈。"回来了，怎么能给社会添乱，中国能控制到这种地步多不容易呀？你看看美国！"终于回到家的我妈电话不离手，成了抗疫义务宣传员。

11

回到北京第八天，终于迫不及待地去了我最爱的所在，奥林匹克森林公园。

公园是人类为亲近自然而打造出的空间。夏日的公园，更像是孙悟空路过火焰山时借来的那把芭蕉扇，用一片清凉救赎躁热绝望的生活。在我看来，要想数清这万亩森林公园的树木几乎和想数清天上的星星一般困难。湖水，苇荡，让人闭目假想自己身处水乡泽国，蛙鸣和虫吟把一园的静谧划成丝丝缕缕，偶尔柔风轻送，吹来松柏枝叶的清香。在我眼里，这里可谓北京最美的所在之一。即使此刻为冬日，严寒和瘟疫同时笼罩着大地，这片园子仍是我的灵魂栖息地。

"只有当我踏进这个园子，我才好像真的感觉回到了家。"这是我在邮件里跟英文老师维罗尼卡吐露的心声。一问起我的住所，许多人会瞪大眼睛羡慕那地段如何具有升值保值前景。我最自豪的不是那个房价数字有多长，而是它离森林公园的距离有多短。

每回从机场到家，第一件事就是去看它。像久别的故友，即使从不联系，亦知对方可靠地等候在那里。沫沫大学毕业归国一年，朝九晚五，挤地铁去给一家保险公司打工，并不懂得省吃俭用，却也攒了万把块钱，知道我喜欢锻炼，主动给我买了个苹果手表，方便记录各项健身数据。看我对他的无线耳机很感兴趣，干脆好人做到底，一并买了送我。于是，每天3英里，伴着 air pass 里的音乐与歌曲，快步徜徉在人迹稀疏的公园就更成了我享受的日常。一身微汗，然后寻一片隐蔽空地，有长椅最佳，神清气爽做半小时瑜伽拉伸。

从家到奥森公园西门，快步如我，也就十分钟左右。像要和久违的恋人会面一般，距离门口几百米的地方，我竟心跳起来。忽然我留意到有两个中年女子怏怏地被穿制服的保安拦在了门外。

"怎么了？"我走近了问。

"查北京健康宝。这大冷的天好不容易来了，又不让进去。"她戴着口罩，可脸上的失望还是清晰可见。

"健康宝出示一下！"这回那保安冲着我道。

"可我没带手机呀！"我愣在那儿不知所措，甚至想好了跟北京大妈似的与他理论一下儿：这开阔的公园又不是室内，有什么必要查健康码？况且所有入园者的必经入口新增了一间临时搭建的小屋，不仅可以安检，还有自动感应测体温的设施。我曾无比自豪于中国公共场所的防疫手段：既达到效果，又不影响人们正常生活。我甚至还拍了照片发给美国的朋友，他们都感叹：中国就是把病毒防控做得无懈可击了，美国真的被甩下不只一条街了。

"没有带手机？"保安大叔打量着戴着雷锋帽的我，似乎不忍心让我掉头，"有小区出入证儿吗？"

我赶紧说有，掏出来给他看。

"这次进去吧。下回记得带手机。"他冲着我的背影嚷了一句。我痛快地答应着，感激于这人性化的体贴。边走边想起头一天应朋友之约前往某饭馆聚会，忘记带卫生巾的我正担忧如何解决这不便，看到一个路边小卖部，门口坐着一位年轻女孩，我跟貌似主人的她打听是否有卫生巾，她起身让我进去，却并没在那因为疫情几乎没什么货物的货架跟前停留，而是径直取下挂在墙上的背包，取出一片卫生巾递给我，还客气地问"这样的行吗"。我接过来问她多少钱，同时感叹这都市生活的日新月异——卫生巾都按单张卖了。"不要钱，拿去用吧。"女孩表情和语气都很平淡地说。小事一桩，却让我印象极深。——国人的素质真的愈发令人刮目相看了。我不知道是否有那以喷人为乐的网民要群起指责我小题大做，我只想记下这打动我的瞬间。Who cares（谁在乎）？我可不想为骂街的人活着。

阴历还没进十一月，北京已经飘过了两场小雪。"历史上的庚子有过许多灾难，今年也不好过，看看这新冠病毒！"不时听到这有些神秘的议论。2020年闰四月，也就是说有两个阴历的四月。我以前曾多次试图跟美国邻居解释这中国阴历的由来和计数原则，可似乎有些困难，最终只能归结以"按照气候与农业种植的关系而定"。公园地上东一块西一块白花花的，像被风吹散了的花瓣，似乎不甘心那雪太过轻易地没了痕迹。湖面也没有被彻底冻住，夏日嘎嘎叫着的鸭子和红鲤们也不知去了哪儿，只剩下褐色的浮萍隐没在水下韬光养晦静候春姑娘的消息。万木萧瑟，荷塘凋敝，没有被收割的芦苇顶着干枯的苇絮，直直挺立着仍是去岁模样。我用冻僵的手握着相机为他们拍照，心中默想，是否他们看我也似曾相识？

仍有人在跑步，多是年轻小伙子，三两个一起，或单独一人，上身穿着薄棉服，下身是贴身运动长裤，往往外罩一条运动短裤，为了挡风吗？

我听着音乐，疾步快走，不一会儿就一身微汗。音乐舒缓悠扬，总让我疑心在某个小树丛的转弯处，留着一头卷曲金发的少年莫扎特会翩然走来。

看表，已经是三公里，开始往家走。

过马路行至街角,我已经看到我们小区巧克力色的楼房了。不经意间看到一个戴口罩的瘦老太健步迎面走来。我一般不会打量行人,只偶尔瞥了一眼她银白的齐耳短发利落地别在耳后。擦身而过时,她突然停住脚步跟我说着什么。戴着耳机我听不见,但看她一脸认真地指着我的裤子,便赶紧敲击两下耳机停止音乐。"你的裤带都耷拉着没系上!"她严肃地望着我。

"哦,这裤子就这样的,松紧带的,这带子是装饰。"我笑着解释道,想起我妈的唠叨。

"那叫什么呀?你当好看?现在的人怎么不知羞耻啊?"她大声嚷着,大义凛然,似乎当街抓了个小偷。有几个行人也放慢脚步好奇地冲我们张望。

我一下怒火攻心,变得口不择言,"我穿什么还要您批准不成?!"然后扭头继续走路,任她提高声调继续那义正辞严的指责。但我相信我的脸一定通红,一路来的好心情也已经荡然无存了。

愤然回到小区,用门禁卡开门。发现门里赫然候着一个骑电单车的女子,口罩头盔遮面,棉套袖、厚羽绒服披挂在身,像个杀气腾腾的刺客。经常有这样进出小区时等着蹭别人开门的人,要么嫌掏门禁卡麻烦,要么骑车或手上提溜着物品不方便。我有时去超市买菜回来也是手提肩扛,盼望着那扇只供两人并肩通过的小门正好有人出入好随着跟进。所以轮到我空手闲脚,我也愿意为别人捎带手行个方便。我掏出门禁卡,嘀一声,门开了,我闪身在门侧,示意她先过。那女子面无表情、一脚蹬地滑行着驶过,似乎理所当然于别人的礼遇,看都没看我一眼。

"这么没教养啊。谢谢都不会说一声！？"我没好气地冲她背影嚷了一嗓子。

"我说了，你没听见。"她微扭着脖子嚷回来。

听见这回嘴我反倒高兴起来。错在他人，我会无能为力甚至失望；错在自己，至少我可以修正自己。

被骂和骂人，都发生在短短的十分钟之内，看似不同，实则相同：每个人都想按自己的标准拯救世界。我不禁边摇头边笑出了声。

四个托运的大件行李如期到达。于我尤其是于我妈，实在是一块石头落地的释然。她在美国一年，倍受煎熬，千忍万忍，如果最后这装满了礼物的箱子失落了，那衣锦还乡梦岂不破碎？

没多久，迎来了我四字头的最后一天。像可怜的孩子面对最后一口蛋糕，再不舍得亦知其不可久留，只能黯然躲进角落细嚼慢舔，好让那与之共处的时光尽量持久。我只想在旷野和树木们呆在一起，度过令人怅惘的四十九岁最后一天。虽然我不时提醒自己：时间不过是人为的刻度罢了。"取决于年轻与否的是心态，而不是那个数字。"我的同辈们早学会了互相鼓励。我也已经不再如从前时那样视五十岁为老人，可有两件铁打的事实令我不敢轻易声称自己是年轻人：无论去哪儿，进进出出的几乎全是儿女辈的了。昨天还跟在你屁股后面流着鼻涕的小孩已经在教你如何用笔记本如何网上付费了。后浪已经把你往沙滩上推得越来越远离潮水了。那些曾经，一直让我们自视为年轻人的参照物——上一代人，已经越来越沉默甚至彻底从这个世界消失了。我们，被迫成为了别人的参照物，成为大叔阿姨甚至爷爷奶奶了。前浪已经把位置越来越多地转让给我们。

"只要头部和上身不受冻，一个人的耐寒能力就会很强。"这句话来自我前男友，一直那么深地印在我脑海里，即使二十年来他的脸早已模糊，走在人海我未必能一下认出他。裹着厚厚的羽绒服，戴上有护耳的雷锋帽，只穿一条牛仔裤，我加快脚步沿一条人迹稀少的小路疾走，一来为了像个锻炼的人，二来实在寒风刺骨。我边走边打量着路两侧的树，不知从何时起，许多蓝色的小牌子被挂在了树干上，像人出席重要活动时的胸牌或名片。雪松，侧柏，白蜡树，榆叶梅，毛白杨……走到制高点，那有一块石碑记录着中轴线的丘顶，我感觉屁股痒痒的像得了风疹，我猜那是寒冬对我只穿一条单裤的惩罚。

那是午后两点半，应该是当天最暖的时候。太阳悬在灰蒙蒙的天上，无力地照在结了冰的荷塘苇荡里。其实只要你站着不动，风似乎就和缓许多，你也会感觉温暖一点。可我急着结束这不明智的独行，匆匆大步流星往回走。然而看到别致的景色，又忍不住停下脚步，掏出手机拍几张照片。虽然最后的成像效果与人眼所见的美好比较起来，往往太过平庸无奇，只落得被删除的命运。

在即将到达西门口的时候，荷塘边一圈列队整齐的芦苇吸引了我的目光。阳光尽管稀薄，可仍把那一朵朵苇絮照射得如银色丝缎，几乎透明得像一朵朵盛放的绒花。我掏出手机，脱掉手套，横着竖着拍了几张，试图得到尽量贴近人眼所见的观感。就在我把手机移到一棵柳树后，以躲开那悬在空中的太阳时，我的余光和意识之眼，看到了她。一个着冬装的女子，就立在我的右侧不足五米远的地方。她那么安静地立在那儿，像一个影子，似乎和我一样，她之所以驻足是因为也喜欢这片枯塘败絮的景色。也许不过才一分钟时间，我的双手已经被冻得几乎失去知觉。我打算离去继续赶路，扭头去看那女子，她倏忽间已经遁入无形，没有丝毫影踪。

荷塘淹死的女鬼，趁人迹稀少出来放风或还魂？

我心咚咚跳着，一边快步走着一边四下打量，希望看到一个正在离去的人的背影，可显然四周空寂没有一个活物。我突然感觉在这凛冽的旷野，我已经惊出一身冷汗。 我冷静下来，发现自己更多的不是惧怕，而是困惑：无论冬夏，近十年来我经常出入这个园子，甚至夏天故意趁天黑暑热消退后才去跑步，可从来没有发生过这样的神秘偶遇。她，为什么要在此时出现？难道她知道我马上步入知天命之年特来现身示法？如果是，那法又为何？是暗示我做人要活得包容，允许一切理解和不可理解的事物？

当晚接到身在波士顿的发小儿艾米打来的电话。自从疫情以来我们联系甚少，只知道做会计职业的她从三月份开始一直在家办公。

"我母亲昨天去世了，胰腺癌，从确诊到离开只有五个月时间。你知道美国这COVID有多严重，我们马萨诸塞州小得在地图上看不到，可最近这几天日确诊人数都达五六千。我妈又去世在周五，周六日殡仪馆都不开门，我们只能等周一。"

我和她已经有十年未见面了，但我清晰地感觉到她的哀伤无助。单身母亲，一个读大学一个读小学的孩子，在那天寒地冻病毒肆虐的异乡，又逢丧母之痛。

"洛杉矶也已经成了重灾区了，听说医院早已经没有床位了。你万幸回到了中国。其实在中国你一向什么都不愁，继续过你的贵族日子多好，没必要像我们一样在美国打工吃苦。"一向喜欢讽刺人的她口吻平淡客观，让我略有意外。

一提起洛杉矶，这个我十年前才第一次走入的异乡，我总是百感交集。于它，我是旁观者局外人，它从未停止过带给我意外和新鲜感，隔岸观火一般，看似近在眼前，却似乎永远走不进去。于我，它陌生又熟悉，像千千万万游子的第二故乡，个中滋味，欲语还休。

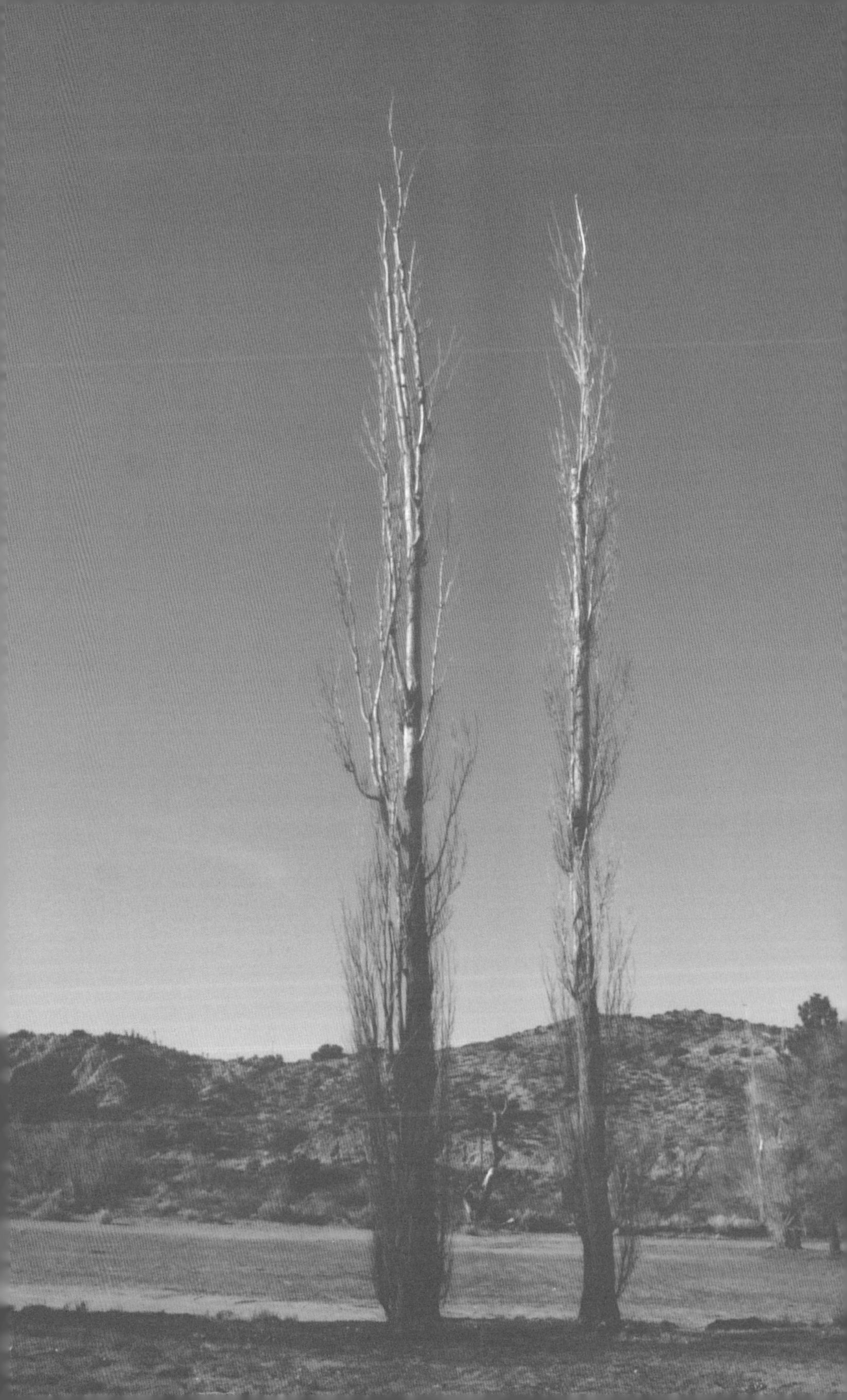

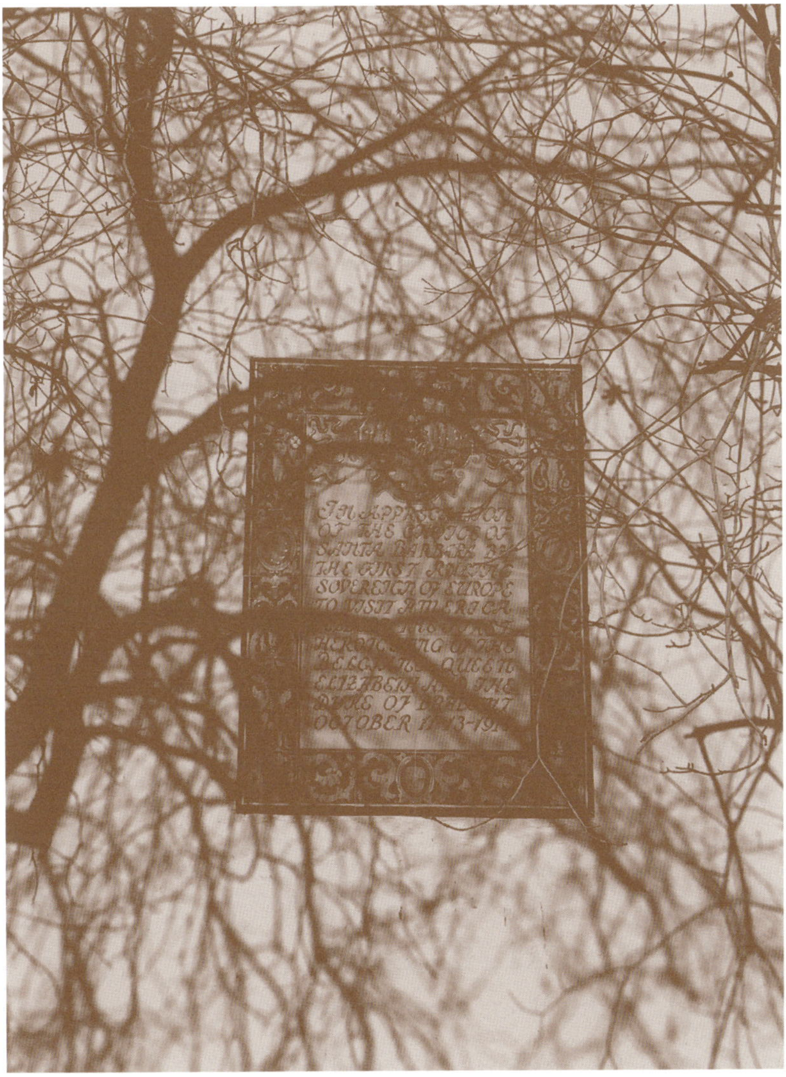
SOVEREIGN OF EUROPE
TO VISIT AMERICA

醒目的红字

二月底,备受瘟疫折磨的意大利恐慌地宣布全国封禁。地球的另一边,特朗普自信满满地告诉美国百姓,只有十五例感染者的美国"so well under control."(在极好的掌控之下。)他保证这个数字只会下降不会上升。

二周后,感染人数上升到1678人,即便心心念念着他的大选之年,他不得不宣布美国进入紧急状态。

尽管不时看到有华侨在微信发布各种乐观的消息,说科技发达的美国不可能让这小小病毒影响太甚。然后,他们很快噤声了。三月底,美国已经成为"震中",感染人数突破十五万,死亡增至2828人。恐慌之中,我开始记录在洛杉矶所见所闻的一切。特朗普身边有良知的共和党的幕僚开始心急如焚,提醒他"你目前的敌人不是拜登而是病毒"。

那时,居家令带来的最大好处已经凸显:公路上车流明显减少,交通前所未有地畅通。四月初洛杉矶车管部门公布的数据显示,洛杉矶地区汽车平均行驶里程在20天内从3.82英里下降到了0.41英里,官方很负责任地提醒市民继续减少外出。

"即使你开车在你的小区附近转悠,仍然有机会遭遇车祸或受伤,而你前往医院得到救治的过程中就有机会感染上病毒。"既然几乎所有的汽车都像老母鸡趴窝静静地在车库睡大觉,保险公司也纷纷主动体现人文关怀,退回车主一定额度的保费。

在家办公让许多人多出了时间去锻炼身体,比如杰伊,以前朝九晚五赶火车去上下班,除了周末几乎没有锻炼的时间,疫情当前,得以每天早上都去跑上两英里。我们的邻居,一对在 NASA 工作的年轻夫妻更是专挑每天下午最热的两点钟沿河边小路去跑步,说很享受那种被太阳炙烤着流汗的感觉。

小区更加安静了。尤其是一到周末就邀朋请友在后院烧烤的亚美尼亚邻居,门前没有了停成一排排的汽车,半夜听不到激昂的音乐与谈笑声。

当然,最现实的好处是省钱了。电影院、饭馆、商场关门大吉。不用出门添置行头,人人只穿居家服装,老牌正装店——以为多届美国总统就职定制服装而闻名的 Brook brother 宣布破产。甚至红火的女士内衣品牌"维多利亚的秘密"的许多店面也关门倒闭。不用化妆甚至不用去发廊做头发,一些明星甚至在社交平台上晒自己长出的白发和素面朝天的居家照。

许多人的美梦成真——美国政府真的启动印钞机给大家发钱了:年薪低于 75,000 美元的单身人士可获得 1200 美元。年收入低于 15 万美元的已婚夫妇可获得 2400 美元。家里每多一个 17 岁以下的孩子还可额外得到 500 美元。商业部门数据表明,美国人终于"回归生活本质",用瘪瘪的口袋里仅有的钱去购买最基本的生活用品,食物和汽油。

国际原油价格也上演了令人瞠目的"仙人跳"：先是暴跌到零，然后一路失去底线，跌到 -$37.5！

有人开玩笑说：终于，我的车耗掉了半箱油，半夜又有人给加满了！该死的！

仲春四月往往是全球航空最繁忙的季节，但在2020年的春天，全球只有7635架飞机还在空中飞翔，14,400架歇业落满了灰尘。没人商务出行，没人旅游度假，美国的旅馆业和好莱坞一样成为重灾区，每天旅馆房间收入损失5亿美元，70%的酒店员工失业。

十三亿人口的印度领教了病毒的威力，也不得不宣布封国。意外的好处是封闭一切工厂带来了难得清新的空气，印度北部小城Jalandharo的民众兴奋地在网上分享照片并配图：三十年我们第一次看到清晰的喜马拉雅山。

我们和大多数美国老百姓一样，主动节衣缩食，听话地把去超市采买次数降到了最低。某天冰箱里的水果蔬菜还是见了底儿，食用油也没有了，该去COSTCO（好市多）采购一趟啦。

疫情可怖，我已经自觉地视出门购物为己任。杰伊是挣面包的主劳力，在家办公一天八小时也没闲着，我自然不能让他冒风险。我妈特别喜欢购物又憋闷得总跃跃欲试，她独自是绝对完不成买菜任务的。况且，她属于高危人群，还没医疗保险，跟杰伊比较起来，她是那个更不能得病的人。

如果要投票选出一个出门跑腿的人，我相信家里的猫火球都会举爪子指向我。

戴上口罩、一次性手套，背上包，我准备出门。表情淡然，心底却有一股悲壮感，似乎我不是去采买，而是要去地狱边儿走一遭。

我妈正好在前院剪几枝盛开的粉玫瑰，打算插在她卧室的花瓶里，主动要求跟我一起去。"没事儿，我都在家憋了一个月了。咱小心点儿。"

我的邻居米基是个六十多岁的老太太，她告诉我说从不敢开车去COSTCO，因为那不小的停车场总是被车辆密密麻麻停得几乎没有空位。就算好不容易等到一个，也让停车技术不好的人紧张得出一身汗。她偶尔让杰伊顺路带她去，有时干脆写个条子让我们帮她捎带点东西。我的技术比米基强多少我不知道，但至少我心理素质比她强，我敢开去碰运气。

可那天找位置停车着实让我后悔了这一行程。所有的车位上都停着车，有许多还是超大皮卡，霸气地压着线停在那儿，让两边一点周转的余地都没有。我像梳头篦子一样开着车沿各行各列都梳了一遍，别说空位，没有一辆车有走的迹象。

最后，我放弃了守株待兔，直接开到这偌大的批发商场的后面。那是一条没有划停车位的过道，但也已经被逼不得已的人们沿墙停满了车。坐车里等了几分钟，终于见有个男人推着购物车走过来，停在一辆SUV后面，他很年轻，可面色阴郁，手脚极慢，无精打采地一件件地把东西往车后备厢里码，似乎根本没留意到有人在打着灯候在一边。

"真够慢的！"我妈都看得不耐烦了，嘟囔道。

"唉，也许刚失业了。发愁买这一车东西的信用卡怎么还。"我倒突然心软了。这要是我的兄弟呢？我还会埋怨他吗？美国已经有2500万人失去了工作。而有四成的家庭银行账户里连四百美元的应急钱都没有。

停好车，走了将近十分钟，我们才到得商场正门入口。有工作人员正往一排排购物车上喷消毒液。而两队购物者排起的长龙也见尾不见首。我们加入进去，在工作人员的指挥下，看有人出来才放进去几个，显然是为了限制里面的人流。

如果说我们有任何与众不同，那便是我们戴着口罩。"戴口罩没用，只有医护人员和病人才戴。"这几乎是美国人都相信的新知识灌输。待我们终于接近大门入口，才看清墙上贴着一张纸，上面是缺货清单：免洗洗手液，湿巾，维生素C，面粉。如果谁是专为此类物品而来，就可以不用进去了。

终于进到里面，我倒抽了一口冷气：我从没见过COSTCO有这么多人！从靠近门口的收银台到整个大厅的另一端底部，二十来个通道已经全是排队付款的长龙，每条通道还都排着双队。而且，有许多人推着车在货架前扫荡，几乎没有人戴口罩。

我突然很庆幸我妈的存在。在车阵中迂回穿行，我们推着空车找到一个队尾。我让我妈守着空车跟随着大队往前挪，我则像个游击队员一样四处去找我列在清单上的物品。橄榄油、牛奶、麦片、胡萝卜、蘑菇、牛油果、蓝莓。零星看到几个以口罩遮面的人，都是亚裔面孔。

当我把最后一件——给米基捎的六盒金枪鱼罐头放进车里时，我留意到别人那满满当当的购物车里有两样物资似乎是不可或缺的：卫生纸和矿泉水。

我想起史蒂夫说他不久前去好莱坞参加一个朋友聚会，在那医生、银行家满座的会所，有两个大腹便便的投资人突然不可思议地说家里卫生纸短缺了。"去了三家超市居然都没买到，最后是厚着脸皮敲门去邻居家要了两卷。"于是所有人都说到超市那抢空了的货架。"啥都可以没有，唯独卫生纸不能不用啊。"大家调侃地笑着，摇头叹息这梦里都不会出现的情景。

我于是赶紧奔向那往常堆放纸质用品的地方，才发现那平时永远堆得像小山一样的卫生纸连一卷也没有了，空空的地上只有几排木搁板。

我回到购物车旁，好在我妈已经移动到接近柜台的地方了。"请问你这卫生纸是从什么地方找到的？"我问一对面容和善的墨西哥夫妇。

"亲爱的，你来得太晚了。要买到卫生纸，必须得早来。不过听说下午四五点钟还会补充一次货架，赶那个时候来也许能买到。"他们同情地微笑着，眼神里是无奈。

回到家，我看到电视里也正在报道生活用品脱销的新闻：从二月二十四日到三月十日，美国卫生纸的销量攀升了51%。

怪不得一纸难求。

我们小区网上还有人发起了以物易物热潮：一卷卫生纸换一盒鸡蛋。半打柠檬换一盒牛奶。三个口罩换一筒巧克力。我不知道这一切是否会让上岁数的人想起战时的物资紧缺。

路上接到一个月前刚从国内回来的朋友 M 的电话。不像我所在的城市已经发现了十七位病毒感染者，她那以华人或其他亚裔为主要人口的城市至今仍是零感染率。细声细语的 M 来自广东，已经在洛杉矶居住了二十年，总有一种叶落归根的愿望，她一直没有加入美国国籍。作为房地产中介，她甚至没有一间属于自己的房产。每年春节她都飞回广州去看望年近九旬的父母，在这个病毒搅乱了的庚子春节也不例外，只是从没曾想象这么辛苦。"人家开玩笑说中国打了上半场，美国接手打下半场。我可倒好，上下半场都没拉下。两头都跟着隔离。"一月二十号她回到国内，两天后，行李箱都还没彻底打开，中国开始采取自我隔离措施，而五天后就是中国的春节，父母和他们的保姆是 M 那一趟看到的仅有的熟人。二月初，美国政府开始限制非美籍和绿卡持有人前往美国。即使像 M 这样有绿卡身份的人，回到美国也要进行十四天的居家自我隔离和体温监测。"不幸中的万幸是我预订了东方航空的往返机票，得以在二月十九日如期回到美国，如果我像以往订南方航空的机票就更惨了，南航取消了二月十二号以后飞美国的航班。许多人不得不临时买票回美国，单程就三千多美元一张！"

  M 二十年前和经商的夫婿移民到洛杉矶实现美国梦，刚到不久就怀孕生女，丈夫受不了在美国的边缘人生，丢下她们一对母女跑回了广州。离异后为了有经济收入，M 和许多中国人一样，挣扎着过了语言关，选择了一个门槛比较低的谋生手段，考证成为房产中介，帮人买房卖房维持生计。她人老实本分，不会用花言巧语游说客户，每年能做成两三单，二十年来从没大富大贵过，收入只够维持温饱。有一个交往了十几年的美国男友，她恨不得赶紧结婚好有个家，无奈人家只想恋爱不结婚。

耗到现在，两人都已五六十的年纪，按说也可以携手走进暮年老来有伴了，没成想对方开车在高速上出了车祸，暴雨中把一个车坏了停在路边检查故障的年轻人撞成重伤不治身亡，而一个月后，官司缠身的他自己又被查出患了血癌。

"我的人生还能坏到哪儿去？父母老得不能指望，男人有病有官司，那一直没工作的女儿又未婚先孕，我下月就要当外婆了……"她仍是细声细语，语调轻柔得像在说别人的故事。我听得心里发紧，不知如何才能安慰。

活过 2020，这难道真成了我们人类的最高目标？

到家，我看到后院那株不及我高的小桃树已经挂了七八个纽扣一般大小的果实，那树还是两年前 M 带我去她所在的华人社区一个苗圃买到的。我记得那个春日，万木吐绿，阳光金黄灿烂，像 M 甜美的笑颜。

Nothing lasts for ever。没有什么是永恒的。谁能想象得到？一个微小得肉眼看不到的病毒，发动了一场铺天盖地的瘟疫，银河系中那有着繁盛文明的地球，似乎被施了魔咒，被迫关门歇业了。

两周后，我去离家不远的 Trader Joe's 买调料。在这家被华人戏谑地称为"缺德舅"的以有机健康闻名的食品超市，我经历了平生第一次明显的种族歧视。那滋味真是欲哭无泪，欲恼还怒。

大多数超市已经采取了限流措施，有专人在门口控制进出购物者的数量平衡。因 CDC（美国疾控中心）告知八成新冠病毒导致的死亡者都是六十五岁以上的老人，许多超市特意在每周的某一天开放 senior hour（老人时间），通常是早晨 8 点至 9 点，为六十五岁以上老人购物时段，其他年龄者不得入内。各购物场所的地上随处都有醒目的箭头指示标识以错开人流行进方向，接近收银台的地方也有六英尺距离的站立等候圈，以保持距离。大家都行色匆匆，直奔目标，似乎生怕多在里面耽搁不必要的一秒。虽然各消费场所还没有强制，但有越来越多的人已戴上了口罩或用三角巾围住口鼻。

在某些人与我擦肩而过时有些故作不经意的打量中，我拎着购物篮迅速找到我需要的照烧酱汁和沙嗲酱。让人深感欣慰的是，尽管疫情初起，美国超市有些物品缺货，但几乎所有货物都维持原价，甚至许多还在照常打折，比如加州脐橙99分三磅，鸡蛋 3 美元两打。看到门口鲜花区的雏菊很新鲜，3.99 元一束，随手抓了一把，然后大步赶到一个已经在付款的老太太后面排队。

"您保重。Have a good one（一天开心）。"在收银员愉悦温暖的祝福声中，那老太太微笑着挥手离开。

轮到我，我边往柜台上放东西边跟那有着方脸红头发的白人小伙打招呼。可他只用余光快速扫了我一眼，本来笑着的一张脸一下子阴沉了，眼皮冷冷地耷拉着，兀自哔哔地扫码，刻意避免跟我目光接触。短短的几分钟时间，我立在那儿猛然窒息于这迎面而来的冷暴力，口干心跳，又像溺在水里一般找不到挣脱的出口。质问他为什么态度冷淡？告诉他我要找店长投诉？那冷漠的空气就像病毒，看不到摸不着，让我想出手还击都找不到抓手。在我机械地掏出卡付账的时候，他假装无意地用手半掩住鼻子部位,退后半步站着,好像生怕我隔着口罩呼出的气体会让他感染上病毒。

拎上那印有店 Logo 的纸袋,我转身离开,脸还没转过去,就听到他已经在热情地跟下一位顾客搭讪:"嘿,你怎么样伙计?这香蕉不错,今天新到的……"似乎他刚才送走的不是一个亚裔消费者,而是瘟神。或者,他假装我根本没有存在过。

瘟疫让亚裔人真的突然成为了一个不受欢迎甚至令人警惕的符号?

我突然想起老友史蒂夫昨天电话里给我的提醒,说尽量不要去公众场所了,对亚裔来说,除了病毒,还有政治的风险,并说起他不久前去超市购物看到的一幕:一个亚裔男子走到收银台去排队。有几个白人看到戴着口罩的他,立即躲瘟神一样换到其他的队列里去。只有史蒂夫见状气愤地为那人鸣不平,"你们这是干什么呢?"作为成长于芝加哥,从小就被当时社会边缘化的犹太人,70 岁的他深深懂得那种无缘无故被歧视的痛。

瘟疫当前,压抑的人们似乎想找到一个出气筒。有些本来就敌视中国、持中国威胁论的美国人愈发仇恨中国人甚至一切亚裔人。最有名的当属美国时任总统特朗普,居然在讲话稿中在病毒前把 COVID 划掉,改写上 CHINA。在三月份,民调机构 Morning Consult 采集了 2006 个大众样本进行问卷调查,其中一项是:关于这场瘟疫,谁是首当其冲当受责备的人?73% 的受访者选择了中国(人)。而类似的调查在中国则大多数人的选择是:最初食用野生动物感染上病毒的人。

上梁不正下梁歪。其实美国也有相应的俚语: Fish begins

to stink at the head（鱼从头先臭）。难怪种族主义者们和反科学的人越来越猖獗。中国人，戴口罩的中国人，在那些狭隘的反智者眼里似乎是一个醒目的红字，成为了无辜的靶子。一切都可以被那些"聪明"的人定义为阴谋。就像当抗疫无力的特朗普甩锅中国并宣布美国退出世界卫生组织的时候，比尔·盖茨捐出1.5亿美元资助疫苗的研制，可有人竟然嚷着要逮捕他，说他是病毒的制造者，疫苗将用于"清除人类计划"，理由荒唐得让人怀疑那些质疑者是否该去精神病院：早在一年前盖茨在一个演讲中预言到如果我们不维护人与自然的平衡，一场席卷全球的瘟疫很可能发生。

美国人真的比其他国家的人更容易种族歧视吗？

我想起从加拿大来美国一直精神上水土不服的K。我的这位河北女同乡自十二岁随父母侨居加拿大，不久前，已成为两个可爱孩子母亲的她与菲律宾裔丈夫一道，搬到洛杉矶接手一家UPS店。她有着笑眯眯的眼睛和圆圆的脸，更有一个信仰上帝的乐天性格，似乎天底下没有什么事情能让她沮丧。一个周末她来看我，脸色发黄，目光黯淡，上来就问我在美国这么久是否经历过种族歧视。我想了想摇摇头，除了有一次去购物结账时，那个女收银员对我有点爱答不理。种族歧视？那个愤怒的火苗刚在脑海升起就被我主动熄灭了。我想到一个在美国主流社会做得风生水起的朋友J的叮嘱："不要轻易把别人的慢怠都想当然地联系到种族差异，人和人之间的爱憎亲疏可能来自很多种原因。动不动就认为受到歧视，那也是文化不自信的表现。"所以，那次不愉快的经历我宁愿忽略不计。

"那也许是因为你身边的男人杰伊也是白人,别人对你不敢那么放肆。我来了这才俩月,可已经感到非常明显的对外国人尤其是对亚裔人的歧视。这是我在加拿大二十多年都从没遇到过的。这个国家怎么这样?很明显的我已经遇到两次了。一次是我和一个美国女友一起去星巴克买咖啡。明明我是站得靠前的,可那金头发的女招待直接望着我身后的朋友问她要什么。好吧,她先点就她先点,反正是我朋友。结果轮到我点咖啡时,那招待两手拄着吧台,目光冷冷地望向别处,好像为我服务是一种屈辱。等我们的咖啡做好了,都被放在吧台上自取。我朋友的那一杯有防烫纸壳,我的就是杯光秃秃的咖啡,烫得我都没法握。"她叹了口气,一脸委屈,说还有一次是带孩子去吃饭,站在柜台前点餐,望着墙上那密密的手写菜单,她只问了一句有没有儿童餐,那女老板立即扔过来一句:自己往墙上看啊!"我特别委屈地跟我先生说算了,咱们还是放弃生意回加拿大吧,我实在受不了这些刻薄恶毒的人。"

疫情初起,《洛杉矶时报》报道说有不少华人遭到了比日常更多的口头甚至人身攻击,只因为他们是街头为数不多的戴口罩的人,似乎他们不是在进行自我保护,在那些狭隘而愚昧的人眼里,是这些人带来了病毒。

"我们真是很纠结,不戴口罩怕传染上病毒。戴口罩去上课,有些同学又怀疑我已经染上了病毒,对我敬而远之或公开歧视。"我去听课的社区大学有十几个中国学生,我们在课间休息时会到教室外用中文聊会儿天,在教室说中文是被老师禁止的,认为是对其他听不懂中文的人的不尊重。而后来有关口罩的战争更愈演愈烈,在纽约地铁里,甚至有一位亚裔女子因为没戴口罩而被六人围攻。

那天 K 离开后,我进书房写字。刚打开电脑就看到 ABC 新闻推送的一个视频:一位年轻亚裔女子正在公园健身,她大汗淋漓地在人行台阶一上一下蹦跳。不远处一个老白女人走近她,不由分说上前就开始了歇斯底里的谩骂与侮辱:"你凭什么在这儿?该滚回你们的国家,这里不欢迎你。你听到没有?"那女子开始不敢相信自己的耳朵。待确定自己真是被一个种族分子攻击后,她不急不恼,只微笑着捡起地上正开着录像功能的手机,对准那疯婆婆,任由她继续谩骂。这一场闹剧毫无遗漏地被记录了下来。感谢四通八达的互联网海洋,这个丑陋的老太太很快被人肉搜索到,不仅警察接到投诉后上门去立案,她还被单位除名,"公司不允许这病态人格存在"。

被失业和倒闭搞得底气大失的特朗普鼓着肚子督促各州在复活节复工,而全球的病毒感染人数当时已经突破一百万,其中五万人丧生。国际货币基金组织则宣布,全球的经济衰退正在来临,而且不可能在 2021 年前得到恢复。超过二千五百万工作岗位将在全球消失,意味着三亿四千万美元的劳动收入减少。

富人们就高枕无忧了吗?令人惊掉下巴的一个新闻是,美国一些怕死的富人开着私人飞机逃到岛国新西兰,像世界末日来临了一般住进地堡,最低门槛是 1.5 亿美元。

当然那是少数。明智者闷声发瘟疫财,如亚马逊、脸书、奈飞、推特这些因为百姓居家越发依赖而身价暴涨,其中贝索斯财富猛增 63%,净身价近两千亿美元。冒失者则被受苦的大多数在网上群攻,如艾伦秀的节目主持人艾伦·德杰尼勒斯（Ellen DeGeneres）,与她美艳的同性太太在天堂一般的豪宅里锦衣玉食,却在网上发文抱怨说她的生活"像在坐牢"。另一个富豪则在社交媒体上引起众怒,是因为发了一张坐在豪华游艇上沐浴夕阳的照片。

人有病,天知否?

整个地球都病了。

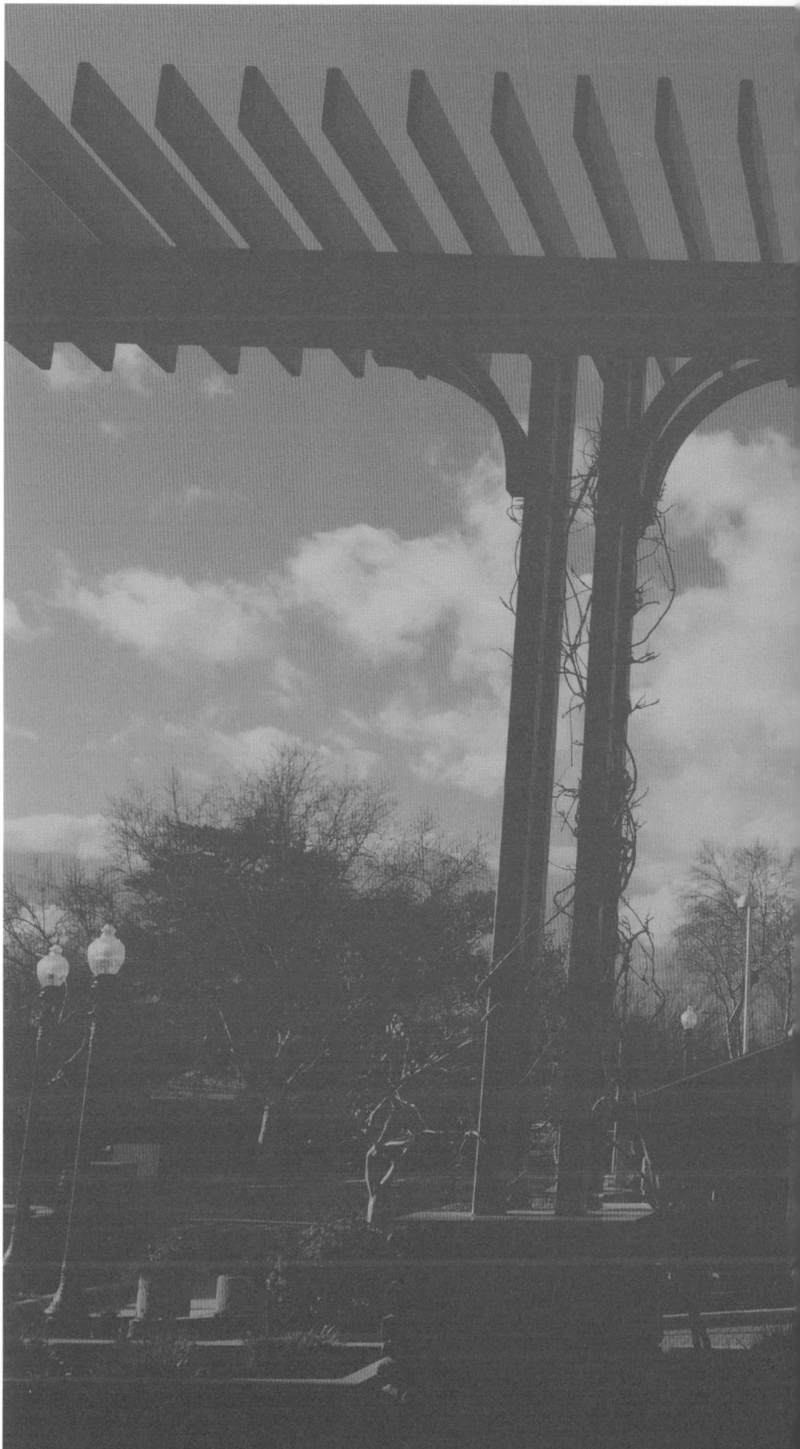

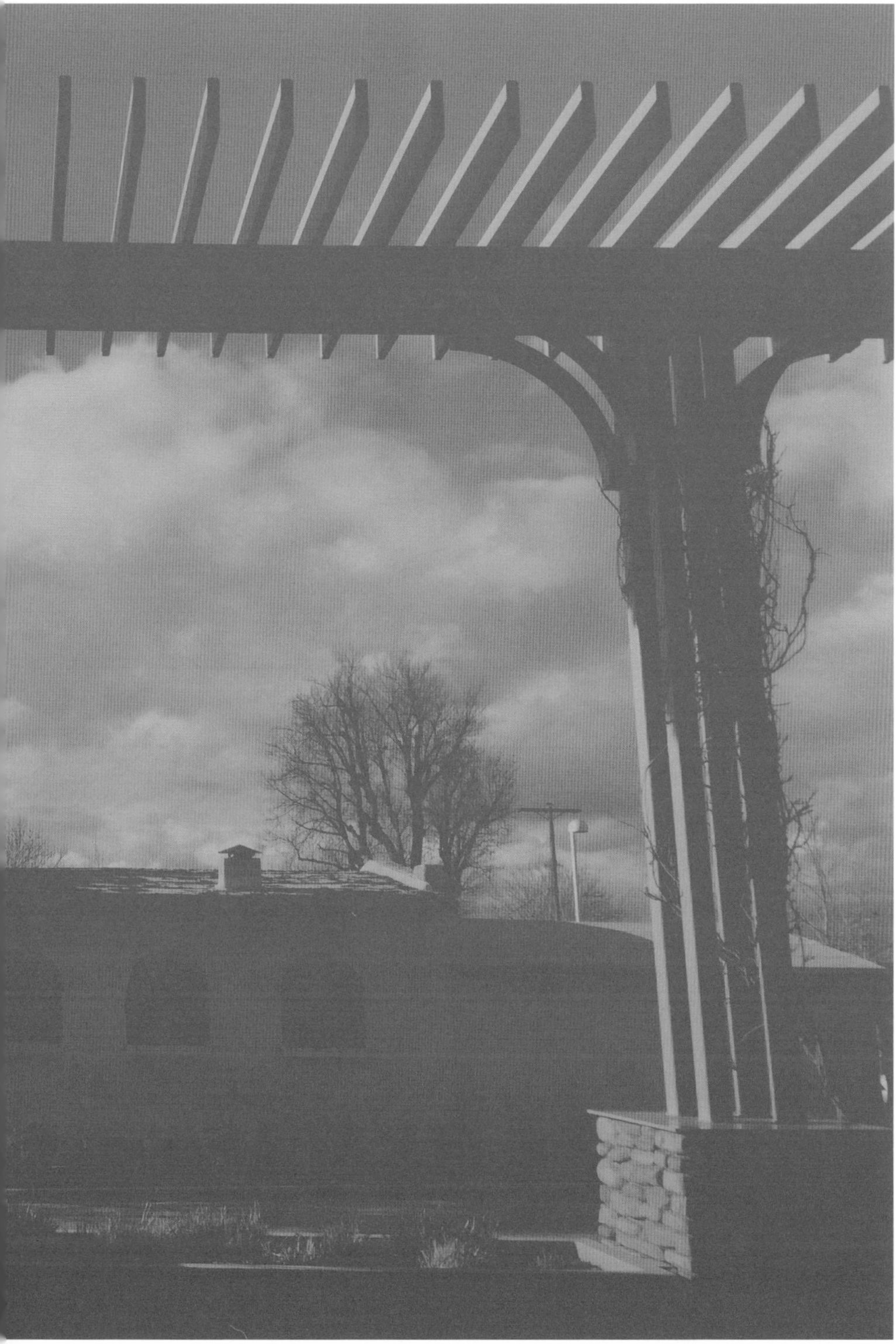

栀子花祭

也正是那个居家隔离、不再喧嚣的复活节，美国死亡人数突破一万，总统特朗普终于不再坚持口罩没用，改口说"如果百姓想戴，戴也无妨"。但他自己是不会戴的，理由是"不想给媒体以笑柄"，荒唐得令美国百姓瞠目。

春日的阳光仍旧灿烂，大自然生机盎然，似乎病毒攻击的只是另外一个世界。加州历来以税费高、物价高而著称，仅2019年就有近七十万人搬离了加州以降低生活成本。"可我宁愿住在这儿。我宁愿花钱买这里的自然环境。加州阳光就不用说了，一年四季都照得人心情愉悦，不像我年轻时候居住的芝加哥，一到冬天冻得你生无可恋。以洛杉矶为中心，不足一小时车程，往西不远就是大海，我可以去冲浪，往东北内陆有干旱沙漠和荒野景观，往西北是森林和高山我可以去滑雪。想想看，这世界上有多少地方可以让你在不同的自然频道间来回切换？上天太厚爱加州尤其是南加州了。"史蒂夫是个探险家，也是个大自然的亲密朋友，不仅喜欢爬山、远足、冲浪，每周六还雷打不动跟两个朋友相约在他们帕萨蒂纳的小区拾荒。流浪者丢弃的废物，吸毒者扔在树丛里的针头，甚至一包包的粪便，他们都用长拐杖一般的夹子清理掉装进厚实的大号垃圾袋，然后开车到市政管理局，排列整齐地把它们堆放在局长办公室门口。他不知道多少次给媒体和官方写信，希望政府重视并解决这些公众场所的废弃物和流浪者问题，十几年都无果。即使在这病毒肆虐的时刻，他们照样捡拾垃圾，只不过戴着口罩和双层塑料手套。

正是这样一个春天的早晨，我在前院修剪那株又萌发出新叶的春羽，退休的邻居加里牵着他房东老太太米基的狗出来遛，看到我跟我搭讪。"中国的疫情怎么样了？我听说感染人数不足九万，死者也不足五千。你怎么看？"他也戴了口罩，只不过不是在嘴上，而是挂在一侧的耳朵上。

这位头发灰白面目英俊的老帅哥年轻时曾去越南参战，回国后上法律学校当律师结婚。中年后他的人生被命运彻底改写。菲律宾妻子带着两个儿子离开了他，从此他灰心丧气荒废了职业，生活朝不保夕几乎露宿街头。偶然一个机会，他以前的客户米基腾出一间屋子让他来做室友，这一来就是二十多年，两人都进入了风烛残年。我们刚搬到这个小区，米基兴奋地上来和杰伊打招呼，原来在一家法律事务所当文员的她经常搭火车去上班，而杰伊也总在那列火车上，一来二去成了熟悉的陌生人。"我说看着眼熟呢，我的火车伙计。这位是加里，别误会，我们俩只是室友关系。"她一上来就主动解释。后来我们得知米基确实有位异地男友，在五十英里外的军营做工程师，可惜两年前患癌去世了。

后来熟了，某天米基端着一杯咖啡进屋来和我聊天。"我真想把加里踢出去。你知道他当过兵，在 HOME DEPOT（家居建材超市）他可以申请一张免税卡，那是人家针对退伍军人的福利。我跟他说了好几次，可他偏偏不，说不想占便宜。气死我了。家里的草坪他最近也不打理了，说腰疼，我还得每月花八十块钱雇墨西哥人来割草。你说他怎么这么不通情达理？"

我倚着门框拉伸胳膊，半开玩笑说："那就把他踢出去好了。可你为什么还收留了他小半辈子？"

"还不是归根到底他是个好人。虽然很穷，如今老了开始领点退休金，也不过九百美元，六百交给我做房租。我习惯了他的存在。我们在一起终究是个陪伴。晚上我下班回来煮饭叫上他一起吃总比一个人吃有味道。在我的要求下，他偶尔也请我去看场电影，或者周末开上他那破车去我哥哥家参加个 party。那车破得我都不好意思让人看见我在里面坐着。"米基一脸的不满，可那抱怨的腔调分明又夹杂着在意，就像她自己总结的："我们就像是在一起过日子太久了的夫妻，彼此讨厌，又彼此习惯了。在一起不开心，说分开又不现实。"

玩笑归玩笑，平心而论，如果非要在他们二人之间做一个选择，我更喜欢加里。他热心善良，谁家有难事急事他都毫不犹豫伸手相助。不是帮这家架梯子上墙砍掉那枯黄巨大的棕榈树叶片，就是替那家出门在外的主人照看几天狗。就算遛狗路上看到谁家垃圾箱倒了也上前扶起来把盖子合上，或者把那喷水后没缩回去的草坪喷灌龙头用脚碰一下让其弹回到贴近地面以防绊倒人。我们某个周末约了一起去街口吃日本料理，让我意外并感动的是，居然是加里主动跟侍者要账单，真诚地说："今天我请大家。"后来我们请他去中国城吃了一顿地道广式早茶，心里的歉疚才抵消了些。

就是这样的一个寄人篱下的加里，却是个极其爱国的共和党人，也是特朗普的坚决支持者，理由很简单，特朗普鼓吹"让美国再次伟大"。多么朴素的情怀，——谁不希望自己的国家伟大？

我自豪地告诉加里病毒已经在中国得到基本控制，不仅援助武汉的四万多医护人员全部安全撤离了，全国范围内除了从境外回国的携带者，也鲜有本土感染者了。

"你相信那是真的吗？会不会政府舆论管制很严，真相未被泄露？"他望着我，脸上永远是那客气谦逊的微笑，一边从裤兜掏出几粒狗零食，摊开手掌让那穿着蓝背心的小黑狗杰克舔食。

"这里许多人对中国尤其是对中国的好持怀疑态度，一个很简单的原因是他们根本没有到过中国，脑子里那点肤浅片面的认识也仅限于夸张的媒体报道或反映旧中国的电影。你知道咱们那位扎着马尾的帅哥邻居布鲁斯吧，才四十出头的火车司机，对人很友善，喜欢冲浪和家装艺术，按说眼界和思想都应当不狭隘，有一回跟我聊天，对中国的美食赞不绝口，我邀请他带家人去中国看看，好品尝真正的中国美味，他立即摆手变色，紧张地说可不敢带家人去冒险。

"当然有些眼界开阔的美国人也会否定中国的成就，比如说某些以撒谎为基本战术的政客们。当被告知中国的新冠死亡率仅为0.33%时，众目睽睽之下，一国之君的总统立即说：你们相信吗？如果他听说中国四万七千多奔赴湖北进行支援的医护人员无一感染，他更会毫不犹豫地说是政治宣传。他真应该在中国找一些普通老百姓做眼线，好知道些真相。

"我当然相信中国控制住了疫情，我的所有家人与朋友都可以为证啊。即使开始由于技术或标准问题，统计数据不是百分百的精确，但大数据不会偏离太多。至少我在国内的朋友和亲人，以及他们的朋友和亲人，都没有人染上病毒，人们已经开始恢复上班和上学了。他们现在最关心的是在水深火热中的我们，电话里总担心地问起那吓人的感染人数，尤其最近的加州还山火不断。"

我并不责备他的质疑，他对我没有恶意与歧视，我甚至感谢他给了我一个机会来澄清事实真相。

"那么中国是靠什么控制住疫情？我知道他们人人都戴口罩。"他仍好脾气地轻声问，又摸出几粒零食给杰克，那小家伙已经不耐烦地拽着狗链往公园方向蹭着。

"全民戴口罩只是最基本的防范措施。中国控制住疫情主要在于全社会的有效规范运作：不像美国这里，医院以患者隐私为由，拒绝透露感染者是谁以及发病前的行踪。在中国，很有效的途径就是追踪感染者的活动路径与密切接触人员，及时隔离检测存在感染可能性的人员。居家令最严格的时期，每个家庭外出下楼采购生活物资的次数都是有限制的。这在美国人眼里根本是不可想象的。许多州长和总统一样面对疫情满脑子浆糊，没有丝毫抗疫能力，为了转移百姓的抱怨，就打政治牌，密苏里州不是跳出来说要控告中国吗？说是中国的武汉疫情失控导致美国的经济受损。官方无能，老百姓也愚昧，你看到那个上了热搜的视频吗？一位二十岁的年轻女孩居然舔飞机上的马桶，美其名曰挑战病毒。还有大学生宿舍搞病毒派对，凡是参加者必须得是感染上病毒的人。这不比叫嚣强制戴口罩违反人权更反智了吗？"我似乎找到了当年从事外交工作的感觉，条分缕析地给不理解甚至误解中国的人脑补常识。不想让无辜的小杰克感觉太委屈，我蹲下身子轻搔着它脖子上那圈白毛。

加里叹了口气，说如今美国的年轻一代是被溺爱坏了的一代，没有责任没有担当，也没有头脑。

"你听说密歇根州有个护士死了吗？"他与我之间的谈话总是以互相提问开始。

我说看到新闻了，一位叫 Lisa Ewald 的 54 岁女护士死于病毒感染。"那个位于密歇根州的小城也是我的故乡，更奇特的是我后来得知那女子竟然还是我的远房亲戚。据说她是美国第一个因感染病毒去世的医护人员。最可悲的不仅是她死于新冠，而是当她发现自己近距离地接触了感染患者感到不安时，曾立即要求医院给自己做核酸检测，可得到的答复却是拒绝，理由是她还没有出现症状。结果短短几天后，已经在医院工作了二十多年的她不治身亡。真太悲惨了。"

放眼全球，这其实已不是这场瘟疫中第一个让病毒带走的护士了。

我自知是个泪点很低的女人，看电视很轻易地就会被低级煽情的肥皂剧弄得泪眼迷蒙。人到中年，历经了足够沧桑，我似乎学会了自卫：既然我不能软化这个悲剧频发的世界，那我就只好硬起自己的心肠。很容易做到的一点就是学学鸵鸟把头埋在沙子里不去看，或像蚕一样把自己裹在密不透风的茧里，对外面的世界尽量不闻少问。

可那几个正值韶华的女子，在绝望中毅然狠心结束了自己年轻的生命，让我再次悲从中来、呼吸困难。她们的死就像一个个黑色的疤，令人震惊和害怕。不要说用手，即使只用目光碰触一下，都会被灼痛。那被灼痛的不只她们悲伤的亲友，而是整个人类。

她们都是护士。一位是34岁的Daniela Trezzi，在米兰附近一家医院的ICU病房工作，单身的她与狗相依为命。照片上的她有着一张严肃而真诚的脸，一双深色的眼睛凝视着我，那里面看不到她这个年纪该有的快乐光芒。得知自己染上病毒后，已经身心疲惫到了极点的她不想传染给他人，选择了自尽。一位是49岁的S.L（医院没有公布她的全名），她也是独身一人，志愿到威尼斯某医院的新冠病房工作。确认自己感染病毒，发烧胸闷的她独自在家躺了两天，然后投河结束了病痛。当时的意大利，已经超过十三万人染病，近两万人被夺去了生命。

还有一位二十出头的英国国王大学医院的女护士，照料新冠病人，不堪重荷。某天同事在病房里发现她已经永远闭上了眼睛。

人类总把医护人员比作天使。可在这场与瘟疫较量的战争中，他们没有天使的法力，没有擒魔的利器，甚至，他们没有最基本的自我保护装备。

马德里的女护士身着薄薄的一次性塑料雨衣，在街头推送病人；在西班牙某医院门口迎接中国援助人员的医生，身着短袖工服，脸上的口罩是唯一的保护；一个法国护士在家用缝纫机和旧 T 恤为自己和同事裁制成口罩；一群在病房忙碌的美国男护士身着黑色塑料垃圾袋当防护服。不能抗争吗？十个圣莫尼卡医院的护士拒绝在没有防护服的情况下服侍感染病毒的病人，结果不难想象，他们全部被停职。

医护人员感染率在意大利、美国、西班牙分别是 10%、11%、14.4%。除了随时可以感染上的致命病毒，他们每天工作十八个小时，眼睁睁地看着患者成批死去，停尸房、殡仪馆无处安放。再强大的内心，在这史无前例的灾难面前都极容易崩溃。

我的邻居海伦就是这样一位工作在 ICU 病房的护士。从疫情变得一发不可收拾，我几乎再也没见到她。她是单亲母亲，有一对读中学的儿女。听知晓邻里所有家长里短的加里说，海伦早已经把两个孩子送到了她娘家，她宁愿趁这机会多加些班挣点钱。要钱不要命？我对肤色和身材都像一块肥腻奶油蛋糕的海伦印象一般。记得那年搬来与她初为近邻，在前院草坪上聊了起来，尤其说到她与杰伊居然二十多年前毕业于同一所高中，我被她甜蜜的笑脸和坦率所打动。"我跟你们说，你们没必要搞什么搬家 Party。我十年前搬过来倒是花了一笔钱在后院请邻居们来吃烧烤，还不是图个邻里和睦互相照应。可后来发现也就那么回事，大家仍是不相往来。太高兴了有你们这年龄相仿的人当邻居。过两天我会送你们一个礼物表达欢迎。"那礼物从没送达过。

我一向对不守信的人没有好感,便跟杰伊嘀咕说她怎么这样啊,谁也不缺她的礼物,如果不给也别许诺呀。"你不要把别人的话太当真。每个中国人都说话算数吗?"他半开玩笑地道。

至少,我们老祖宗告诉我们言必信,行必果。一言既出,驷马难追。

疫情前某天,我接到米基转发的一个链接,点开一看,却是一个房地产网上一则房产拍卖公告。正莫名其妙,突然发现那房子面熟。再仔细一看,那不是海伦家吗?

显然是房贷不能如期还上,银行动手了要对其进行拍卖。

"我难以理解,难道她就这样轻易把房子放手?都住了十几年了呢。"米基在电话里放低声音说,似乎生怕被她听到。海伦的房子在我们两家之间。

"她是全职护士,收入还月供应该不成问题呀。我听说十几年前买这房子才三十多万美元。"我也压抑不住好奇心,开始扮演 gossipy girl(八卦女孩)。

"你不知道,有些人把钱花在一些你我永远都不会买的东西上。"

"那如果拍卖了,我们就要有新邻居了。"

"是啊,也不知道搬来个什么人呢?我倒宁愿她继续住在这儿,至少不是坏人。"

临近拍卖日期,再上网看那公告,已经神奇地消失了。

"那有可能是她找到了一笔钱,暂时先把这一关过了。你知道她是摩门教派,有可能教友们帮她解了燃眉之急。"米基似乎松了口气,好像也跟着渡过了一个难关。

可是没过几个月,那公告又出现了。不久一封错投进我们邮箱的信,说如果海伦交几千块钱,该公司可以帮助搞定银行的催债。我心跳着赶紧跑到前院把那信塞进她的邮箱,生怕她正好走出来看到我开她的信箱。可事实上,她家的草坪已经枯黄得没多少绿意了,两株几年前就死了的桦树白骨一样立在那儿,早已成了我们这个小区的eyesore(碍眼的东西)。

可还没等拍卖日期到达,瘟疫已经起来了。加州甚至美国政府为了稳定人心,要求银行至少在灾情没得到缓解时,不得清理赎回欠贷房产。甚至租户如果因为疫情失业而无法交房租,三个月内房东也不能将其赶走。

海伦因祸得福,借这疫情保住了房子。后来米基给海伦发了条信息,问候并叮嘱她保重自己。"她第三天才回我,而且是一个半截的信息,看样子是忙得根本没空社交了。"

"你的栀子花太香了。米基让我谢谢你。"加里上次遛狗,我正从那株一人高的栀子树上剪花,顺手让他捎几朵给他刚做了核酸检测惊魂未定的房东米基,同时感谢她送我的那一纸袋柠檬。米基几天前突然发烧干咳,以为得了新冠,吓得要求做测试,可医院说因为试剂和人力有限,目前只优先给六十五岁以上的老人做检测,除非你有非常明显的症状。她等了一夜再打电话,自称呼吸也开始困难了,终于得以做了核酸检测,但要等五天才能拿到结果。好在结果出来了是阴性,解放了的不光是米基,还有加里——他终于被允许去客厅看电视了。我问她不是美国总统前几天刚在电视上展示了一款快速检测仪吗,说如果被检测者是阴性五分钟就出结果，是阳性也不过等十五分钟。"目前阶段我们用的还是第二代试剂，应该二十四小时出结果，可你知道医院采样后要送到实验室，而实验室现在和医院一样，根本连轴转都忙不过来呢。"开车接送的加里主动解释，说他已经跟医院工作人员聊过了。"她只是普通感冒，根本就不该去添乱。你知道，她是个 worry wart（杞人忧天者），擅长夸大，总自寻烦恼。"加里在房东面前丝毫没有房客的低姿态，在我眼里他反倒更像个男主人。他说这话时气定神闲、底气十足，米基站在那儿一脸被迫好脾气的忍耐。他们这对拆不散爱不起的房客与房东，真像左手牵右手的夫妻。

米基家的前院除了草坪没有种什么花卉，却在邻街的墙角有一株枝繁叶茂的柠檬树，长年累月都挂着绿的黄的果实，许多枝柠檬还探出墙外，远远望去极为诱人，让我那一园子的多肉都逊色了不少。

我这栀子花树也是去年秋天就买回来的。当时本来是去买木头，在一旁的苗圃区看到了这一人高的栀子花树，我立即没有了抵抗能力。要知道以往所见的栀子花都是低矮的灌木，从没这么挺拔地长成为一棵真正的小树的，头顶上小小的树冠还顶满了鹅黄与瓷白相间的花苞。我毫不犹豫地花五十美元买下。

"留好发票哦，一年内如果死掉了，可以来退钱的。"收银员是个中年女人，善意的提醒让我备感温暖。我知道栀子花在我花友圈里以其难养被称为"栀子婊"。我以前养过的栀子花也死伤无数，但许巍怎么唱的？没有什么能够阻挡，我对栀子花香（自由）的向往。

没想到去年的秋天洛杉矶雨水反常得多，才十一月份就气温骤降。可怜那一树花蕾在瑟瑟冷风中没有一个来得及绽放就僵死了。好在是地栽，根扎得深，树苗顽强地活着并挺过了冬天。这个春天，不知从哪个春夜开始，一树的花儿比赛似的陆续绽露出洁白的容颜，那谦逊而高洁的芬芳，安静地弥漫着，让身边的人不经意闻到，立即幸福指数飙升，寡淡的生活似乎一下甜蜜了起来。

晚间读英语老师指定的文学读物，福克纳的《献给艾米莉的玫瑰》。那与心爱男人的白骨共处一室度过了一辈子的艾米莉是执着的，我认为她值得福克纳这一枝玫瑰。

我愿将我的栀子花祭献给那些过早熄灭了的灵魂，有名的或没名的。我认识的或永远没机会认识的。

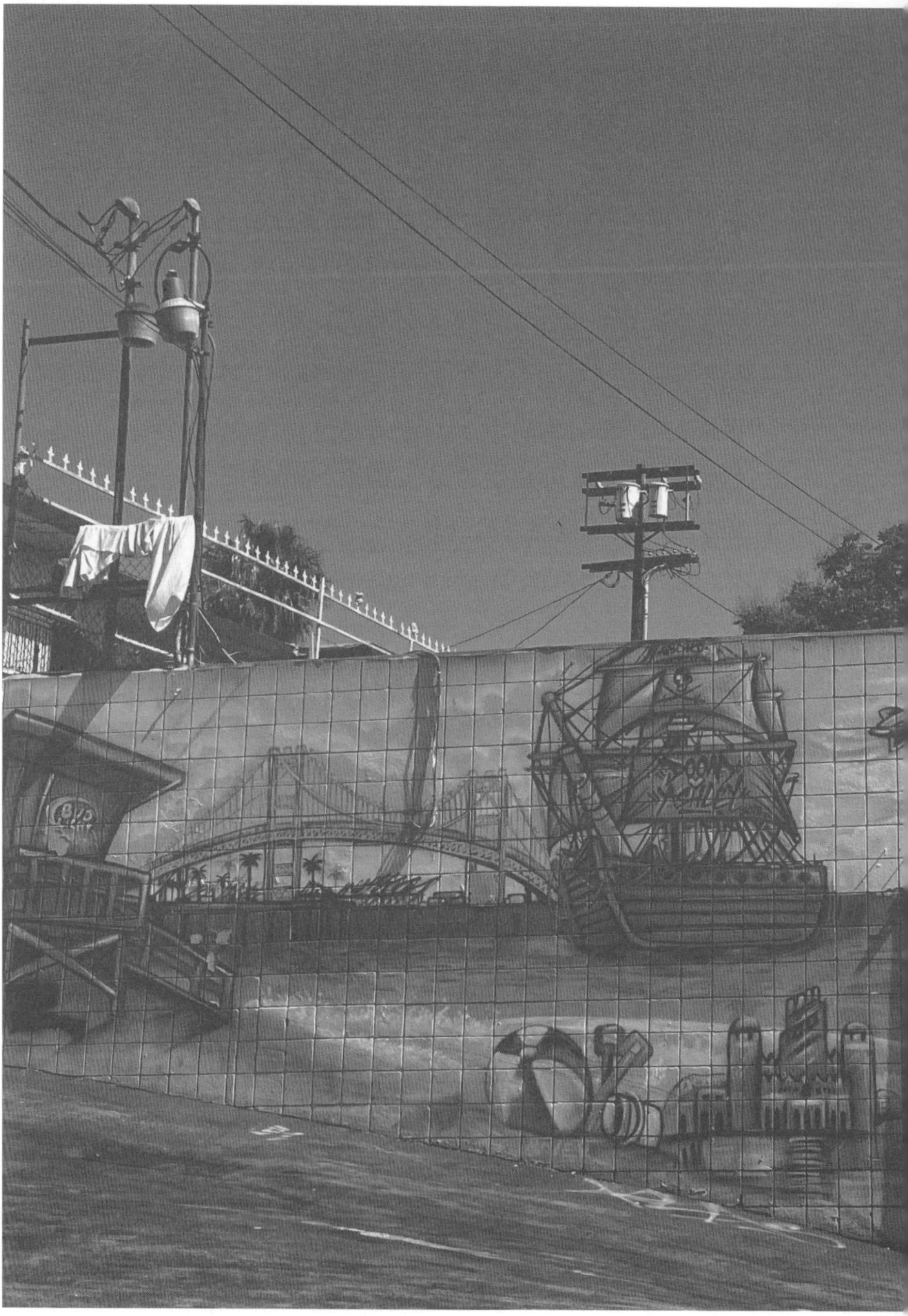

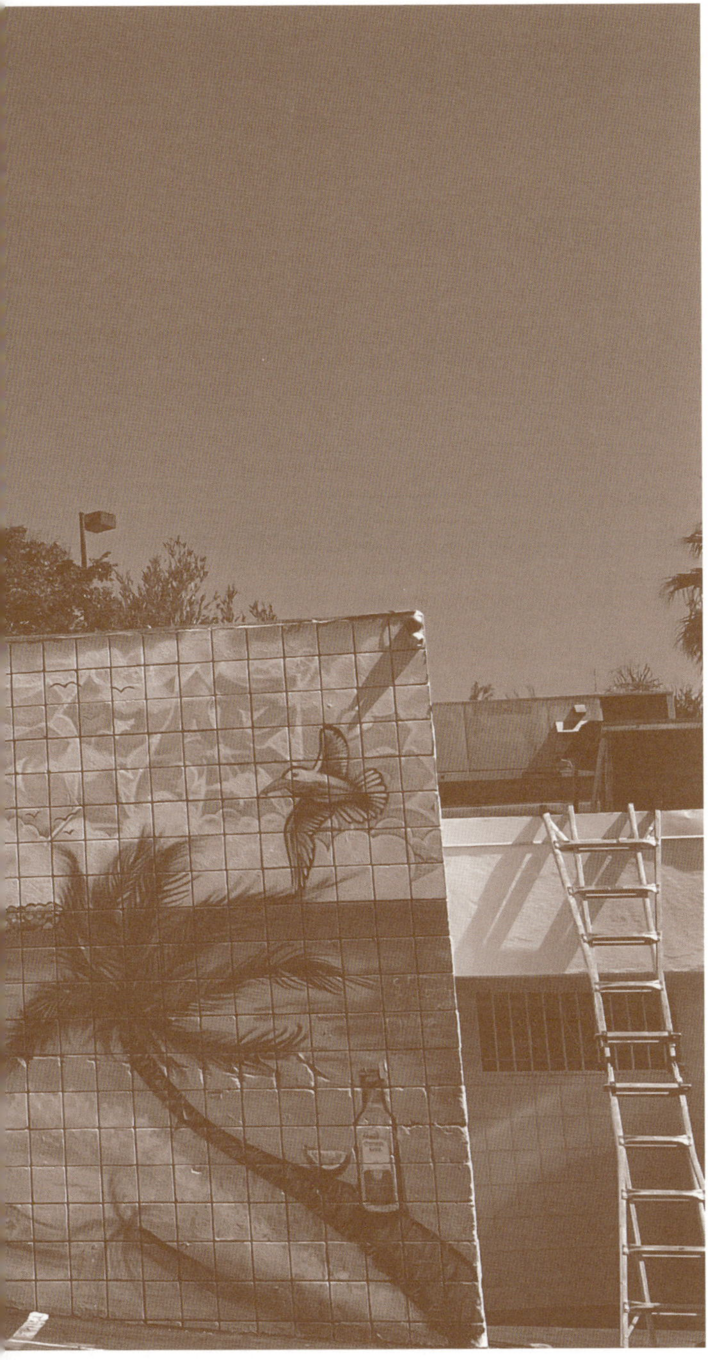

烫嘴的口罩

2020年全球最稀缺的东西是什么？口罩无疑名列榜首。

如果外星人出于好奇仔细观察一下地球，他们一定会对这两边有两根绳的小白纸片的价值感到困惑。不解为何一夜之间这东西变得如此珍贵？除了每个人都戴着一个遮住他们的口鼻，许多忙碌地在空中飞来飞去的钢铁鸟儿肚子里装的也是它们。在海上全速前进漂着的那些巨无霸金属盒子里，也都装满了这些纸片。而且人类在从这里到那里转移运送这些纸片时必须格外小心，否则有人会把他们劫持得措手不及。

听起来这多么像好莱坞的科幻电影。但这就是疫情初起，毫无防范的人类狼狈悲催的现实。

今年伊始，随着新型冠状病毒肺炎在武汉暴发，一个自我防护的三要素也成为全球公知：勤洗手，戴口罩，保持两米距离。虽然90%的口罩是在中国生产的，但这个人口大国很快也是口罩短缺。看到海外华侨甚至留学生自觉自愿地往国内成集装箱地采购口罩和防护服，我深感欣慰。无论在哪儿，祖国人民的安危永远令人挂怀。

这瘟疫之火会烧过太平洋这边来吗？我心里并非没犯过嘀咕，当时美国已经发现了零星的病例，多是不知情的旅游者。华人圈子有不少人发帖，与美国政府一个声音：美国如此强大，不可能被这小小病毒得逞。

我某天去超市购物，经过一排货架，还看到一串口罩吊在那儿，根本无人问津。

可没想到两周后，随着病例骤增，虽然政府还在强调除病人和医护人员外，民众没必要戴口罩，可洛杉矶已经买不到口罩了。

我先是上亚马逊搜，恼人地发现，无论型号和材质和价格，所有口罩商家都打着一行字：OUT OF STOCK，缺货。

去药店和超市柜台，给出的答案也极其一致：每天早上打电话来问一下，如果补充上货了，就赶紧过来买。事实上，只有一家药店电话里说刚到了一批，而待我风驰电掣地赶过去，店员抱歉地告诉我，已经被早到的抢光了。先到先得，再公平不过了。

某天在车库收拾东西，突然惊喜地发现墙上工具箱里居然有五个淡蓝色的口罩！原来那是业余木匠杰伊偶尔做木工活儿防止木屑粉尘半年前采购的。

"这其实不具备防病毒功能，你没发现它只是一层薄薄的硬纸膜吗？"杰伊说。

可是毕竟聊胜于无，甚至也强过街头那些用三角巾对折一下围在脸上的效果。我戴着去买菜，居然有个老妇面露羡慕地问我从哪儿买到的。

万幸的是，国内已经恢复了许多口罩厂家的生产功能，我们得到两个国内朋友的雪中送炭，花了近二十天时间速递过来的两百个口罩成了我们的救命稻草。

四月中旬，中国迎来了自一月份以来第一个新冠零死亡的日子，而且没有新增一例本土病例，所有八百多确认阳性患者都来自境外。美国感染人数已经超过三十多万，传染病专家、被中国人称为美国的钟南山的福奇（Fauci）预言，美国将会有十万到二十万人死于新冠。现在看来这个当时被政府认为是耸人听闻的数据还是过于保守了。

越来越多的美国人还没来得及戴上一个口罩，就已经永远闭上了眼睛。缺少基本防护的医务人员被感染后，幸运的，可以躺在刚刚接受他治疗的病人的床位旁边接受治疗，许多人因为没有床位而只能回家躺着甚至等死。除了紧缺的口罩与床位，呼吸机引发了各州与政府的口水战。最著名的要数纽约州州长安德鲁·科莫（Andrew Cuomo），他质问总统特朗普：我需要四千个呼吸机，你说只能给我三百个，你告诉我选择哪些人去死？

> 小小的口罩甚至堂而皇之成了新闻头条的主角：
> 冠状病毒引发"口罩大战"全球拼命争夺
> 中国为法国准备的口罩在最后一刻被美国"劫持"
> 美国将20万只供德国口罩改作自用被指"现代海盗"
> 德国截获了一辆驶往瑞士满载防护口罩的卡车
> 加拿大政界抨击特朗普禁止N95口罩出口"不人道"
> ……

我不由得想，如果萧伯纳从天堂看到这一幕会不会放声大笑？"除非你把那些所谓的爱国主义者踢出地球，否则人类永远不会有一个安静的世界。"他有理由得意于他的至理名言一点儿也没过时。

西方国家个个像搜罗柴草以备严冬的农耕时期的农民，生死当前，能抢到一片破布蔽体御寒要紧，哪儿还顾什么体面与尊严？

如此紧俏的口罩大战却也有令人瞠目的戏剧性黑幕。《华盛顿邮报》用了大量篇幅揭政府官僚主义的短儿：事件发生在1月22日，也就是在美国发现第一例COVID-19病毒的第二天，有个叫迈克尔·鲍恩的美国公司接到了大量咨询口罩的订单。如果该公司激活原本休眠的生产线，每周的N95口罩产量就可达170万个。不过，自称首先是一个爱国者然后才是一个商人的他认为国内医用口罩产量的缩减是一个国家安全问题，他想让联邦政府优先考虑是否让他的公司代为加工口罩。

"我们还有四条类似N95的新生产线，"鲍恩当天在给卫生和公共服务部高级管理人员的电子邮件中写道，"重新激活这些机器将是非常困难和非常昂贵的，但在如此可怕的现实面前我有信心实现这个目标。"

基础设施保护部门主管劳拉·沃尔夫（Laura Wolf）当天则冷淡地回应说："我认为，作为一个政府，我们无法为你回答这些问题。"

鲍恩继续写信。"我们是国内最后一家大型口罩公司，"他在 1 月 23 日写道,"我的电话一直在响,所以我不需要政府帮助。我只是想让你知道,如果情况真的很糟糕,我可以帮你保护我们的基础设施。我首先是爱国者,其次是商人。"

当然,"政府"没有接受鲍恩的提议。而口罩短缺正危及全国重灾区的医护人员,急红了眼的特朗普政府也四处在国际上抢购口罩——有时会向第三方分销商批量订购,价格自然高得离谱。

4 月中旬美国疾控中心终于改口,说百姓在公共场合可以戴口罩或布罩,鉴于口罩难求,自愿不强求,在网站上还用视频教大家如何在家里做口罩。总统在原则上通过了这句话,但紧接着说"我是不会戴的"。而当时全球已经有一百九十万人染上了病毒,死亡人数更是近十二万。洛杉矶郡则在三万五千人感染、三千人死掉的五月中旬才开始"强制"在公共场所人人都要戴口罩。

DIY 口罩一下成为潮流。家庭主妇们好像一下子除了成为烹饪高手烘焙达人,也都速成为制作口罩的专家,似乎突然重温起了她们的祖母二战时拆洗旧床单支援前线抗击纳粹的旧时光。从床单到 T 恤,从围巾到手帕,宽松或紧身,漂亮或难看,不管怎样,大多数美国人终于都设法遮住了口鼻。我的有着一半中国血统一句中文都不会讲的朋友玛丽安也加入了制作口罩的大军。她所在的建材公司属于与民生相关的必要经营场所,不仅照常营业,而且由于许多没了工作或在家办公的男人开始了家庭装修,建材公司的生意还比以往都红火。玛丽安去什么地方批发了一堆布料,利用周末时间踩着缝纫机做口罩。

"我一共做了两百个,捐献给了医院那些医护人员的家属。"我夸她有爱心,也知道她肯定会在明年报税时拿这捐赠当一个免税的事由。玛丽安很小的时候,菲律宾母亲离家,丢下他们姐弟与在餐馆打工的父亲在关岛相依为命。吃过不少苦的她一向精打细算,就连她儿子读书需要买个打印机都算在免税消费里。花三十块钱报名参加十公里赛跑也记得免税,因为那赛跑打着为白血病儿童募捐的名义,慈善活动当然可以免税。

芝加哥发起的家庭自制口罩募集运动上了新闻,口号很响亮:"Chicago Together! Make a Mask. Give a Mask. Wear a Mask."意为"芝加哥人抱成团儿!做口罩,献口罩,戴口罩"。

德国一家医院的医护人员裸体出镜抗议缺乏基本的防护措施。全身赤裸的医生护士们,只用听诊器、解剖骷髅甚至卫生纸卷挡住私处,每个人都一脸气愤和悲哀。有一位戴眼镜的医生手里拿着一张纸,上面写着,"I learned to sew wounds. Why do I now need to know how to sew masks?"这抱怨不无苦涩,让人摇头叹息:我学会了如何缝合伤口,为什么现在我还要学会缝制口罩?

可是仍有一些美国人视口罩为敌人。"我凭什么要戴口罩?穿戴什么是我的基本人权。你们这些民主党的猪猡!强制戴口罩是违反宪法的!让我进去!"一位白人妇女到披萨店因为没戴口罩而不许入内,她气得暴跳如雷,脏字连篇。

无独有偶,另一个女子去星巴克买咖啡也是不戴口罩不被服务,她对那年轻的咖啡师破口大骂。那小伙开始对她好言相劝,她仍不依不饶继续撒泼像块滚刀肉,说她的医生认为她有呼吸道问题不适合戴口罩。小伙很无奈，不能回骂或还手，只好掏出手机把这一段"精彩"的表演录了下来。放在一个募捐网络上后迅速传播，不到一周时间来自全国的陌生人就为其捐款一万三千美元表示声援。

这故事还没完。若干天后，那个被众人指责的女子居然主动联系到这咖啡师，说那钱她也有份儿，毕竟是因为她才上了热搜！

一位老大爷去沃尔玛不戴口罩，被门口的保安拦截住不让进，就上演了一场滑稽得让人哭笑不得的足球运动员的过人表演。看对方不注意，他抽冷子就冲进商场，人高马大的保安想拦截又不能伤到他，边张开双臂阻拦边劝说。没想到精瘦的老人战斗力极强，左冲右突愣是进到了商场中心。那段录像是被一位在场的购物者拍下来的，一边拍还一边配着黑人口音的旁白："老家伙又发起了第三次进攻，哇，几乎撞倒对方。看，他现在张着嘴大口喘息，我在想这一口会有多少病毒弥漫在空气中……"这闹剧被发到网上又被上万人观看。

在美国因新冠死亡人数超过七万的时候，有防疫机构终于给出数字：如果80%的美国人戴口罩，COVID-19感染率将急剧下降。美国的死亡人数五月初就达到了惊人的76,032人，而日本的死亡人数仅为577人。日本人口约占美国的38%，死亡率仅为美国的2%，原因之一是：几乎每个日本人都戴着口罩。

"有些美国人为什么那么反感戴口罩？明明知道这是空气传播的病毒。命都不要了也太愚蠢了吧？"这类反智的视频看多了，我忍不住问杰伊。

大概是看我一脸鄙夷，尽管他自己从一开始就老实地戴上了口罩，正聚精会神地玩儿游戏的他有些怏怏地说："美国不像中国，中国人经历过 SARS 早习惯了戴口罩。我们国家从没发生过这么大面积的空气传播的瘟疫，自然有个过程才能接受口罩。"

戴个口罩很简单，又不是面临选拜登还是特朗普这么重大的政治决择，也不是让美国人放下刀叉用筷子吃饭那么复杂。他的回答自然说服不了我。很快我在一个访谈节目中找到了答案。

那是美国一家电台采访丹麦教育部门一位负责女士的录音。丹麦早在四月中旬就让孩子们回到了学校。但学习场所不限定在室内，而是公园、草坪等露天开放场所。孩子们被分组轮流吃饭、游戏、课外活动。由于保持距离，所有的师生甚至都不戴口罩，居然没有发现一例感染。

"这一切成功的关键因素是什么？"

"是我们的国民对政府和学校的毫无保留的信任。从家长到孩子，都信赖并服从所有条例与指导。"

"这种做法换到其他国家，比如说我们美国，有可能进行效仿吗？"

"我坦率地讲不可能。因为你们美国人崇尚个人主义，生活在自由至上的社会，不习惯服从，不愿意牺牲小我去遵从并保护大多数人。甚至有些人对保护大家的居家令都不满而上街示威游行。不是有个笑话吗？In the end, what do you like to see? Human Right or Human left."是啊，最终，什么是你想看到的？要人权还是要人留下来（即活着）？

烫嘴的口罩 | 111

正在垫子上做瑜伽的我一下子跳了起来,冲到楼上跟正在电脑前编程的杰伊嚷道:"我知道了,你们美国人不是不习惯戴口罩,而是不习惯放下那可笑而肤浅的个人主义。"

他听我讲完刚听到的访谈也点头说有道理。"我们确实不是一个尊重集体主义的社会。个性、自我往往是第一珍视的字眼,如果在和平时期可能没什么大碍,可到了这样只有靠服从才能解决问题的时候,个人主义的弊端就显露出来了。比如你们武汉的封城,76天哪!就算6天,在美国这样的国家都不敢想象。所以你们中国控制了病毒的蔓延,这个经验也是不可复制的。"

其实大多数美国人还是愿意选择配合的,越是受过教育、信仰科学与民主的人,越顾全大局、懂得担当与忍耐。如那位叫 Patton Oswalt 的演员对反居家令的人在推特上进行公开的谴责:"跟人家 Anne Frank(《安妮日记》作者,为躲避纳粹藏身于阁楼)躲藏在小小阁楼上两年相比,我们呆在家里有奈飞、游戏和外卖,当然,还有在国会山前抗议要求尽快开工的笨蛋……"

我写这篇文章的时候是一月二十日,一年前的这一天,美国刚出现首例感染者。短短的一年,美国新冠死亡人数已经突破三十九万,远远高于福奇最初"大胆"预期的10万—20万。

"用不了一个星期,我们国家被病毒夺去生命的人数就会超过二战的四十一万人。"史蒂夫发来邮件,隔着电脑屏幕,我似乎都看得到他焦虑的脸。在他所在的洛杉矶,每一分钟就有十个人被确诊为阳性,而每八分钟就有一人死亡。"太疯狂了,过去的一周,洛杉矶平均每天死481个人。每个医院外面都排起了救护车和等候床位的长龙,急诊室内、停车场都搭满了临时帐篷床位。谁能等到某个病人死后留出的床位,谁才有一线生的希望。咱们的80岁的老朋友皮埃尔已经被迫停止白血病常规治疗三周了,就因为没有床位给他这种马上死不了的人。凡在现场不能抢救过来的伤病,911已经拒绝上门收治。"

新年过后的一周时间,美国死亡人数就达2.2万。从0到200万感染人数,美国用了九十天,听起来已经是耸人听闻,而2021年刚开启,仅用了十天时间,美国就新增感染人数220万!

"一些愚蠢的美国人滥用了自由这个词,无视克制的必要性。十一月底的感恩节,十二月份的圣诞节,一月初的新年,这些平时本该是热闹欢聚的节日成了催死符咒。尽管一再号召居家隔离,仍有许多人置若罔闻不以为然。在洛杉矶,警察驱散了十几起超过千人的集会,仍有一个教堂秘密召集了两千名信众在教堂内祈福,他们相信上帝,而不相信科学。"

随史蒂夫邮件发来的还有一张照片,一个居民楼的窗玻璃上贴着大写的两行字:

THE END OF THE FUCKING WORLD(这他妈的世界末日)

COME BY & SAY HI FOR THE LAST TIME(来吧,最后道声别吧)

有人说,美利坚,成也自由,毁也自由。其实美国疫情的失控并非自由泛滥所致那么简单和表面化,其背后的政治体制、历史渊源、文化背景、心理因素都不无关系。

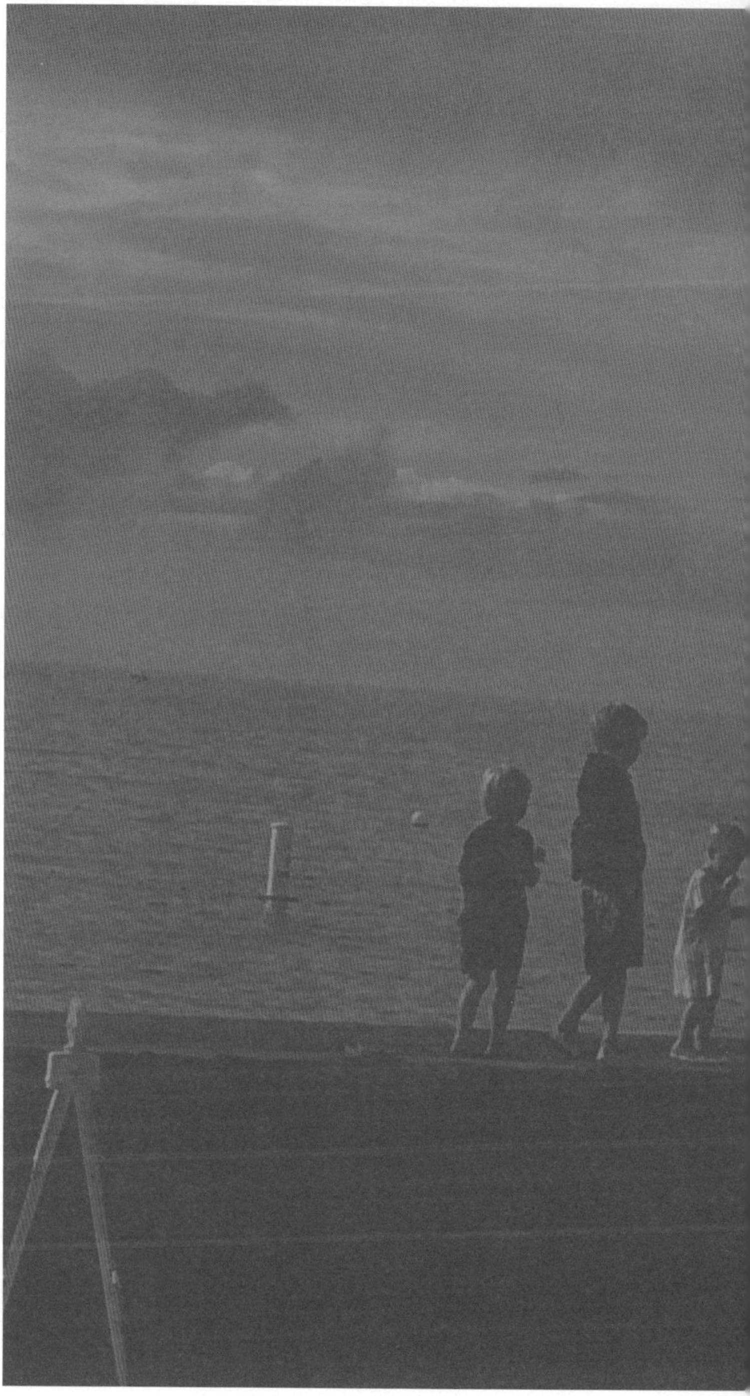

Let it rain，让雨下吧

"太不可思议了，我在爬山 3 英里后连一点气喘都没有！这在以前是不可能的。我才喝了一个星期的草药茶！"当年曾是我读中学的儿子英语家教的老约翰在电话里跟我汇报，语气里毫不掩饰惊讶兴奋和开心。那天，是洛杉矶要求市民居家隔离的第 20 天。美国的死亡人数已逾 22,000 人，其次是西班牙和意大利，死亡人数都已超过 20,000 人。

除了超市和必需生活物资售卖部门，整个洛杉矶从政府机关、餐馆、理发店，到图书馆、电影院，都关门大吉，健身房、保龄球馆更是铁将军把门。海滩是露天敞开的没法关闭，可海边所有停车场都封闭了。管理部门很聪明，不许停车，你还能走着去海滩吗？

于是爬山便成了许多人的户外活动首选。洛杉矶高高低低的山很多，或植被密布，古松参天，或光秃秃一片荒凉，任岩石和火灾留下的焦土裸露着。在羊肠小道上如果与其他爬山者狭路相逢，往往一方会侧身向外而立，戴上原本放在口袋或挂在手腕上的口罩，站在原地等候另一方快速通过。双方都自觉地尽量远离对方的呼吸范围。

从八年前辅导我儿子开始，如今已经七十一岁的约翰一直在不间断地为中国孩子当家教，辅导他们英文阅读与写作。没有广告，口口相传。最重要的除了极负责任，还有他对中国文化的热爱。其中有一个远在北京的小学女生，也辗转着被介绍给他，两人每个周末通过微信视频授课。美国疫情失控，中国已经基本恢复了正常工作学习。那小姑娘的母亲特意给约翰寄来一个大包裹，里面除了几百个口罩，还有几十袋搭配好了的草药。

"她说这些草药对呼吸系统有好处，让我泡水当茶饮用。你帮我看一下这里面都是什么呀？"某天他把那纸手写的方子拍了照发给我。干桑叶、蒲公英花、橘皮、板蓝根、连翘。我逐一翻译给他听，说这都是晒干的植物的根、茎、花、叶、皮。

"我从没吃过那些东西，但打算试试，我想反正不会有坏处吧，"约翰是个思想开明心态乐观的老单身，很乐得看到有人关心他，"你说她怎么对我这么好呢？我们都没真正见过面哎，只是在我跟她女儿视频辅导学习时，她偶尔伸脑袋进镜头跟我打句招呼。"

看他想入非非地陶醉在自我幻想里，我忍不住给他泼冷水："尊敬孩子的老师，是每一个中国家长都视为天经地义的，不需要什么特殊的原因呢。"

其实，自入夏以来，我就开始用后院的芦荟来治疗杰伊左臂上的红疹。用刀轻轻削去芦荟外皮，把那黏稠多汁的果肉切成小块，放进原本榨大蒜汁的小压榨器里，上下一合拢，那汁液就从底部许多小孔里流淌出来。用一把小勺子舀起来,倒敷在他的手臂上,轻轻涂抹均匀,用不了一刻钟,水分蒸发,那透明的汁液变干了,原本那片绯红的皮肤颜色就变得浅淡许多。

几年前刚认识杰伊时我就注意到他一侧手臂上有一块皮肤比其他部位略粉,但并不明显。一来西方人毛发重,皮肤被浓密的汗毛遮挡着,二来除非夏季在烈日下暴晒,那粉红色并不太突出。可最近几年来,酷爱长跑的他几乎每天都在户外跑步,那粉色不仅加深到了绯红色的地步,还有蔓延开来的迹象,已经从前臂向上越过肘部爬到了上臂,向下入侵过手腕到了虎口。每次问他原由,他总不在意地望一眼,用手摩挲一下,说好像自小就有,也许是 birth mark(胎记)吧。

某年北京的朋友 D 来洛杉矶小住,她看到那片红斑立即神色紧张,说她有个朋友就是得皮肤癌去世的。"这红斑不是什么好兆头,赶紧让他去看医生吧。"

在我们的癌变威胁论中,杰伊还真去看了皮肤科医生,可结果却令人失望。号称专业的皮肤科大夫摸着他那红得像刚被热水烫过的手臂,翻来覆去看了半天,也说不出个子丑寅卯来。"注意观察吧。"什么药也没开,就把他打发回来了。

我母亲是初冬来到的洛杉矶。天气已转凉,大家都在穿长袖,她起初没有发现杰伊的"皮肤病"。待天气渐暖,火力壮的杰伊迫不及待地开始终日短打扮。"整条胳膊都快变红了!他这可不能不管,还是得想办法。抹点芦荟不行吗?芦荟可以消炎,缓解太阳灼伤、热水烫伤,既然他这红疹夏天会加剧,很显然与日晒有关系。"

正好杰伊开始隔离居家办公，这芦荟疗法我至少可以让他坚持一阵。起初听到我的认真建议，杰伊并没有往心里去，无奈拗不过两个每天为他做饭的中国女人的执着，碍于吃人嘴短，只好同意一试。于是每天早晚餐后，我就扮演医生角色行救死扶伤之大义。仅仅过了两三天，那夸张吓人的颜色就变浅了。一个月下来，如果不仔细看，那手臂几乎可以视作正常了。

看我们母女有些夸张地评估药效，杰伊并不特别惊讶，只微笑着说不错不错。他其实几年前就早已是中草药的受益者。那个冬天，他受了风寒，咳嗽得难以入睡。我翻出一盒从国内带去的清咳润肺胶囊，让他每天服两次，几天下来，药到病除。后来他患感冒，也是喝了几袋同仁堂的感冒冲剂，就不再流鼻涕咽喉痛了。

事实上，大多数西方人包括官方都不接受中药能治病的事实，包括这次的新冠病毒，即使中国已经中西药兼用，遏制减缓了许多病毒感染者病情恶化。

老约翰是非常典型的美国人，从不怀疑西方文明及其政治制度的终极主宰力量。他和加里一样，也是特朗普的坚定支持者，但不像那些没受过教育没出过国门的"红脖子"，他是一个思想开放的人。他出生在路易斯安那，在大学里学习英国文学，毕业后当了海军。他经历广泛，对各种文化都有着浓厚的兴趣。他认为李白与杜甫同叶芝、惠特曼一样伟大。也许正是这种开放的、不对不同或未知轻易否定的心态，让约翰没有像许多美国人那样完全拒绝尝试中药。

从钟南山到张伯礼，总结中国的抗疫经验，都多次强调中药的重要性。我在网上还看到新华社发表了一篇关于清肺排毒汤的文章，详解由麻黄和甘草等配料的药物原理，肯定了其对COVID-19患者的咳嗽、发热等早期症状有较好的治疗效果。我理解为，即便不能将其称之为杀灭病毒的特效药，很多人如果在症状开始时服用，就会防止病情恶化，作为辅助药物，可以加快住院患者的康复。

不幸的是，这些透明公开的信息显然并没有被西方重视或接纳。

经过了一连三天发烧咽痛，吃掉了最后一粒莲花清瘟，最后不得已我也去进行了核酸检测。其结果谢天谢地也是阴性。（后来听说美国有一种检测试剂不准确，导致了许多假阴性。但愿我不在其列）。随着美国确诊病例突破了一百万，身处那"红得发紫"（加州对疫情程度的颜色标识，从黄色、淡桔色到红色、紫色，颜色越深灾情越严重）的加州洛杉矶，虽然我所在的小区看似平静如昨，可谁能保证自己永远是那幸运的大多数之一呢？万一，要真是染上了病毒，我该怎么办？未雨绸缪，总该知道点最起码的应对方法吧？

于是，我上网搜。洛杉矶政府似乎充满人文关怀，网站上指示非常明确：

如果你觉得不舒服，就呆在家里。病毒是无法治愈的。吃点泰诺（那不是治感冒的吗？）。自我隔离。

如果你病得很重，打电话给你的医生。如果开的药不起作用，去医院检查一下。

如果你检测呈阳性，他们会给你一些可能有效或无效的药物。当你呼吸困难时，如果有床位的话就去医院。

——读罢我一脸懵懂，这，对自我保护预防似乎没有任何实际作用啊。

难怪那位 43 岁的得克萨斯州篮球教练 10 天内死于病毒。我想不是病毒杀死了"原本一直非常健康"的他，而是早期没有采取任何药物干预让病毒毫无阻挡长驱直入，丢掉了本该保住的生命。看着照片上他那富有感染力的笑脸，我真希望他是我的朋友或近邻，也许刚有症状时几盒莲花清瘟能给他些缓冲的机会，而不是只在家干躺着直到最后呼吸受阻了才进 ICU 抢救。

中药辅助治疗新冠？美国国立卫生研究院承认，"如果中药的治疗方法能让你的症状好转，而且你不介意花钱，那么一些中医疗法可能是无害的"。但它警告说，"即便某些草药和古老的疗法可能有助于防止冠状病毒或减轻其症状，但其声称的治疗益处并没有科学论据，而且一些中草药还可能掺有农药、工业化学品"。

甚至西方一些国家的公共卫生专家多年来一直对中药抱有警惕或恶意，认为中国政府宣传推广中药不过是为了赢利，声称如果全球大批量用中药，"很可能会使疫情恶化"。当然，这些发声者并不尽是政客的有意为之，有些人不过是酸葡萄心理，或自小被所谓西方文明先进论洗脑了。

一个周末，我以前的英文老师维罗尼卡约我去爬山。走了约一英里，在几株巨人般的橡树下，我们把瑜伽垫子铺展开，坐着歇息。老橡树像老人，是站了几百年累了吗？有七八个比小孩子腰还粗壮的树枝不再指向天空，而是垂到地面，那与地面接触的部位生根扎入地下。这七八条树枝化作了巨大的手臂，环绕在主干周围，支撑分担着树冠的负荷。就在那落满了厚厚松软叶子的树下，我们开始此行更重要的目的：聊天。

四十岁的维罗尼卡来自俄罗斯，不仅精通俄、英、西语，还是一位自然营养专家，讲究用天然有机食物健身祛病。有着双学位的她气质优雅，灰褐色齐耳短发，宝石一般蓝的眼睛总带一点好奇无辜，小小的脸儿紧致细腻，微笑起来那么安静、纯洁，仿佛她总面对着一朵正在开放的花儿，不忍心惊到它。在俄罗斯学英语专业的她二十年前作为交换生来到美国，就再也没有回去。她嫁了个俄裔美国丈夫，不足两年离婚。目前的丈夫是一位从墨西哥非法跑过来的木匠，比她小七岁，高中都没毕业，曾是她班里的学生。"我嫁给他是因为他对我万分之一万地好，同时，我们都是虔诚的上帝的孩子。跟他在一起，我们更像姐弟，在天父的庇护下，共同成长，互相陪伴。"

我与维罗尼卡的友谊开始于我们一学期的英语课程结束的时候。她辞了学校的教职去市法院担任同声传译：一些打官司的只会讲西班牙语的人需要英语翻译。几乎没有人想到，这位流利切换西语与英语的恬淡的女子是俄罗斯人。

维罗尼卡喜欢她的学生们，建立了一个女子读书沙龙。每到周末，我们少则三两个，多到七八个约到某个人家里或公园，聊读到的好书，聊健康的饮食之道，聊文化的困惑，当然也聊她信仰的上帝。

我尊重她，非常喜欢跟她在一起，因为她的博学智慧，更因为她的善良包容。她从不对任何人有微辞有轻视有冷淡，无论谁的性格有多乖戾、谁的谈吐如何庸俗、谁的口音如何浓重到几乎没人听得懂，她永远是天使一般地用那略带吃惊的大眼睛专注地望着对方，好脾气地倾听、解释、分析、商量。

她是新移民。可她绝不是那些终日不讲一句英语的中国人或南美人，客居在美国的土地上，完全像个局外人一样过着他自己祖国的旧生活。她是美国人。可又不是那些自视美国为宇宙中心的本土美国人那么狭隘、自大与肤浅。

维罗尼卡又是犀利的。

"为什么西方要如此丑化中国的草药？只因为人类很自私。许多言行和观点都并非出于相信，而是出于政治目的。无论出生、成长于何种文化背景，谁不吃蔬菜瓜果？而一些今天被称作herb（草药）的物种，其实曾被人类的祖先作为果腹的食物吃上千年，只不过随着农业的集约化规模化而被彻底边缘化甚至淡出了人类的食谱了。可悲的是，现代人类只认识超市能买得到的那些蔬菜水果和机器与化学加工出来的所谓食物。"

维罗尼卡是忠实的草药信徒。她家那小小的阳台有一排溜的花盆，里面没有一株花草，全是芦荟、罗勒、迷迭香、牛至、薄荷等可用于烹饪的草药或调味品。有一次去我家，看到杰伊在用小铲子挖草地上让他视为杂草的蒲公英。"能不能给我一些？这可是最好的植物抗生素。你们草坪没用过农药吧？那就更是有机蔬菜了。"

四月份我着实受了场惊吓，以为自己得了新冠：发低烧、头疼、咽痛，好在还缺少两个新冠必然的症状：失去味觉、咳嗽。网上约了去做核酸检测，要等三天。维罗尼卡听到我病恹恹的声音立即给我开了一个shopping list（购物清单）让杰伊速去超市买回来：三种精油，分别是薰衣草、牛至、薄荷，或涂在太阳穴，或兑了橄榄油漱喉咙，或滴在水里放在烛台上做香薰。照她说的做了，同时吃掉最后仅剩的一盒莲花清瘟，每晚临睡用我妈从后院新剪的艾蒿煮水泡脚。到去测核酸那天，我的症状基本消失了。

"记住，即使真被检测出是新冠阳性，像你这么年轻又没有基础病的人，就大量补充维生素C，靠自己的免疫力就能自愈。千万不要轻易服用chloroquine（氯喹），明星汤姆·汉克斯夫妇用了那药后痛不欲生，强烈的副作用让人呕吐、眩晕得想死。"我记得钟南山也说过，80%—85%的感染者都可以自愈。

维罗尼卡建议我增强免疫力，每天如她一样，自制蔬菜汁，不论何种蔬菜每天搭配六七种，必不可少的有两样：生姜、柠檬，都带皮。若喜欢口感带点甜味可以放一个青苹果或胡萝卜，甚至可以放一粒椰枣，每天一大杯。从那以后，还真神奇，我从未再如以前一样三天两头感冒上火。

我告诉她我最近痴迷于刚读到的一本书，《给夏满人当学徒记》(Tales of a Shaman's Apprentice)。作者马克·普洛特金（Mark Plotkin）是哈佛大学的研究员，自上世纪八十年代起，他就深入亚马逊丛林，历尽难险，九死一生，背着行李卷儿，跟各种部落的土著同吃同住，采集当地人一直世代沿用的草药标本。已经懂法语、荷兰语、西班牙语的他如今已经习得多种土语，采集的植物标本更是被世界上最先进的一些医疗机构与实验室奉为重要研究素材。

当听我说我已经通过朋友与马克取得了联系，并同意我把这本书翻译成中文，维罗尼卡非常开心，连着说了三遍：just do it（那就做呀）！

回去路上，正在我前面轻快地走着的她突然停下来，俯身望向几蓬碧绿茁壮的宽叶植物。"我感觉这是一种能吃的野菜。你不是有个识别植物的APP吗？赶紧查查。"她兴奋又期待地望着我说。

那鲜嫩青翠边缘带齿状的植物，外形非常友善，像农家菜园子里的水土丰沃长势良好的青菜。可边掏手机我边有些犹豫，我知道那APP并不是特别准确。许多时候我明明把照片拍得非常清晰明朗，它运转磨叽半天显示一句：哎呀亲，这可把我难倒了。它像个滥竽充数的野路子专家，总在你眼巴巴盼着出可信赖的结果的时候卡壳儿。

可那一次，居然，关键时候没有掉链子，它爽快地给出答案：苍蓟！

"Milk Thistle！太棒了，我知道这是利肝清毒的植物，几乎所有保健品柜台都有合成的片剂或胶囊卖。今天终于知道长什么样子啦。对了，你可以在院子里种一些！"维罗尼卡兴奋地提高了声音。

我很快在网上查到，苍蓟，中国民间俗称大刺儿菜，嫩茎叶可做饲料，并可入药，为利尿、止血剂。我想起来，我小时候其实是在河北奶奶家的田野里挖过它们的，只不过那是小型的刺儿菜。用开水烫煮一下，挤干水分，切碎，加入蒜末与香油、盐，拌了来吃非常清香可口。这里的苍蓟和美国人一样属于高大型，无论株型还是叶子都大了几号。美国人称其为牛奶蓟，也许是因为当折断茎叶，会有白色如牛奶的汁液流出来。

　　此后某天晨起跑步，穿过一片灌木与乔木林立的小树林，在小路一侧的坡地上，在几株灰绿色的优加利树下的浓荫里，那不是一大片苍蓟是什么？我停下脚步，蹲下身去打量它们，有些已经在茎的顶端开着紫粉色的小花。确信无疑后，我去不远处那个塞满了塑料袋的箱子里抽出一个袋子，捡最嫩翠的拔了几棵，边往家走边打量它们。那塑料袋是特为遛狗的人捡拾宠物粪便而备，加了芳香剂，我似乎看到那浓重的人工化学气味与这野生植物的清芬互相排斥着拒绝为伍。

　　"你采这个做什么用？"两个也在晨练的中年妇女看到我手里的东西，擦肩而过时好奇地问我。

　　"哦这是可以吃的野菜。我打算用它做沙拉。"我说着掏出一棵来给她们看，琢磨是否可以普及一下这新知识。

　　"我的天哪，你说这可以吃？可我宁愿饿着……"

　　"你不是在开玩笑吧？"

　　她们那快要瞪出来的眼球与不屑撇着的嘴让我一下子来了斗志。

　　"你们知道2015年为什么一位中国女科学家获得了诺贝尔医学奖？就因为她从一种类似于这thistle（蓟刺菜）的植物中提取出了治疗疟疾的药物，非洲许多患者就在这药物的帮助下打赢了与死神的战争。那药方早在一千四百年前的中国古书里就有记载。"我不知道青蒿素怎么说，只能这样笼统地给她们扫盲。

"That's wonderful. But not me.（那挺棒。可我不想。）"她们快步离开了，偶尔还回望我一眼，嘴里继续惊讶地议论这不可思议，好像我来自古怪的外星球，惟有她们已知的固守的世界才是正确的合理的。让我想到乡间只接受望闻问切、断然拒绝使用听诊器和血压仪的老中医。

如果有人永远偏执地否认美好和真理的存在，永远选择人工芳香剂而排斥野生植物的清芬，甚至为了捍卫他的愚蠢而固执得不惜一切，我怎么办？

在那本我非常不喜欢的晦涩英语教科书里有一句引言我非常喜欢：

For after all, the best thing one can do when it is raining, is to let it rain.

朗费罗（Henry Wadsworth Longfellow），你不仅是个诗人，更是个洞明世事的哲学家啊。

这位在辞世之际被全世界视为最伟大的美国诗人说："毕竟，在下雨的时候，一个人能做的最好的事情，就是让它下。"

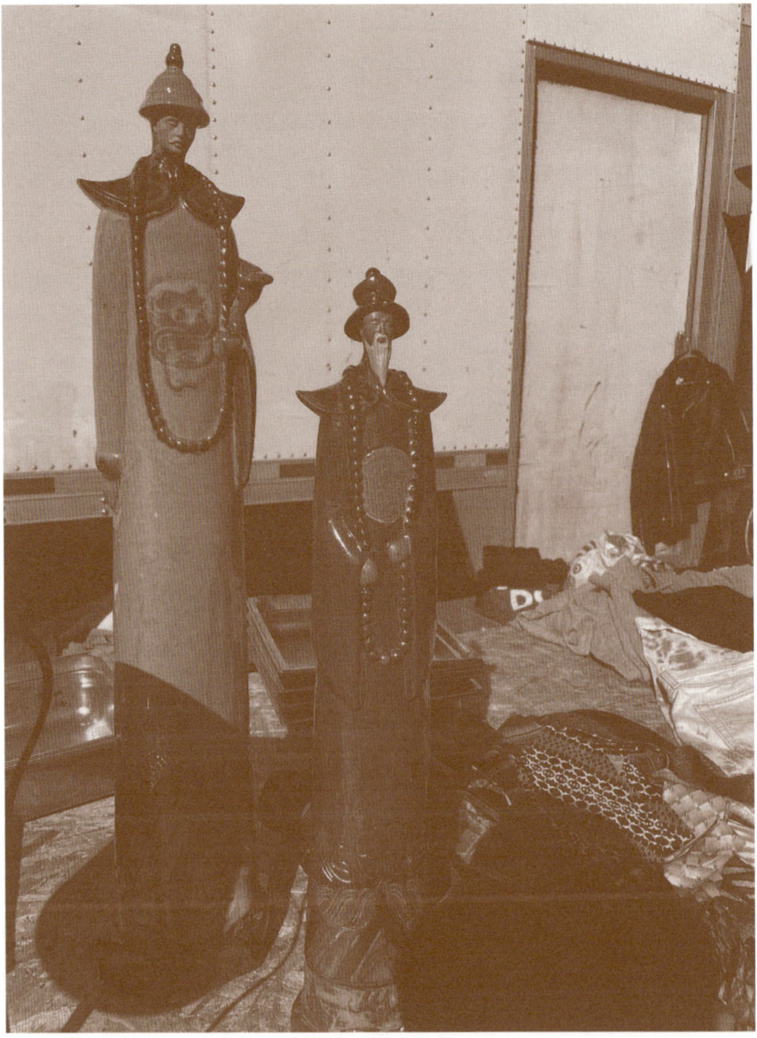

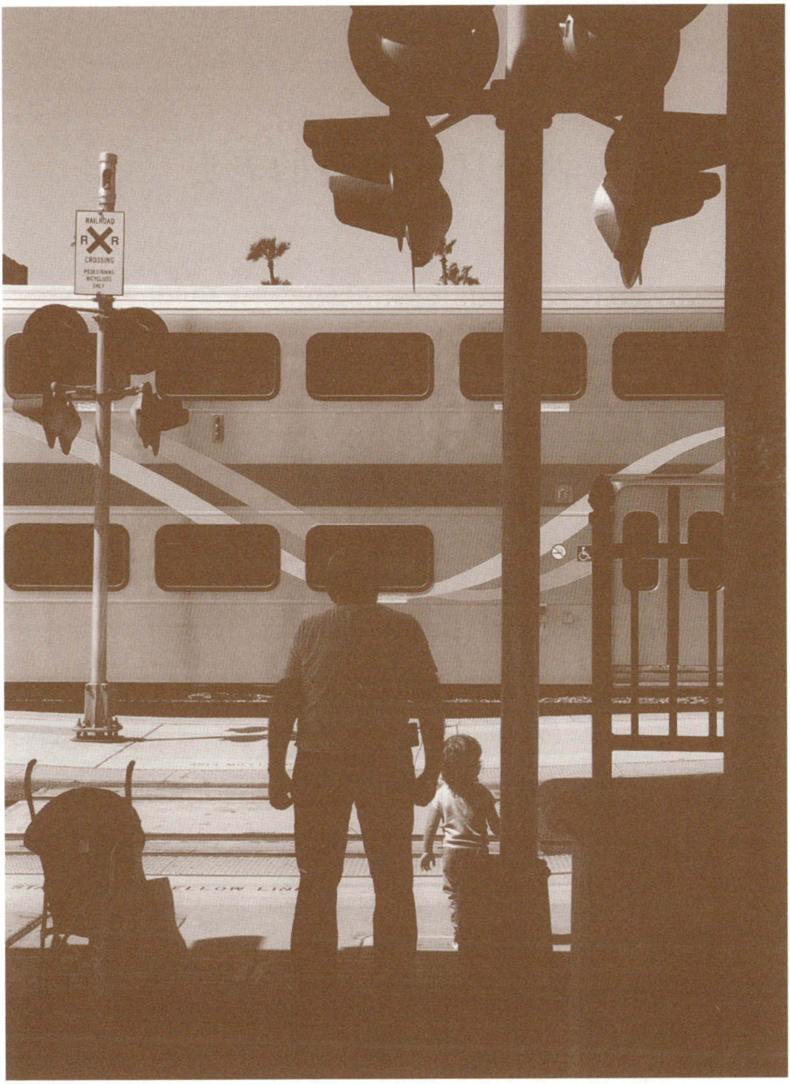
RAILROAD
R R
CROSSING
PEDESTRIANS
BICYCLISTS
ONLY

两个只有 80 岁的老头

1

北京。阳光灿烂的冬日早晨。一个月前撒在花盆里的油菜籽已经争气地茁壮成长为绿油油的菜叶子，只等着被采下来放进锅里清炒。网购的漳州水仙也窜出了筷子长的叶片，碧绿润透像玉裁出的一般。我把随箱子来的矮壮素扔掉了没用。对自然人类干预得还不够多吗？就连一盆室内小小的花儿也不放过。暖气充足，光照丰富，甚至那几块被我随手丢进一个罐子里长了芽的红薯，偶尔得到点清水，如今也是一片生机盎然的绿意，给这颜色寡淡的北京冬天增加了活力与希望。

收到远在洛杉矶的卢克的邮件，先说不久前医生成功地为他做了个小手术堵住了他那漏油的发动机——心瓣闭合不全总让他乏力气短。这事关生死的描述只被他一笔带过，然后就急急地进入主题，跟我说到美国近况，先是有些惊悚的一串大写字母：ALL BAD THINGS（全都是坏事）！做过老师的他随后极有条理地列举出一二三四作为论据：美国疫情完全失控，百姓家家闭户人人自危；丑态百出的暴民们stormed（横冲直撞）国会山；气氛紧张，上万名国民自卫队员睡在了华盛顿的街头檐下；还有不足一周时间就离任的总统特朗普，被第二次impeached（弹劾）；政府撒谎被揭穿，实际的疫苗储备远少于公布的数字，甚至供不上已经接种的人打第二针。

虽然这对我来说已不是新闻，但他的焦虑之情仍让我再次为身处病毒旋涡的美国百姓难过。"人人相亲，人人平等，天下为公，是谓大同"。如果每个人都忘记自己的肤色、性别、贫富与国籍，视所有人类为同胞，老吾老以及人之老，幼吾幼以及人之幼，环球同此凉热，这世界岂不安乐这天下岂不太平？

9年前我被派到洛杉矶工作，在那方完全陌生的异国天空下，交到的第一个朋友就是卢克。个子不高，精瘦挺拔，没有一点老年人的臃肿与疲态。棕黑相间的格子棉布衬衫，整齐地掖进洗得发白的牛仔裤里，很短但浓密的灰白头发像个精神的小帽盔，熨帖尽责地盖在头顶。尤其让人舒服的是他脸上那谦逊而安静的微笑，露出一口极整齐密实的白牙，像牙医广告招牌上的那样完美。我们立在我公寓楼下街边互相打量了半分钟，像确认过眼神的久别重逢的故友，不用多说话就默默地把对方放入了值得信赖名单。

临出发前往美国，老作家兼老朋友陈建功跟我喝茶道别。"有一个人我建议你到了洛杉矶联系一下，他是已故作家谢冰莹的儿子。我们文学馆曾再版过他母亲的书，有可能以后还要拜托你转交稿费给他。"当时的建功还是中国现代文学馆馆长，他像一个线路复杂的机器上的繁忙枢纽，或船只你来我往的码头调度，不知疲倦地连结维系着世界各地的大大小小形形色色的华语作家们。

孤陋寡闻的我还真不知道谢冰莹为何人，只知道笔名冰心的谢婉莹。赶紧上网补课，才惊叹这位女先生不仅是位连罗曼·罗兰都赞誉有加的多产作家，更以其坎坷壮美的生命轨迹被史沫特莱称作"伟大的女性"：

谢冰莹1906年出生在湖南一个富裕的农家。与当时一出生即被剥夺了受教育权利的其他女孩不同，她是一个活泼好动的假小子，不安分的她总留着短发，有着一脑子对世界的好奇。很幸运的是，经过软磨硬泡，她被允许与男孩子一起到私塾听四书五经。过目不忘、极有读书天分的她随后考入湖南省立第一女校，未毕业即投笔从戎，20岁时在徐特立和二哥的鼓励下，进入武汉中央军事政治学校（黄埔军校武汉分校）学习，开始正式使用谢冰莹的名字。经过短期训练，作为叶挺领导的独立团中鲜见的女兵，她勇敢地奔赴北伐前线与敌人恶战。闻名的《从军日记》就是那时在战地写成的，最初发表于《中央日报》副刊。也正是在那时，她遇到了志同道合的文友与爱人符号。

北伐战争失败，军政学校女生队解散，回到故乡的谢冰莹被母亲催逼着与包办丈夫完婚。心有所属的她没有逃婚，而是花了三天时间与入了洞房的这位"陌生人"动之以情晓之以理，二人手都没拉一下平静分手。

而终于嫁给意中人的谢冰莹并没有等来幸福。先是丈夫符号被捕入狱，后是被迫割舍下女儿前往上海漂泊。后到上海艺大、北平女师大学习，并用所有的稿酬换得了一张去日本留学的船票。因拒绝出迎伪满洲国皇帝溥仪访日,而被日本特务逮捕。这位弱女子在狱中受尽极为残酷的脑刑、指刑、电刑。顽强地活着被遣送回国后,29岁的她更名改姓再赴日本留学,就读于早稻田大学研究院。

两年后七七事变爆发,她毅然回国组织"战地妇女服务团",自任团长开往前线,救助伤员,宣传抗敌,写下《抗战日记》。

上天垂青于这个为自己命运做主的烈女子,笔是她的武器,也是她的饭碗,她曾任北平女师大、华北文学院教授,直到1948年,赴台湾任台湾省立师范学院(后改为师大)教授。

音信全无,听闻自己的革命丈夫已经惨死狱中,谢冰莹嫁给了知识分子丈夫贾伊箴。两人相濡以沫半个世纪,后移居美国旧金山生活直至去世。一生充满了传奇的她在九十三岁永远闭上眼睛时是否还有未解的遗憾?如有,也许当是第一段婚姻时那失散并早殇的女儿。

她后悔吗?我相信她从不后悔自己的选择。她活得淋漓尽致,她爱得情真意切。就如她对自己文字的评价,直、真、诚。

谢冰莹像颗闪亮却已经消逝了的星,再如何被吸引我也终是走不进她的世界了。幸运的是我找到了她的儿子卢克。

可我很快就失望了。卢克几乎闭口不提自己的母亲,被我问起来,也只是给出恭敬却简短的回答。某次在他家吃过他亲手烧的一桌美味的家常菜,离去时他递给我一本《女兵自传》。练毛笔字的他给我题了名。那字中规中矩,似乎生怕冒犯了什么人。

是因为有太多痛苦回忆而本能地拒绝再把伤疤揭开吗?还是思念太深长他宁愿埋在心底不与人分享或作为谈资被消遣?

但卢克又是个散发着迷人温暖的忘年之友。得知初来乍到的我需要提高英语水平，他每天早上都会给我往办公室打个电话，从生活常识到新闻，用英语聊上半个小时。对我无法表达或表达有误的语句，他耐心指出，像个不厌其烦的父亲在纠正孩子的错误。

我迟了半天没给汽油公司的信用卡付账被罚七十美元。他得知后生气地给对方打电话，说对一个从不违约还款的人这偶尔的小疏忽，他们的处罚太不人道。"她只欠你们三十美元半天时间，你却罚两倍的款，太过分了。如果你不解决我就找你的上司。"最后，对方虽然没把那罚款取消，却答应以后我每加一加仑油会给我优惠10美分，直到那七十美元的罚款被抵消掉。

我儿子需要做角膜手术，那位号称是全世界角膜专家的犹太大夫收费和他的医术一样高，只用了半小时的手术费用突破了我的信用卡上限。也是卢克主动要借钱给我。我知道一向有着生活俭省习惯的他，早已和美国人一样轻易不与外人有任何金钱往来。如此主动伸出援手，实在令我意外又感动。

他的太太小他十岁，来自香港，也是一位浪漫得有点不食人间烟火的女人。正是他们像家人一样的关爱，让我们母子在异乡的生活没有那么难适应。

"对我们来说，你就像个过于年轻的妹妹，也像个有些大龄的女儿。"卢克又是不乏幽默的。有一次我们一起去一个小店吃三明治，看到那夹在两片面包中间惨白的火鸡肉，他说："这肉白得像纸，我可以在上面写字。"一面说，一边慢吞吞地咀嚼吞咽着，脸上松弛的皮肤一上一下地动着，像头温和得从不会攻击谁的老绵羊。

在我们的交往中,他一直都是那个如父如兄的给予者。只有一次,电话里的他似乎希冀着一点安慰——他那一直生活工作在美国东部的弟弟去世了。他的声音低沉伤感,与其说是在跟我倾诉,倒更像自言自语:"他是那么优秀的农业学家,还那么年轻,身体也一直很好,怎么就去世了呢?"我搜肠刮肚安慰了他几句。那是我唯一记得我对他有限的付出。

我有时不解又好奇,有着早已独立生活的一儿一女的他有着可观的退休金,为何生活那么节俭?他的生活成本极低,让我想到节衣缩食为孩子攒房钱和学费的中国家长。他仅有的两项爱好是听古典音乐和练书法,几乎不需要什么花销。他几乎从不去餐馆吃饭,即使去,也是拣性价比最公道的小店或自助餐。他的衣服也都是多少年如一日,几套干净的旧衬衣和夹克,几条耐磨的仔裤或布裤子。那条有着一条黑绳系在镜腿两头的老花镜,也是一戴若干年,不到了度数不合适实在看不清的地步是绝不会换新的。"我都不想跟他一起出去,他穿得太土,我有时感觉不好意思哎。"他太太心直口快,半撒娇半认真地说过好几次。

比他年轻的太太喜欢旅游,可多半是跟她的朋友们搭伴儿去。从那医疗器械公司副总位置退休以后卢克几乎很少离开家。某次太太又跟朋友去欧洲旅游了,他开车八十公里到我所在的小城找我。我之前回了一趟国,还真把他母亲的稿费捎了回来。只有八百块人民币,我都不好意思拿出那薄得几乎空无一物的信封。"Better than nothing(聊胜于无)。"他笑眯眯地接了,毫无微辞或抱怨,甚至没寻问任何细节。

午餐时分，我们说好去找个韩国餐馆吃饭。开着他那老式丰田东兜西转了半天，避开一切看起来有些高大上的日本寿司店，我们最后停在一家挤在两个旧货店中间的小店门口。结果挑开布帘进去坐下后我才发现，那朴素的门面与有些小贵的菜单还挺不符。知道他不会让我付账，我只好翻来覆去拿着那以烤肉为主的菜单看了半天，在那金喜善一样好看又带一丝不耐烦的侍者注视下，点了一碗拉面。

一人一碗拉面呼噜噜下肚，我们回到车上。开往我公寓的路上，谁也没像往常一样说话，车里的空气似乎有些压抑和尴尬。快到的时候，卢克清了清嗓子，看着前方的道路字正腔圆地说："我突然想起五十多年前刚来美国第一次站在台上讲课时的情景。你难以想象，我当时压力多大。我虽然在台湾大学毕业了来美国读博士，可英语仍然糟透了，当时美国社会对亚洲人也不像现在这般友好。我经历了那段艰难的时光，我知道我应该珍惜拥有的一切。你知道吗，我在研究生院读书时，理发的费用是1.25美元，听起来很便宜是不是？但对我们穷学生来说是一大笔钱。每个周末，留学生们都会来我的宿舍，让我帮他们剪短头发，好能省点钱买书和食物。毕业后，我的年薪是多少？10,000美元，那时候算是相当不错的收入了。我现在去理发馆剪个头发要花多少钱？包括小费至少要25美元。可我的收入比50年前涨了20倍吗？绝对没有啊。这就是为什么我退休后买了一把理发器……"

午后的阳光极耀眼地洒满整条街道，路边行人稀少，只有高大细瘦的棕榈树们一动不动地立在那儿，似乎也在倾听这位老人的诉说。那一刻，我突然脸有些发烧，像个不懂事的孩子耍小心眼儿被揭穿。看着开车和说话都慢条斯理的卢克，我觉得他既不是父亲，也不是兄弟，而是一个饱经风霜、固执又可爱的爷爷。

2

几年后结束了工作的我偶尔回洛杉矶访问或采访，与卢克夫妇仍时有往来。有一年的春节，他们还开车到我临时住的地方共度。豆腐皮、酱牛肉、鸡腿、鱼丸，甚至还有切好了段的葱姜丝和各种调味品。"我怕有些调料你没有还要去现买，就带来了。"按说他们是客人，可两顿丰盛的主餐都出自他们之手。尤其那龙利鱼姜丝米粥，比我在最地道的广东早茶馆喝到的艇仔粥鲜得多。

而且卢克终于有了一件高兴的事情跟我分享，他要当爷爷了！四十出头的菲裔儿媳终于怀孕了。说到这个消息，他笑得额头的纹路都堆起来了，像个乡间的老大爷。

我们约好不久再聚。

随后瘟疫来了。很快，美国沦陷为病毒中心。

他的简短邮件让我也不禁忧心忡忡，他毕竟八十岁了，最新数据显示美国人平均寿命是 78 岁。

"我从来没有这么害怕过！我经历了第二次世界大战、中国内战，没有什么比这更让我害怕的了！你知道，1949 年从大陆逃到台湾，对 9 岁的我来说就像一场终生的噩梦。你很难想象在茫茫的海上，作为一个孩子挤在那拥挤不堪前途未卜的船上有多可怕！就在我们出发几天前，太平轮事件发生，一千多人遇难。那堪称绝望之旅，没有人知道什么会发生。"

太平轮事件被认为是与泰坦尼克号沉没相提并论的沉船灾难。事件发生在1949年1月27日，一艘中国轮船在从大陆驶往台湾途中与另一艘轮船相撞后沉没，1500多人丧生，其中包括后来成为著名华裔法医李昌钰的父亲。

"但是冠状病毒让我更害怕。这比在某个时间、某个地点开始的战争还要糟糕。病毒的战争没有边界，没有时间表！"

"我担心的不是自己，而是子孙后代未来的世界。美国是一个曾经如此伟大的国家，当年吸引了很多像我这样来寻梦的人，但现在它正在腐烂，政府只抓权却不作为，老百姓反智、愚昧，不帮忙只添乱，口罩不戴，party照开。州长都气得发话了，说瘟疫看来对加州人不起威慑作用。"半年前刚当上爷爷的他只飞到旧金山探望了一次小孙子，本计划春天等北加暖和了再去一次，但瘟疫无情地站在了门口。

"如果我们不能改变现实，那就接受它。最后一切都会变成它应该变成的样子。"我写道，感觉自己越发像个修行中人。

我还叮嘱他为我选一首诗或几个字，没事了勤加练习，到时候疫情结束能见面了，把写得最好的那张送给我。

他很快回复俩字：Will do（我会的）。

此后，他偶尔会给我打电话。我的手机总是放在静音状态，总是错过接听，便在语音信箱听到他宏亮清晰的声音，无非是病毒日益猖獗，加州山火不断，各自保重之类。

我问他是否需要口罩，我可以快递给他一些。他感谢了我的好意说不缺口罩了。他太太的妹妹一家住在华人社区，大家互相关照通气儿，总有机会弄到一些救急的物资。除了口罩，隔一周半月的那妹妹还派女儿开车给卢克家送点菜蔬粮食。"别人送的东西不一定总顺口，我们偶尔自己也去超市自提，只要约好时间开车到停车场，会有店员把我们提前在网上订好的东西给拎出来放车上，就省得与人接触了。"

我有时候打给他，往往是他太太接听。说他心情不好，白天也总睡觉，音乐也不听了，字也不练了，只在后院侍弄一点花草。唯一开心的时候就是通过视频看一下已经会笑的小孙子。

病毒已经在美国完全失控，感染人数已经突破100万，死亡近6万。

五月底，我又接到了他的邮件：

"我以为病毒是唯一让我沮丧的东西，但我错了。现在有20个城市在进行抗议和发生骚乱（16个城市实施了宵禁：任何人在户外都将被逮捕）！

"这个国家和中国之间的关系越发紧张；香港和台湾的新局势也和我所住的这个半岛的天气一样寒冷糟糕。老祖宗说祸不单行，这个世界的灾祸如今哪只一种？"

熊一样结实的黑人乔治·弗洛伊德因一桩20美元的案子被白人警察跪在脖子上，随后窒息身亡，临死悲惨地哀求"我不能呼吸了。妈妈呀！"这些细节和这个事件如一枚危险的燃烧弹，在本就干柴烈火一触即发的黑人社区烧出了一片火海。又像一把刀子，在种族矛盾的黑幕上划开了一道口子。被激怒的人们先是在明尼阿波利斯游行示威，很快抗议浪潮蔓延到全国各地。纽约、华盛顿特区、洛杉矶、休斯敦……澳大利亚、法国、荷兰、英国……NBA球星、流行音乐偶像、商界精英，似乎每个人不加入进来都无法泄愤。然后，越来越多的暴徒和无政府主义者开始打砸抢烧。小到加油站旁的便利店，大到好莱坞有名的奢侈品购物街Rodeo Drive，暴徒们无所不抢，有人甚至连车都不用开，打Uber来转移他们的掠夺物。就在洛杉矶，一次冲突下来就有500多人被捕，6名警察受伤。我在电视上看到新闻，夜半时分，垃圾遍布的街头还站着全副武装的警察和紧张采访的记者。装修工人得到意外的捞外快机会：许多店家连夜请人为大门和窗户加装板条，密密麻麻封死所有可能的入口与通道，不用担心会影响生意，因为早就没有了生意。

白天杰伊去我们所在的城市邮局取邮件，在路上就看到一群群打着"BLACK LIFE MATTERS"（黑人的命也是命）旗帜的抗议者聚集在市中心繁华区域，甚至市长也到场参加了。游行队伍以深肤色的人为主，但也不乏白种人和亚裔人。但仍有人对这样的抗议活动持否定甚至敌视态度。"有一个人开车经过游行人群，他摇下车窗，突然大声对着人群开骂，说滚回家去吧你们这些傻瓜。"杰伊知道我这当过记者的人喜欢四处拍照，特别提醒我要远离这样的事件和人群，"你不知道人们现在有多疯狂"。

可笑又不可思议的是，许多矫枉过正的事情在一夜之间就发生了：奈飞公司决定下架《飘》，因为里面有黑奴。迪斯尼把乐园一个小公主形象从白人换成了黑人。本就不景气的好莱坞电影公司，白人纷纷下岗，许多角色换成了黑人……实为迫不得已被道德绑架的典型现象。

一向自视为受气包的黑人似乎终于有了扬眉吐气受重视的

机会。

在全民上下一致争相扮演正义斗士的时刻,一位黑人女性坎迪斯·琥珀·欧文斯·法默在脸书上发布了一段视频:我不支持弗罗伊德,他不是我的英雄。一天内点击过五千万,引起了新一轮口水战。她的主要论点是:作为一个因贩毒和抢劫累计蹲过三年大狱的这个罪犯不应该被神化成英雄或烈士,他的死是悲剧,是我们不愿看到的,但他并不能代表我们黑人群体。我们为什么不想想,为什么是黑人而不是其他肤色的人成为被人们防范甚至害怕的群体?

"我想法默说得有道理。那天我看一个纪录片,采访马丁·路德·金当年平权运动中并肩作战的黑人同伴。当他被问及:如果在半夜三更无人的街头,迎面走来一个陌生的黑人,你会胆儿小吗?他的答案是会。黑人自己都视同类为威胁。当然大多数黑人都本分善良、吃苦耐劳,普遍生活处境差、收入没保障,在学费昂贵的美国他们很少能受到白人一样的良好教育。所以周而复始,恶性循环。可是就因为法默去了趟白宫被特朗普接见了,于是不管她的观点对错,立即有人指责她为政客所用。这世界愈发不让人说真话了……"加里某天敲门,手里捧着五个刚从树上摘的柠檬给我。知道进屋聊天是被忌讳的,我们一个在门里,一个在门外,尽量保持六英尺距离,站着聊了会儿天,这被炒沸了天的事件自然不能不谈。

加里一向话密,我和杰伊经常开玩笑说如果某天他或者我半天没进屋,一定是被路过的加里 buttonholed(没完没了地聊天绊住)。那一次没等我找理由打住,他主动道别匆匆离开,说要回家去看马斯克的 SpaceX 和 NASA 首次合作的火箭发射直播。

　　我和我妈、杰伊也头一次坐在沙发上一起盯着电视看。成功了！很多中国人也都自豪地在社交媒体上发表评论，祝贺人类在空间探索上又迈进了一步。

　　但成功的欢呼声很快就被动荡的嘈杂掩盖了，所有的新闻和目光都集中在各地愈演愈烈的抢劫和焚烧场面，除了店铺，人们开始捣毁历史人物的雕像，从家里有过一个黑奴的开国元勋杰斐逊到南北战争时代表南部蓄奴州利益的罗伯特·李将军。这边纽约市长愤然宣布，支持美国自然历史博物馆的请求，其门前西奥多·罗斯福总统雕像将被拆除，因为这位美国第 26 任总统骑在马上，一边站着一名美洲土著男子，另一边站着一名非洲男子，这意味着他"明确地将黑人和土著人民描绘成被征服和种族低劣的人"。那边新泽西州的蒙茅斯大学投票决定将伍德罗·威尔逊总统的名字从校园的大会堂中除名。理由是"威尔逊是一个有争议的政治家，他从来没有真正踏进过这个校门"。校长帕特里克·莱希说该校将转而向其首席设计师朱利安·阿贝尔致敬，他是首批接受过专业培训的非裔美国建筑师之一。

　　一场席卷全国的倒历史人物运动如火如荼，让我联想到炸毁巴米扬大佛的塔利班。有的石像被泼墨涂鸦，有的则惨遭砍头，有的被扔进河里。那仍在不停歇地夺走人类生命的病毒似乎被遗忘了，虽然美国新增感染人数每天超过二十万！

　　一向喜欢耸人听闻的媒体更是抓住一切吸引眼球，某报以一名黑人抗议者的话为标题甚是具有负面煽动性：

　　"我害怕死，但和冠状病毒比，更容易要我命的是警察。"

在许多城市甚至发起了关闭警察局、砍掉警察财政预算的倡议，还赢得了一些政府官员的认可。可是稍微有点脑子的人都应当很容易理解，一个警察或一些警察执法为恶，所有的警察都值得仇视吗？整个警察职业都应该消失吗？当人们失去理智时，他们就像被邪恶附体般成为只有破坏能力的可怕僵尸。

"有些白人之所以也声援这次黑人运动，并非真的在意黑人的命运和种族的不平等，而是打着政治牌。你看那南希·佩洛西，居然穿着她那黑人打一年工也买不起一件的名牌西服，率先在众议院单膝下跪，表达对黑人的命也是命的支援。无非是把正义的旗帜披挂在身上，好多一个政治斗争权力角逐的筹码，"加里一向痛恨这位特朗普的死对手，"富有的她住在旧金山的豪宅里，几乎每天坐着私人飞机往返于她在DC（华盛顿特区）的办公室。过着奢华生活的她代表的当然是富人阶层，可偏喜欢扮圣洁，享受高高在上的悲天悯人姿态。你看前几天那个视频了吗？在所有理发店都被要求关闭的政策下，她居然跑到一个专为她开放的发廊做头发。典型的言行不一！被暴光后还在叫屈，说是店主设了圈套……"

"事实比虚构的故事有更深沉的戏剧性。"只能说，这是颠扑不破的真理也。

史蒂夫半夜发来一条短信，说这一切太令人震惊，他甚至难以入睡："我活了七十年，从未敢想象在我们的国家会发生这样的动荡。从今晚开始，美国人习惯了的生活已经一去不复返了。"

第二天一早，又收到了卢克的邮件，每个字母都大写，每句话后面都是惊叹号，让我想到街头那些示威者的横幅：

小心！

特朗普要动用军队镇压抗议者！

要知道他的政府刚声援了香港的暴力骚乱！

我要看到这一切都过去，我才八十岁！

那个温文尔雅的老绵羊一样的老人，似乎像科幻电影里奄奄一息的勇士被黑暗势力刺激后满血复活了。其实丝毫不足为奇，因为他身上流淌着的，是英勇女兵的血。

3

"今天是圣诞节，我不知道你们在北京是否也庆祝。打从你离开后我第一次出来透口气儿。当然感谢史蒂夫开车带我到这小公园来。这里让我暂时忘掉一切，假装天下太平。我自己？刚开始设计一个新的木刻，但愿我还能活到你回来给你看。你知道，这不是我喜欢的时刻！我只能 push through it（勉强应付过去）。"认识皮埃尔两年多了，这是第一次他对着手机跟我说话，语速适中，声音却软软叭叭的，似乎他那已经开始蹒跚的脚踩在棉絮上。

当然，像闪米特人一样拒绝使用手机的他仍固执保持cellphoneless（无手机的），他手里握着跟我说话的那个是史蒂夫的。他俩都属于只接受男性会员的百年老店——洛杉矶探险家俱乐部的成员，他们的家在政治辖区上属于两个城市，但其实只隔着一条马路，因而又是近邻。我有时会开上一小时高速过去与他们聚会，有时聚在皮埃尔家，有时一同去爬山。文化背景不同，成长经历各异，我们仨却都非常享受彼此之间的陪伴，或找个公园坐在老橡树底下闲聊吃三明治，或在皮埃尔院子里一起烧猪排做陶罐，或一同去博物馆看展览拍美女。我们说好明年夏天一起去中国重走当年皮埃尔走访过的贵州村寨。然后，瘟疫来了，像一个望不到尽头的干旱沙漠，铺天盖地，炙烤着每个人的心理承受力。美国总统大选倒计时又像拉满了弓的弦，每个人的神经都绷得快要断了。正是在这样的当口，早已把抱怨当饭吃的皮埃尔又惨遭打击，他被诊断出得了白血病！

单身一人，年过八旬，病毒肆虐，退休金微薄，总统不靠谱。老天爷为什么还嫌不够？

皮埃尔为人挑剔不愿包容，活到现在，身边的朋友加上他在外地的女儿，不用一个巴掌就数得过来。猛然听到这一消息，我们都不知如何安慰他。明摆着，怎么说都显得苍白无力呀。

好在史蒂夫守着近，心肠又好，还足够耐心，总不时去看他，有时带他去吃饭，有时约上我一起去公园坐会儿，顺便吃几个我做的馅饼。等医生确定了治疗方案，也是史蒂夫每周一次接送他去医院化疗。有一次本该十分钟就足够的血液化验让他们等了四个小时，皮埃尔都皱眉发牢骚了，史蒂夫愣没有一句怨言，反而安慰皮埃尔："记住喽，谁你都可以得罪，但千万不要得罪你的医生。"不愧是有头脑的犹太人。

"你怎么认识这么一个怪脾气的老头？"我妈听到我有时接听皮埃尔电话一聊就是一小时，好奇地问我。

当初牵线的人也是史蒂夫。听说我要采写一本关于有趣的美国人的书，史蒂夫信心满满地说他有一串人可以上这个名单，并首推皮埃尔。"你一定要去他的家看看，那不是一个家，简直就是一个小型博物馆，里面陈列着他四十年来走遍世界各个偏僻角落收集来的古老怪异的东西。有收藏家上门看了惊叹说有许多都是无价之宝，甚至亨廷顿图书馆都派人前来跟他接洽想让他有条件捐赠。他还曾十二次去过中国，有个叫什么贵州的偏远地方，那是他每次必到的大本营。"当史蒂夫先后花了十五年时间终于在洪都拉斯的热带丛林里用NASA的高端技术发现了被埋没的猴神之城，即将卸任洛杉矶探险家俱乐部主席的皮埃尔主动联系到成为热点人物的他，"伙计，加入我们俱乐部吧！"从此，二人成为好朋友。

  初次见面，我不得不坦陈，皮埃尔是个相当吸引人的老帅哥。他优雅地立在那儿，年轻时挺拔的高个子似乎已经随着年龄的增加而缩了一截，反倒显得更高贵沉稳。做了一辈子中学美术老师的他轻易会被误认为是大学教授。他总爱穿一条宽松的棕色条绒裤子，黑色的棉T恤在前胸印着中、英、日、瑞士四种语言，反复重申着一句话：我不喜欢我的总统。他喜欢屈着胳膊把一只手悠闲地插进裤兜里，另一只手放在下颌处，一双像少年般明亮的黑眼睛思索地打量着面前的人，有点戏谑，有一丝犀利，似乎在审视对方是否值得他交往。他那高而挺直的鼻梁略显傲慢，与满头银丝相呼应，无声地昭示他祖上的名门血统。"明知道你也会像其他跟我有过一面之缘的人那样很快消失再也不见了，我还是要把我的书送给你，因为你送了书给我。等等，你忘了给我签名。"他比卢克和史蒂夫更喜欢逗趣。某次我们在一个墨西哥餐馆吃饭，起身离开时，他突然慢悠悠走到邻桌，探低身子把脸凑近那三个正在用餐的中年墨西哥男人，表情严肃一字一顿说："你们，应该滚回老家去。这儿不欢迎你们，即使你在这儿娶妻生子了，即使天天干最脏最累的体力活儿拿最少的钱也不行。"那三个老兄满脸愕然地盯着他，都停止了进食，然后面面相觑，表情由尴尬转愤怒。突然皮埃尔憋不住哈哈大笑起来，问他们：你看我这腔调学得像不像咱们总统？然后拍拍其中一位的肩膀说："兄弟们，我在梦里都在跟那个家伙斗争。"那三位才明白过来他在开玩笑，一起笑得几乎岔了气儿。

  他已经住了半个多世纪的家是座二层小楼，就像他的左邻右舍一样，尽管屋宇老旧沧桑，却丝毫不显得拮据破败。每家每户房型不同，高低起伏错落有致，颜色各异丝毫不单调，房前屋后那些已经活成化石一般的树木花草苍劲得令人叹息，尤其是各种酷爱沙漠气候的龙舌兰、仙人掌等有着古怪拉丁名字的多肉植物们，都是穿越时间那无际沙尘的幸存者，个个得道成仙一般，枝干虬劲灰颓，似铁似剑。本已不惊不惧如入定的老僧，却在细节处又展露出生命的活力与美好，或发一枝新花，或抽一段嫩枝，或结一树果实，不乏细玉般的光洁与柔润。面对它们，你唯一能做的事就是摇着头叹口气。与植物们的顽强生命力相比，人类往往太脆弱不堪一击。

  史蒂夫没有夸张，皮埃尔的家藏确实堪称一个独特的私人博物馆，上万件藏品没有几件我能说得上名字。金的银的铜的铁的瓷的，石头雕的木头刻的羊毛织的丝线绣的，不仅件件稀有个个罕见，且都在一个个朴素简洁的展柜里有模有样陈列有序。皮埃尔是个 handyman（手巧的人），又和所有酷爱收藏的人一样钱总不够花,因而但凡他能自己动手解决的活儿决不肯花钱雇人。除了几件从瑞士带回来的祖上留下的古董家具,那些拉开抽屉里面的灯光会自动亮起并有着弹簧开关的柜子都是他亲手设计的。

那是个春天的中午,跟随他逐屋挨柜地参观了一遍藏品,我们一起回到院子里小坐,一根火龙果的淡绿色肉茎像一条超长的细蛇,沿墙根葡萄攀援而上,已经抵达二楼的烟囱外。没有任何支撑,所有的攀爬都借助那茎的边沿偶尔冒出的几根白须为足。天空像倒扣过来的海洋蓝得让人沉默。响脆的阳光投放在蛋壳黄的墙和暗红窗框上,一株两人搂抱不过来的古松斜插向天宇,高过了屋檐,坚硬光滑的树干白得像瓷。看我蹲下起来不停地拍照,皮埃尔幽幽地说:"看来你对我的植物远比我的藏品更感兴趣。走,我带你看看我的后院。"

在邻居家的犬吠声中,他打开一扇挂着一把铜锁的金属栅栏门。一个小小的池塘赫然眼前,睡莲只是刚刚结苞,却早有红色带金翅的蜻蜓不时在两根竹竿上像迷你直升机一样起落。有鲜红的鱼儿在密实低矮的莲叶间时隐时现。一株看起来不比主人年轻的柚子树立在池塘边,从容地枝开叶散,树冠占据了院子多一半的空间,淡黄色灯笼一般的果实压得整个树都弯下了身子,让这处于闹市中的院落有了几分田园的闲适。这个小小的植物王国让我完全挪不动脚步,啧啧惊叹是我的唯一语言。一切似乎都已修炼出了一番精神风骨,是庸俗如人类者完全不可企及。后来我才知道手头一直不宽松的皮埃尔惜水如金,没有美国人院子里必不可少的喷灌系统,他院里所有的花草树木基本是靠天吃饭。除非极度干旱高温，他才用那根塑料管接上水龙头让它们沾点人为的雨露。真难为了这些跟他相伴了几十年的植物伙伴们，但凡不够坚强的早就香消玉殒了。可见这些我有幸能看到的幸存者们是经时间之浪淘洗和极端气候锻造出来的。

守着满柜满箱满墙藏品的皮埃尔是富有的。从非洲小岛到亚马逊丛林，从蒙古戈壁到柬埔寨洞穴，从喜马拉雅山脚到埃及法老的墓道，他对繁华热闹的现代文明不感兴趣，花了40年用脚步丈量过110个国家和地区，探访那些隐藏在大自然深处的"即将消失的人类远古的痕迹"是他的最爱。他肩扛、背驮，从空中飞，在海上漂，以洛杉矶 Eagle Rock 他的家为中心，从地球的犄角旮旯一趟趟像驴子一样，把一件件又脏又旧的古怪玩意儿带回来，不辞辛劳，乐此不疲。看着它们安静地共处一室，回忆每一趟旅途的经历。在这个小小的角落，他的世界是独一无二，不可复制的。何其富足！"它们是有灵性的，我许多时候在路上化险为夷，起死回生，都是它们在保佑着我。我不会卖它们换钱，也不介意把它们捐给博物馆，尽管我很担心它们最终会被放在阴暗潮湿的地下室里直到彻底腐烂。"

他有着超强的记忆力。先后花了十年时间出版了一系列图书：Pebbles in the sand（《沙子里的石子》），几乎全是靠回忆再现每一个生动的细节。

4

每月只有两千美元退休金的他又是穷苦的。"早知道钱那么重要，当初我真该找个高收入的工作。我知道你们中国人非常尊重老师，可在这儿完全不是那么回事，除非你当大学教授。美国老百姓爱说：实在不行，就当个老师吧。在我这做了一辈子老师的人听来，这无异于侮辱。可事实就是这样。"

他本来出生于瑞士一个富有之家，父亲的太爷爷是瑞士驻俄罗斯大使。他们那尊贵的Odier家族更是闻名世界的瑞士银行创建者。接到四十出头的母亲突然离世的电报，一心想以探险为业的皮埃尔正在埃及墓道里对着法老的陪葬出神，那一年，他十七岁。

母亲是美国人，与他父亲离异后回到了纽约，再次嫁人她选择了中学时的sweetheart（青梅竹马的恋人），对方已经是位高级军界要人。"我母亲非常漂亮正直，是个富于幻想的浪漫女人。有一次我指着画报上一个黑人女孩问她，如果我将来娶一个这样的女子为妻怎么样，我母亲说很好呀，只要你们相爱就行。但她决没想到她会死于心碎。"那一幕，别说想象，就连听起来也似乎只该发生在电影中：男人去外地参加一个重要会议。时间比预想的要长，便说好搭私人飞机去接太太前来小住。那夜雾大飞机失事了，机上无人生还。得到噩耗的太太奔过去认尸，在路上就肝肠寸断突发心脏病，永远闭上了眼睛。结果，男人竟出席了太太的葬礼：那晚他临时有事派了助手去接太太。他根本没在飞机上。这一切似乎比罗密欧与茱莉叶的悲剧故事还不可思议。

皮埃尔匆匆赶到美国料理母亲的后事，瑞士他不想回了，高中都没毕业，在美国参军是他唯一的出路。英语蹩脚，在军中他被人调侃地称为"Little French"（小法国人），因为他的法语、德语、瑞士语都远远比英语流利。占了多语种的优势，作为记者他被派到慕尼黑采访第二十届奥运会。几年后离开军队他去注册读了大学，然后当上了门槛不高收入有限的中学老师教绘画。在三十多年的教师生涯中，他有一次成为世界名人，那个失之交臂的机会让他反倒感恩不已。1986年"挑战者号"挑选宇航员，为了能在学生中普及航空知识，决定遴选一位教师加入，皮埃尔有幸成为最后的候选人之一。最终选择了克里斯塔·麦考利夫而放弃了他，是因为当局最后决定让一位女性参与这世界瞩目的事件。结果，升空73秒后，航天飞机解体，7名宇航员全部罹难。

塞翁失马，焉知非福。听他讲述这无意中"躲过的一劫"，我跟他解释这句中文的意思。他微笑着点头："我对中国文明的痴迷是从小学五年级开始的。我们学校排练一个中国古代故事改编的舞台剧，为什么是中国故事？因为当时有一个非常富有的中国商人赞助。他的女儿——也是我班上一个男同学的姐姐出演公主，我只有一个跪在地上为她献茶的机会，结果我一发不可收拾地爱上了这小女孩。后来她转学离开了，从此以后再也没见过面。"正是从那时起，小皮埃尔心里播下了神秘东方的种子。

有过一段短暂婚姻的皮埃尔果断离婚，因为他无法容忍妻子的庸俗品位。"一个好好的木头餐桌，她居然趁我不在刷成了苹果绿色！当初为什么娶她？很简单，她告诉我说她怀孕了。"

他是个不安分的老师，每年暑假都带着学生们去世界各地探险，有一回在非洲，一个部落首领看上了其中一个女学生，非要娶她，不同意就可能砍刀相向。最后皮埃尔站出来说可以，但他不能只娶这一个，必须还得娶一道来的其他十个女孩。但记住了，她们个个都很能吃。最后，那部落其他成员害怕本就短缺的口粮更不够吃，劝他打消了念头。

世界看遍了，宝贝收够了，书也出得差不多了。八十岁的人除了安坐在家里颐养天年还能怎么折腾？离八十岁生日还差一个月，皮埃尔又上路了。从洛杉矶飞19个小时到新德里，再东进去尼泊尔、不丹，然后前往缅甸，最后一站是柬埔寨，那儿有一百多个村寨小学的孩子在眼巴巴地等他来。那个小学是皮埃尔募捐资助。

"我不想捐钱给他了。我怎么知道他把钱都花在什么上面了？他自己好像经济也挺拮据的呢。"有一位我们共同认识的越南朋友有一次跟我嘀咕，那是个每去饭馆饕餮都要晒在脸书上的油腻中年胖子。

"也不知从什么时候起行善成了富人的专利，即使他们更有机会挥霍利用别人的信任。省吃俭用的人是不敢号召别人做善事的，你做了也没人相信。因为你自己穷。你看皮埃尔，如果真挪用捐款，他自己的日子还会过成这样？"史蒂夫总为这位老兄叫屈。

皮埃尔还真让我感叹：守着一屋子宝贝，和卢克一样把生活必需压缩到了最低。卢克至少生活舒适安逸。皮埃尔的人生则处处透着清苦。他那个看起来还算宽敞的小楼其实以前没这么大，他当年的学生家长里有两个会做水泥活儿的，在他们和一群半大孩子的帮助下，一石一木都是自己搭建扩展出来的。

"当时我女儿才十岁，帮我从院里往楼上搬砖，搬一块砖我付她一分钱。"这房子更像鸟儿搭起的窝，可以挡风遮雨，可绝对算不上舒适。没有暖气没有空调，甚至没有洗衣机和洗碗机。多少年来皮埃尔都是把该洗的一包床单衣物拉到街角平时给他做保洁的危地马拉女人那里，付她二十美元，每周一次。他唯一的电器除了打印机、电脑、一台老式音乐唱机，就是放在卧室床脚的电视和电风扇。他生了病之后，远在旧金山的女儿开始接手他的银行账户，她惊讶地看到父亲每个月信用卡的还款从没超过五百美元，包括所有开支和税费。唯一可以理解的解释是：他省吃俭用，好有足够的财力去穷游。没错，还真是穷游。他搭红眼航班，住汽车旅馆或农舍、窝棚，吃随身带的罐头。"我的身体已经完全听从我的意志。出门在外有时我一天不吃一口饭。水更是不喝，尽量不上厕所。"至于那些藏品，说是白捡的有些夸张，但也差不多。"我都是拿东西换的，从牛仔裤、口香糖、万宝路烟，到水果刀、T恤衫、巧克力，有一次甚至我的腰带都被一个土著人用一个木刻面具换走了，我只好找了根树皮做的绳子穿在裤腰上回到了家。"

他对物质是敏感的，但又是淡漠的。生父去世后，他前往瑞士去接手遗物。见一位搬运工人垂涎一幅裸体女人油画，他随手就递给他，"you can have it（归你了）"。他后来在一本美术馆的收藏图录中看到了那位艺术家的另一幅类似油画，价值不菲。"我不在乎，任何东西只要到了真心喜欢它的人手里就不算浪费。"他喜欢孩子，到哪儿去背囊里都少不了饼干。为什么不是巧克力？我问。"饼干可以让更多人分享啊。"他似乎有些责怪我不够聪明。说有一次，在西非一个偏僻的村庄里，他刚放下行李就有一群孩子围上来，"我照例掏出饼干来发，每人一块儿。最后，我是唯一手里没有饼干的人。忽然我吃惊地看到，一个只有五六岁的小女孩走过来，有些羞怯地把手伸向我，那小黑手心里是半块饼干……我向上帝发誓——如果他存在的话，在我临死闭上眼睛的时候，那是会闪现在我脑海里的一幕。"即使说到这温暖的一幕，皮埃尔仍未显露出笑容，只是用那双黑亮的眼睛望向我。

他客厅一面墙上挂的全是家族肖像，从曾祖父母威仪的面容，到仍是英俊少年的皮埃尔。我打量着他们，感叹于时光的匆匆流淌是如此无情。"这是喜欢虚张声势的一家人！"他也望向那墙，脸上带着一抹自嘲的微笑。

他是孤独的。和卢克一样，皮埃尔也抱怨甚至气愤所处的这个似乎越来越不对劲的世界。尤其是这横行的瘟疫像一个网子把他罩在了原地不能动弹。"我最大的生之乐趣就是能四处看世界，自由地迈开双腿去触摸去亲近这个世界，至少证明生而为人活着是有意义有尊严的。可现在我的时光被这可恶的病毒偷走了！即使活到一百岁，如果原地不动困在家里那与死有何异？连行尸走肉都不如，只不过是会喘气的木乃伊。我并不出生在这个国家，可在这片土地上生活了六十多年，我无比地爱这个国家。可你看看现在已经乱成了一锅粥。我真的不只是为自己感到痛苦，而是为这个日渐腐朽的世界。我们最起码要互相尊重、互相关照。可这位总统认为他是上帝和先知，比任何人都优秀和优越。说病毒三四个月就消失，看看最新的 *TIME*

（《时代》）杂志封面吧，10万！已经有10万人丧生了。华尔街对他来说比人的生命更重要。"隔着电话，我都看到他沮丧的脸和雪白的头发。

我告诉他说我儿子接到罗切斯特大学研究生院的录取通知了，只是学费高得出奇。"别，你别告诉我这些。每次我女儿跟我在电话里谈起孩子的学费，我都会闭上眼睛保持沉默。这暴露了我们国家另一个可怕的问题，为什么教育成本如此高昂？年家庭收入不过四五万美金，一个大学生一年的学费就要三四万。在中国上大学也这么贵吗？不谈论或不思考这个世界是不可能的！我们不能总闭着眼睛，因为我们无处藏身。"皮埃尔总是在不悦时语速加快，语气甚至有点刻薄。八十岁了居然一点也不耳背，且思维敏锐，你永远别指望挑战他的智商和记忆力。我曾问他有什么生活秘诀，他想想说也许就是基因吧。"我从不养生，尤其爱吃巧克力。临睡觉躺在床上，看到手边有一盒上好的巧克力，我的上帝，比看到一个女人在身边还让我幸福！"

"那就用一颗平静的心面对它吧。"我微笑着道，换了另一只手握着电话。

"不，我没办法。我的生活令人满意的也许有八成，但这二成不满意却太重要了，它们搅得那满意的部分似乎也掺了浑浊的水分。一些美国人抱有的唯一希望似乎就是这所谓的民主政体。我希望人类能从灾难中吸取教训，希望历史的纠错能力帮助我们像凤凰一样从灰烬中重生。对了，那是你们东方的比喻，我们的国鸟是 Bald eagle（白头鹰），那是多么警觉机敏健壮的鸟儿。我渴望改变，我相信我能看到改变，我才80岁！"

5

为了安抚皮埃尔，也为了安抚自己，我们决定去 hiking（远足）。除了史蒂夫、皮埃尔和我，还有约翰。那条三英里长的路线是史蒂夫选择的，为了照顾大家的体力，全都是山脚下的平缓坡地，且一路树木不少，无曝晒之忧。

约好了在停车场相会。我路途最远，到达时他们仨已经等在那儿了。约翰像个不服老的花花公子开着一辆闪着光的蓝色小跑车。皮埃尔自己的车是一辆老吉普，看起来挺拉风，事实上如它的主人一样毛病不少，车窗玻璃摇不下来，空调坏了，副驾驶一侧的门被两次盗贼光顾后已经无法打开。他开起车来像个荷尔蒙泛滥又无处发泄的小伙子，横冲直撞像开坦克。我曾开玩笑说他开起车来真像个探险家。他说他不喜欢开车，除非迫不得已他不想碰车。两个没说明的原因是：一、开那老旧的吉普车太耗油，二、他没有手机，没有导航，开车出门迷路让他极没安全感。有一次我决定不开车而是搭火车去他家，需要他去三英里外的火车站接我。火车进站，我发现他果然已经立在站台上等候着我，说怕迟到或走错了，他一早就给一个三十年前教过的学生打电话问清了路线，然后又提前一个小时出门。

那天自然又是史蒂夫为皮埃尔的专车伺候。大家开门下车打招呼。才一个月不见，即使有那白色 N95 口罩遮了一半脸，我仍然看出皮埃尔苍老了许多。一顶褪色的红棒球帽帽檐朝后半遮在头上，那直而白的头发已经长得披到肩上像个嬉皮士，下巴上那本来短短的髭须也长成了山羊胡，一条半白半红的大手帕对折后松松地挂在脖子上,他只是礼貌地跟我问候了一下,然后就怏怏地略佝偻着肩自顾往山脚下走,似乎他无意向这个世界隐瞒他的不满。

幸好史蒂夫和约翰都像往常一样幽默且精力充沛。我注意到不仅身边这三位年过七旬的老朋友都戴着口罩,迎面过来几位结束了锻炼的年轻人也无人不守规矩,尽管当时已接近正午,气温高达35度。我也不情愿地戴上口罩,把背包扛在肩上。

约翰和我有半年没见面了。那天他穿了一件蓝白相间的毕加索条纹衬衫,一顶深色的软运动帽,当然还有他那招牌大墨镜。高大的他看起来仍然很酷很年轻,但是那绺从他的软帽里钻出来的白色卷发和脖子下越发松弛的 turkey neck(火鸡脖子)还是背叛了他。

有时想想似乎很神奇。我与这三个人看起来没有太多共同的东西,血缘、语言、国籍、肤色、社会阶层、工作领域……完全风马牛不相干,甚至年龄,他们完全可以说是我的父辈。但他们真诚、真实、有真性情,与他们在一起我感觉是那么舒服开心,无需任何防范。

史蒂夫常年在这一带活动,自然是最适宜的向导,告诉我们"今天的目标是到达第一个瀑布"。

尽管路不陡峭,但许多路段极窄,且有不少高低不平的石块,史蒂夫和我把各自的登山杖拿出一根,与约翰和皮埃尔分享。我们不紧不慢排成一串往前走着,在头顶的阳光炙烤下很快没了力气,话也越来越少,沉默地忍耐地走着,就像一队还没发起冲锋就惨遭败绩的散兵游勇。

我注意到皮埃尔的头和肩朝地面弯得更厉害了，像一只病虾。但好强的他绝对不想拖累队友们，听史蒂夫问他是否要先坐下歇口气儿，他面无表情一连串地 No。走了一会儿，似乎为了活跃气氛，他没话找话地说"我今天希望遇到一条响尾蛇"，听起来像个跟老师初次郊游的小男生。

"好吧，我会给你找一条。"我接口道，感觉自己像个好脾气的幼儿园阿姨。都说当人们变老的时候，也就是回归童年的时候，看来不假。

又走了约一刻钟，一条清澈的小溪赫然眼前，在树荫下淙淙地沿着铺满鹅卵石的河沟流淌着。

"你想休息一下吗？"一向体贴的史蒂夫再次关切地问皮埃尔。后者犹豫了一下，摇摇头，沉默着继续往前走。其实不仅皮埃尔，我们自己也渴望着坐在那树荫下听水声和鸟鸣。我们也知道，他很显然是不想让这个难得一聚的小小群体因他而失望。

"让我们吃东西，然后回家。"约翰大声宣布，自己先笑了起来。

"留意那些有毒的橡树。路太窄，一不小心皮肤剐蹭到那些叶子就会红肿疼痛。"史蒂夫一条腿在丛林里探险时受过伤，走路有点跛。这位获过艾米奖的职业摄像师还有严重的职业病：他的一侧肩膀和后背被摄像机压得神经畸形，做过两次手术。但他仍然强壮得像个有活力的机器人，只不过有几个关节处的零件需要重新拧紧固定一下。

路的右侧突然现出一片开阔的水域，阴凉的树荫更让那水如沙漠中的甘泉一般诱人。"我饿死了。我们还是先吃饭吧。"

约翰再次嚷着，先捡了块光洁的大石头一屁股坐下。

于是每个人都不再矜持，各自找石头安放自己那已经疲累的身体。作为这小小四人帮里唯一的女人和厨师，我拿出了早上准备好的食物：烤百吉饼、炒鸡蛋、切片香肠、奶酪片、橘子、罐装沙丁鱼、曲奇……"太丰盛啦！"大家赞美着准备取食，但看到我递过来的免洗消毒液都自动接过去先做清洁杀菌工作。"你们亚洲人还是特别仔细谨慎的，讲卫生的习惯比许多西方人好。我观察过比如你们吃香蕉，都是剥一半，拿着那香蕉皮吃剥开的部分。美国人多半都是彻底剥开，把皮扔了，用手拿着那香蕉吃。"史蒂夫一向不吝对别人优点的赞美。

然后他抛给坐在水中央那大石块上的约翰一个百吉饼，"吃吧约翰。你今天来的主要的目的不就是午餐吗？你们知道吗，我打电话通知他的时候，开始他还有点犹豫，听说埃玛会准备吃的，他立即答应了，哈哈。"史蒂夫揭了约翰的老底惹得大家开怀大笑，还不罢休，他掏出手机，一脸恶作剧地笑着给每个人拍面部特写，然后指着对方命名，先是约翰：南瓜。又指指他自己：香蕉。皮埃尔：大蒜。埃玛：蘑菇。那是一个恶搞的软件，据说可以推测你是什么植物。我们互相打量着，想想对方的名字，还似乎真有点像。因而笑得更响了。

不时有微风吹过来，即使燥热，仍让人心里舒爽。抬头看，蓝天纯粹而澄澈。望着身边那三张都已经不年轻的脸，听着发自肺腑的笑声，我的心底突然涌起一丝感伤。暂时抛开那压在心头的病毒巨石，坐在这溪边树下，像心无城府的少年一样打闹嬉戏，这一幕，成为我们共同的生命印记。这本身，不就是宿命中的一环？

我们重新开始徒步，几个擦肩而过的徒步者脸上的口罩提醒我，我们四个人都没有把口罩戴回去。

"实在太热了！"史蒂夫说着把口罩胡乱塞进上衣口袋里："除非有人走近，否则我是不想戴了。"于是我们都效仿他，大多数时候我把口罩挂在手腕上。

兴许是补充了点热量，我们的脚步似乎比刚才轻快了一点。每个人都边走边环顾四周，试图在树木和石头的世界里发现一些特别的东西。一只蓝色翅膀的蝴蝶，一对正在交尾的蜻蜓，一只头顶有一撮红色羽毛的啄木鸟，一个谁粗心丢掉的皮质刀具盒，还有，灌木丛里一双婴儿的脚才能放进去的柔软的针织鞋……无论被谁先发现，都会大叫着指给其他人看。

尽管知道约翰是特朗普的支持者，当皮埃尔靠着一棵粗大的树干喘气时，我还是不由自主跟他提及昨天看到的福克斯电视台对著名投资人马克·库班（Mark Cuban）的采访，马克一针见血地批评特朗普："作为一个领导人，不要再扮演受害者了。"

"哦，他说得很对。"皮埃尔脸色苍白，一边用那红白两色的大手绢擦汗一边点头。他说他也看了，"那倾向于特朗普的主持人很固执又愚蠢，居然问马克说你不满意特朗普，那你说拜登又做了什么好事。幸运的是马克足够聪明和敏锐，他立即接口说根本没有可比性啊，很简单，拜登不是总统，他没有权力如何来领导？"

"我们不要谈这个。这只会毁了我们的好心情。"约翰认真地凑过来说。

继续前进。有什么话题值得毁掉这身处自然的安宁？空山寂谷，老橡树哲人一般肃穆地伫立着，仿佛仍在沉思那花了上千年的命题。

我们最终没有到达那第一瀑布，因为皮埃尔的旧鞋太硬把脚趾头磨破了。

开车往返两个小时，只走了3英里。于我，那似乎是一次失败的远足。

但我相信，那是一次我永远不会忘记的徒步。

九月底的某个早晨，突然感觉眩晕的皮埃尔被邻居送到医院，那低到极点的红细胞让医生震惊，"你居然还活着本身就是个奇迹！"住院输血验血，几天后确认，白血病。

医生说有一种特效药，但非常贵，每月一万三千美金，只有最基本医保的皮埃尔是负担不起的，因为不能报销。他同意进行传统化疗，每周一次。七十岁的史蒂夫自然成了八十岁的病人的司机兼陪护。头一次，剂量过大，他几乎呕吐得没了命。以后量减少了，做完后几乎没什么感觉。他又开始担心是否根本没达到药效。住院每晚三千美金，不便宜，好在可以报销。不知道食物也包括在内的皮埃尔看着选择有限的菜单，跟天使一般温柔的护士说，他要半个三明治。

两周后我去家里看他，先于我到达的史蒂夫正和他饶有兴致地看又一个新奇的APP：输入你家的邮编，就能看出来那个小区为拜登和特朗普的总统竞选各捐了多少款，甚至谁捐了多少都能看得一清二楚。皮埃尔完全没有我想象中的憔悴，反倒像只是得了一场感冒，好像总统大选比他的身体更让他操心在意。"你说这明明是民主党的加州,人们都疯了吗?那么多人为特朗普投票。太不可思议了。"

我说我不久就要回中国了,并客气地问他是否需要带什么东西给他。我以为他会像其他被问到的人一样说"什么都不需要,你平安回来就好"之类的话,没想到他认真地说:"如果你能带些中国邮票回来就太好了。要有邮戳的那种哦。"身体都这样了还想着收藏,唉,心里一声叹息,却笑着答应了他。

我回国后不久,美国疫情更加严峻,皮埃尔被停止了治疗,很简单,没有床位。

"我不知道是否还能再见到你。"这是他一再重复的话,语气决绝,在我听来却只是悲壮。

今天是中国的腊八。美国新总统就职的日子。中国民间向来不乏幽默,戏称不过都是"一锅粥"。

40万美国人被病毒带进了永远的黑暗世界。华盛顿国家大教堂庄严鸣钟400下,却再也惊醒不了那沉睡的灵魂。

给皮埃尔送去一些水果并一起观看拜登就职典礼音乐会的史蒂夫打来电话,他的声音难掩激动之情,还没等他说完,电话就已经到了皮埃尔手中。"让我告诉你,一切都开始改变了。我的天哪,终于,一切都值得期待。这一刻让我回想起当年奥巴马就职时的气氛,我真的更有信心了,美国就如那只不屈不挠的 Bald eagle(白头鹰),一定会再次振翅翱翔。什么病毒,什么白血病,I don't give it a damn(我才不买账呢)。我才八十岁,一定会看到改变来到的那一天。"他和大多数忧心忡忡的美国人一样,亲历了四年痛苦煎熬,都虔诚期盼着尘嚣不再,美利坚的天空再次澄澈。

  我想他说出的也是卢克的心声。年龄只是人为的刻度罢了。华裔好莱坞女演员周采芹，85岁主演电影《幸运的奶奶》，86岁时高薪受聘为Dream work（梦工场）动漫配音，一直自豪于同时打着三份工的她告诉我说"我离死还早，我应该可以活到94岁"。有一位比她更有豪情，现年已经94岁的翻译家文洁若，手指变形到只能夹着笔写作，伏案翻译着五部书稿，计划在100岁时"大脑退化了"开始写自传，相信自己能拼命干着活儿活到113岁。她正在实现着自己当年与丈夫被非人批斗虐待时互相勉励的诺言：we must outlive them all（我们必须活得比他们长久）。

  说到底，不屈不挠地活着就是一个人最大的胜利。虽说我们终有一死，活着，至少是车的轮子是鸟儿的翅膀。74岁的褚时健如果等不到出狱就郁闷而终，那我们的大地上就不会有85岁的"橙王"，就不会有那道他留给世间的夺目光芒。因为说真话而遭到死亡威胁的美国福奇博士，如果脆弱或软弱地被厌恶他的总统和总统的盲从者棒杀，81岁的他就不会在乌云散尽后露出孩子般的笑容，继续为人类与病毒的抗争而效力。

  心坚如铁，活着，希望就在下一秒。

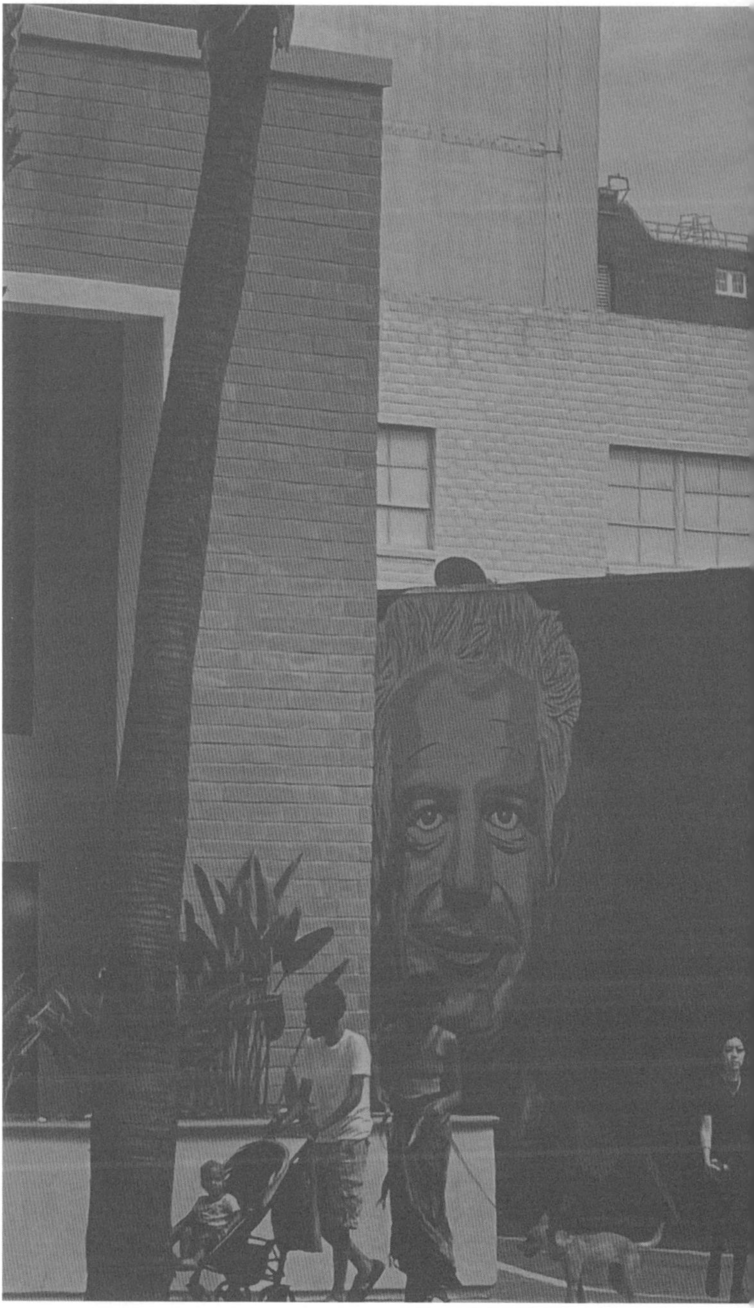

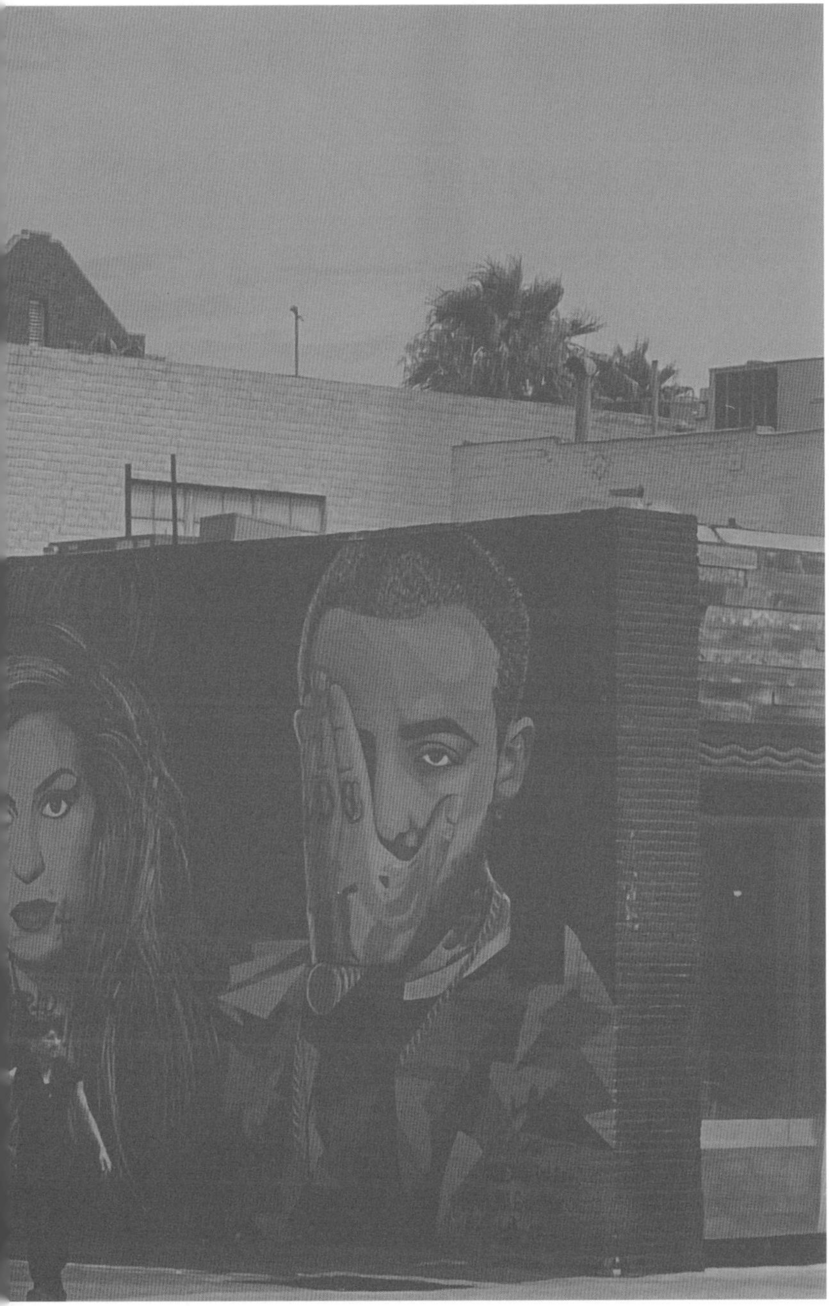

瘟疫中的典型一天

1

2020，地球上有 200 万人被病毒带走。令人胆寒的是，居然有 20 个国家死亡人数超过了全国总人口的千分之一！

这些人多数是默默无闻的命如草芥的百姓，也有一些在人类历史上留下痕迹的名家。生命同价，冷暖自知。让我心头最凄然的莫过于於梨华。

不同于以往陈忠实、张贤亮等与我有过交往的文坛前辈，逝者如斯，他们的离去让我叹息追思曾有的短暂生命交集。与她，我素不相识。89 岁染新冠病毒而亡，相比于上百万被病毒带走的不幸者，亦算高寿，似乎不至于令人太过悲伤。但我仍然怅然若失，心头似乎空了一块。我知道，行至中年，手头原本就为数不多的珍爱之物，又彻底、永远地丢失了一件。

正是她，当年像一汪清泉，浇开了少年的我那懵懂又缥缈的作家梦。

《又见棕榈 又见棕榈》是我中学时读到她的第一部作品。

人生第一次，我为了一对陌生年轻人的爱情故事而失眠。从此，我记住了三个人的名字。牟天磊，佳利。还有，赋予他们生命的幕后人物，於梨华。似乎第一次，我见证了文字的力量。一直曾经令我膜拜的当个女演员的虚荣顿时黯然失色，而做一位能打动人的女作家，成为了我要朝圣的麦加。

她的离开，让我想到杨绛老人。非亲非故，那永远的转身离开遁入另一个世界，却让我悲从中来。那痛如一把看不见的刀，在心灵的暗处游走，除了空空的长叹，甚至流泪都是奢侈。我只知道，世间又少了一位让我自豪的同时代生活的人。

他们留给这个世界的东西，远远不只那些世人看得到的文字与成就。这喧嚣熙攘如沙漠的世界，他们如一股清流滋润着数不清的陌生人的心灵。

五月初的洛杉矶，罂粟花和山火一并燃烧。一个中国女子在异乡辗转反侧，再度失眠，一如当年那个为爱而困的小姑娘。

早晨，照例先当园丁，为后院的植物们浇水。先是为房侧的爬山虎和那架金银花喷水沐浴，然后到廊下观察盆栽罐养的吊兰和多肉们，酌情或浇水或控水，有些要改地栽，有些须修剪。正当我给杰伊花了三个月耗银两无数搭建的蔬菜园子松土时，猛然间看到西墙根下那株柠檬树上挂的果实稀少了许多。走近细看，发现那原本已经有青枣大的柠檬居然只剩下果蒂，空空地挂在枝头。难道是松鼠或鸟儿饥不择食吃掉了？待往地上一看，才发现那低矮正开着小紫花的迷迭香丛中，竟有几粒青黄的果实。

再走到院子中间，那株我妈来了之后一起去买回的佛手柑，亦如出一辙，本就稀疏的迷你佛手比雏鸡的爪子还细小，却也让人心疼地落了几粒在草地上。

赶紧快步回屋，打开电脑求助我的老师——伟大的英特网，先百度后Google，双管齐下，像个功利的既拜观音又求上帝的庸俗信徒。答案惊人地相似："如果一棵树看起来很健康，但不能保住幼果，这意味着某些营养不足。"

于是我心急火燎地开车去Lowe's买肥料，把本属自己的厨师角色派给了我那刚散步回来的妈。

几天前一位邻居看到我在前院侍弄花园，告诉我说她也要去买些花草来栽，倒不是因为她多爱当园丁，just to kill time（打发时间罢了）。可黄昏散步时再次碰面，她夸张地说她上午跑了一趟空手而归。"你不知道排队买植物的人有多少。疫情让呆在家里的人们一夜之间都成了种植狂，连蔬菜种子都缺货！"

疫情让许多企业关门倒闭，却也刺激了一些生意的意外繁荣，比如亚马逊，自豪地在电视上疯狂打广告：WE ARE HIRING（我们在招人）。据说有75,000个就业机会等着人们去填补。

美国的Lowe's和Home Depot有点像中国的建材城，既面向建筑批发商，又对百姓大众友好，价格不低，但物品齐全。美国人工太贵，迫使许多家庭的男人都学会了修修补补或刷墙搭架，这两个地方往往是他们购物的首选。同时，高大宽敞得像厂房一样的商城都辟出约五分之一的露天空间经营植物和土壤及相关的园艺材料。因此，Lowe's和Home Depot就成了许多丈夫与太太难得愿意一同去逛的地方，丈夫去逛建材找几颗螺丝买两根木头，太太推着车挑回几盆蔬菜或一棵果树苗。

相对于 Home Depot，我更喜欢去 Lowe's，只为它有一块专门的植物打折区域，三个一人多高的多层大铁架子，上面贴着黄色标签，1 美元区，5 美元区，意味着所有植物一块钱或五块钱。另外还有一架子是原价打 50% 折扣，也就是五折区。从爬藤类的金银花、风车茉莉到各种多肉等叫不上名字来的草花，全是随机出现，多半是伺候不善或长势不好黄了叶的或缺了肥的，有些是过了花期，形象不再好看影响卖相的。被邻居称作有着 green thumb（绿拇指，意为有园艺才能）的我自豪于这天赐的幸运，甘心情愿地为濒死的植物们提供一个复活机会，家里那已经半墙高的瀑布般壮观的金银花，那似乎终年都开着艳黄色碗口大花朵的多层木槿，那在一个细口深陶罐里茁壮活了三年的龙血树，还有数不清的多肉，都是来自于这个打折区。我喜欢逛那里，除了价廉，还因为那意外的不确定性，像在旧货市场淘宝一样，你永远不知道会不期然与什么偶遇。有一次那一元区的架子上居然有七八盆仍碧绿肥壮的仙人掌，翻来覆去地看也找不出任何毛病，不知为何贱卖如此，我毫不犹豫地挑了五盆。"太多了，你弄回去放在哪儿啊？"刚搬了两袋营养土在车上的杰伊大叫起来，一脸不解。"你看，如果没有人带回家，这些植物多半都只有死掉的命运，你没看有时候工人们把它们往大垃圾桶里扔吗？你忍心看它们死吗？"我确实不只一次生起过怜香惜玉的念头，只不过头一次说出来，分享给他这心软之人，好让他更容易接受。正说着一位丰满的母亲带着一儿一女两个可爱的小朋友过来了，"Look at those poor little things（看那些可怜的小东西们）。你们一人选一个带回家，好好照顾，看看谁的能活得开心好不好？"那六七岁的女孩挑了一盆细瘦的薰衣草，一边用小鼻子凑上去闻着。比她略小点的弟弟花的时间比较长，最后指了指我挑剩下的仙人掌。

有时我会看到面色苍白一脸不快乐的主妇，猫着腰把那架上一盆盆受了伤得了病般的植物挪来倒去，最后端了两盆她中意并相信能够起死回生的慢慢走了。望着她离去的背影，我不由联想，与其说她是在照顾这些植物们，不如说是借此在为自己疗伤。也许是上司总给她气受，或许有个不争气的孩子或酗酒暴躁的老公，她只有借助与植物们的无声对话建立起一种她能掌控的小小和谐与默契。我几乎从未见到过一个大男人在这里转悠。

可那天当我在买花肥之前先过来巡视，结果让人大失所望，所有的打折货架都是空的。看来这疫情下生意兴隆，植物好坏都能出手，已经轮不出多余的打折处理了。

不仅如此，卖砖石沙土的货架之间的空地也被摆满了花草，而且有许多是新品种，比如说重瓣的阿拉伯茉莉，那花儿仍含着苞，莹润的瓷白色，足有鸽子蛋大小，只是一加仑的小苗，标价 25 美元。

我走到靠大门口的蔬菜区，注意到菜苗的价格也一路蹿升：巴掌高的茄子秧 5.75 美元，筷子长的西红柿苗 5.95 美元，且都是独苗。

细读说明书，在那琳琅满目的肥料架上买到针对柑橘类的花肥。在排队等着付款的时候，是因为头天晚上睡觉严重不足吗？我突然感到有些头重脚轻。暗自琢磨回家一定要补一觉。

"明明是我先排在这儿的，只不过看前边的人仍在结账，我走开了不到半分钟去拿了一袋胡萝卜种子，你怎么就插在我前面了？"

"你离开了队伍就不算数了，哪怕你离开一秒钟，这是最起码的规矩，你懂不懂？"

我突然发现前面隔着两个人的队伍已经发生了战争。两个中年妇女一胖一瘦正你来我往互相叫阵，其中那瘦的还气得把口罩拉到鼻子下，似乎呼吸受阻影响她据理力争了。收银员是一位一脸稚气的小伙子，有些不知所措地望着她们。

"你们这样吵浪费的时间早就足够一个人结完账走人了。有意义吗？"另一位排在队尾的络腮胡子大叔高声道。

那胖妇人最终妥协，闭了口，等那获胜者离开，她一边往收银台上放几棵种在黑塑料盒里的南瓜秧，一边恨恨地从牙缝里冒出一个词：bitch（泼妇）。旁人包括那收银小伙在内，都沉默着做面无表情状假装没听见。

就像女人到了更年期会因激素失衡而引起更年期综合征，有谁数得清这全球大瘟疫导致了多少失衡吗？几乎没有一个人能躲得过这失衡带来的破坏性，即便那发了瘟疫财的富豪们也不能独善其身，至少无论到哪儿，只要有他人存在，就意味着有可能被病毒感染上失去小命。失去基本的耐心，我想可能是这瘟疫综合征的标准症状。

我这正走向更年期的人是否患上这瘟疫综合征的概率更高？否则，为什么一切都让我感觉在与我唱反调呢？

中午我想打个盹儿，结果几次三番，总在将睡未睡着的时候，耳边响起手机振动的嗡嗡声，像一只扑扇着翅膀的胖蛾子在面粉堆里挣扎，扰得我那脆弱的神经之弦颤颤悠悠，欲断还连。我知道，那是睡在隔壁卧室的老母亲的手机，提醒过多少回了，她怎么就不把能它弄成静音呢？

杰伊在他书房办公，可为什么在笔记本电脑上工作还要同时开着电视？那老旧的黑白片 *Rifle Man*（《火枪手》）他从小就看还要看多少遍？

为什么那橘色小猫火球每天都要去后院逮一只蜥蜴回来还非要叼着给我看？

我似乎受够了身边的每一个人。我那极简省的语言，我那拉长了的沮丧的脸，都让身边每个人脸上挂着些要小心为妙的不安。

我感到内疚，努力遏制自己的暴躁，就像全世界都在努力小心翼翼躲避狡猾的病毒一样。但那天下午，当杰伊购物回来时，我的瘟疫综合征彻底失控了。

其实对好脾气的他我一直心存感激，尤其是疫情当前除了每周五天坐在电脑前八小时上班挣面包钱还一趟趟出去 run errands（跑腿儿）。比如那天他自己本来只需要从 COSTCO 买两箱瓶装水，而我给他的购物清单让他的后备厢塞得如一台冰箱：牛奶、鱼、虾、甜椒、玉米、黄瓜、蓝莓、鸡汤。没错，这些食材他也有份，毕竟他也吃饭。可其中另一半是他专门去菲律宾超市为家里的两个中国女人跑腿：猪脚、猪肚、鸡爪子、兔肉、豆腐、茄子、山药叶、莲藕、花生油……其中前四项他是一筷子都不会碰的，无论我们故意吃得多么开心。

他进门时我正在用胡萝卜煮排骨汤。看见他一趟趟从车里往厨房搬运着，直到厨房的操作台堆满。"我来归置吧，你歇会儿还要继续工作。"他是趁午休时间出去的，毕竟不能耽搁太久。

等我把一切安排妥当，我妈下楼来泡茶喝。"杰伊又出去购物了？他回来洗手了吗？既然他去了两家超市。"

我咕哝着说"我相信他洗了"，然后开始准备做晚饭的食材。

后来，我上楼去清洗掉脸上的面膜，经过杰伊的办公室，我探头进去，告诉他说还有半小时下楼吃晚餐。他侧过脸来微笑着点头说OK。我突然注意到他那张脸又油又汗，就像刚长跑回来一样。

"你回家后没洗手洗脸吗？"我问。

"哦，我忘了。该死！"他立刻站起身去了洗手间。

这个回答像一根火柴一下把我点燃了。"你回来后已经碰了多少东西？赶紧用消毒液清洁你的键盘，遥控器，鼠标，还有桌面……你怎么能这么鲁莽？"我声音提高了八度，像只被逼到角落的气急败坏的动物。

"安静点。天哪！你需要这么生气吗？我确信我绝不会死在这病毒手里。"他也生气了。

"你确信，你是上帝？病毒凭什么对你网开一面？"我愈发被他的话激怒了。

"那你还想让我做什么？砍掉我的手？Leave me alone（走

开别管我)。"他那往常散发着柔情与笑意的灰蓝色眼睛冷得像封冻的海洋，说着他砰地把书房的门关上了。我气得手脚冰凉，立在那儿不知所措，这是我认识他以来第一次见识到这么冷漠的杰伊。

我噔噔地下楼，忘了洗掉脸上的面膜。

"难以置信的愚蠢！"虽然我用的是我妈一个字都听不懂的英语骂人，但她显然看出了我的气愤，"忘了赶紧洗了不就行了，不值得闹得那么不愉快呀。他也不容易，最近公司变动那么大，他能保住饭碗没被裁掉就万幸了，你还为这么点小事跟他较劲儿。"杰伊已经效力了十年的公司本来实力雄厚，在疫情之初突然宣布把他所在的分公司三十多人全部裁掉，理由是总公司现在的主营业务方向与他们部门目前所从事的产品不一致。好在分公司的负责人早就预感到大事不妙，已经找了一个总部在印度的软件公司为下家，对方说好收留全部被裁的员工，但合同期限也只有一年。就这样，杰伊重新续签了合同，一夜之间变成了给印度人打工。薪水没变，但以前的带薪假期和股票分红都没有了。每个留下了的人都边干活边惴惴不安，知道早晚有一天印度老板会把这些业务 farm out（移交）到人工便宜许多的印度本土。有几个人更干脆利索，拒绝续签合同而另投新主。一直踏实肯干的杰伊选择留下来，有着理工男简单思路的他只晓得花更多时间在工作上，以期不被新老板看不顺眼而 laid off（打发掉）。

在餐桌上，我向他道歉，他不仅接受了还赶紧抱歉地解释说："今天在 COSTCO 外面排队等候的时间比我预期的要长，而公司还有个 all hands meeting（全员参加的会议）等着我，否则我就不会忘记洗手了。"

这其实已是第二次，我们互相踩到对方的神经。第一次，我记得非常清楚，3月15日，他最后一次去打保龄球。当时我去听课的社区大学已经封了校园，洛杉矶市长已经严肃地宣布了居家令。而那个周末的晚上，杰伊居然换好了衣服仍要去打保龄球。

我知道他已经在那个球馆打了十年球，队友也都是迈克等几位发小，那是他不多放松自己的社交活动，可眼下这是什么时候？保龄球是室内活动，二十多支球队加上工作人员，属于高于150人的人员聚集，又不在超市那种必须开放的生意范畴，按理完全应该关闭。我逐条逐项地跟他分析，希望他取消那场球赛，虽然费用都是预付了的，就算损失也认了。

"你说的都没错，可球馆不打算今天就关门。我去超市的路上特意停车去问了一下，人家看我那么担心都感觉我好笑，说他们会对球道和柜台甚至保龄球都严格消毒。"

"他们还不是为了挣钱，连人的命都不管了。真要是谁感染了病毒，反正他们不会负一丝责任。黑心的商人！"我越想越生气。

"你不要那么说他们。那么多员工也要吃饭，老板主要还是为了手下考虑。"他这样总以自己的好心揣摩资本家的贪婪更让我气愤。

"我才不相信他们那么善良，宁可冒着传染上病毒的风险也要为员工谋福利。再说了，大老板反正终日在拉斯维加斯的赌

瘟疫中的典型一天 | 175

场缩着，都是马仔在现场打理生意，他自己没有任何风险。"

"埃玛，你心理为什么要那么阴暗？我今晚偏要去打，就因为我相信他们。"

油门轰鸣，他真去了。晚上十点回来，说至少有一半的球队没有去球馆。

"那你下星期还去吗？"我瞪着眼睛问，边看他有些心虚地在那儿洗手。

"看情况了，如果我们队的几个人都不想去就算了。但今天晚上我们还是很开心的。大家都很注意，戴着口罩，打了全中也不互相击掌庆贺了，改成碰一下手腕或胳膊肘。"

好在第二天晚上，他在饭桌上告诉我，"保龄球馆从今天起就关门了"。

我点点头说很好。至少，证明我是对的，但我并没特别高兴。

在病毒肆虐的时刻，我们之间没有赢家。

这个世界就像一艘撞上了冰山的巨船，在冰冷的现实面前，人人自危自保。但总有一些心灵高尚的人像泰坦尼克沉陷时那把生的希望留给他人的英雄，无私地照耀这个世界以人性的光芒。

现年99岁的英国退伍军人汤姆·摩尔（Tom Moore）上尉在4月30日他100岁生日之前，打算要绕着自家25米的花园推着轮椅走100圈儿，目的是为医疗服务人员筹集1000英镑，结果，这位慈眉善目的老人用颤抖的步伐吸引了全球的目光，捐款最后达到了2500多万英镑。

这位参加过二战抗击法西斯的老兵,没有为自己身陷瘟疫而自怨自艾,是抗击病毒的一线医务人员让他牵挂。"每一天,他们都在把自己置于危险的境地,我们每个人也都应该具备这样伟大的决心。"

受苦的人没有悲观的权利。如果尼采的哲学过于晦涩,汤姆上尉的座右铭则更具有温暖烟火气,永远挂着慈祥微笑的老人希望每个人都听见的是:"明天将是美好的一天。"

这世间不乏利欲熏心蝇营狗苟之辈,如那保龄球馆老板,在被迫闭馆三个月后,居然想钻空子再度开馆赚钱。某天米基经过我们敞开的车库大门看到杰伊的保龄球鞋,走上前说:"你猜怎么着,你去的那个球馆的老板到我们律师所来咨询了,问如果把球馆改成会员制是否可以当成会所开放而不受政府限制。"我紧张地问,答案是什么呢?"答案是 NO。这些人也太厚脸皮了,不惜一切要赚钱。那球馆已经开了五十年了,建筑也早买下来的,哪儿有那么多经济压力,就是贪心。"第一次我主动上前给了米基一个大大的拥抱。

2

晚饭后,西天仍有落霞,像一幅玫瑰粉的纱帘即将开启夜晚的大幕。

我和我妈出门沿小区宽敞的水泥路去散步。一周前刚刚重新铺好的路面黑得像巨幅胶带,又像老式电影的胶片,单调整齐,却不会出错,让人心安。

两只 mourning dove（飞翔时总发出有些悲伤的咕咕声，故被称作哀鸽）正在我们门廊的檐下孵宝宝。每次我打开前门，略微抬头看去，就见那一双黝黑的眼睛像闪闪发光的圆圆豆子，安静地望着我，目光从容温柔，似乎把我当成了家人。我不确定这对鸟夫妇是否还是去年在我家孵宝宝那对。它们似乎像我一样，性格有些粗枝大叶，对筑巢不甚用心。并不像有的鸟儿要四处精心挑选，拣最柔韧的草棍和枝条，把一个窝建得圆润有型且密不透风，像一件小小的艺术品。它们只不过扑棱着飞若干趟，从附近相邻的几棵树上捡来一些细枯树枝，搭成的窝松松薄薄，漏洞百出，勉强让鸟蛋不滚落下来。去年它们居然懒得搭窝，直接趴在我种了一丛吊兰的棕榈树皮做的吊篮里生了蛋。经过了一个漫长的雨季，两只小鸽子居然也从那风雨飘摇的篮子里变魔术一般钻了出来。前年，我攀上梯子去修剪那株风车茉莉，居然在旁边的檐下看到一颗小指肚大的鸟蛋，蛋壳已经破裂开一个缝，闻起来有点腥味儿。我猜想是哪个粗心的鸟妈妈不小心丢了未孵化的宝宝。

　　我总是疑心人类误读了其他生物世界。在我们眼里，只知觅食于林间草丛的鸟类，固然获得过无数墨客骚人的吟咏，燕雀和鸿鹄，都不过是人格理想的寄寓罢了。其实我们心中所认知的鸟儿们，衔草啄虫林间啁啾，永远是简单的一群，人间又有几位公冶长？然而瘟疫来了，鸟儿与大自然中的一切生命非但一如从前地自在，甚至有了同情人类的理由。有意思的是，由于路上街头车辆稀少，突然安静下来的城市吸引得许多动物跑到人类的地盘儿徜徉闲游。我就看到在我们那小城的火车站停车场的梧桐树下,三只小鹿在父母的带领下低头觅食,看到人停车摇下玻璃窗打量它们,也不惊不惧,只是身姿好看地立在那儿,也好奇地回望着对方。我家后院的非洲鸢尾和蕨叶丛里也新添了访客,三只白尾兔子不时趁黄昏和夜间出没,把杰伊刚出芽的菜叶吃得精光。我邻居家的小狗罗密欧在后院玩耍,突然被跳进来的豺狗追着撕咬,听到凄厉的惨叫,主人赶紧冲出去共同迎敌。那惊魂未定的小狗被送到医院缝了十几针,从此任主人如何安抚也不肯去后院玩耍。当然也有更生猛的,比如说熊。来家时传教的一个中年妇女给我看她手机上的视频,大白天,她家后院里居然出现了前来觅食找水喝的膀大腰圆的黑熊,翻翻垃圾箱,跳进游泳池泡个澡,倒是没有骚扰谁就离开了。而另有一个小姑娘则没那么幸运。正在后院看iPad的她,猛然遭到一只从院外山坡上跳进来的黑熊袭击,所幸勇敢的小家伙用iPad当武器砸向那熊鼻子并迅速冲进了屋子得以脱险。还有一个视频看得我更是一身汗:一个独自在山里远足的小伙子,下山途中被两头豹子跟踪。他一边后退着冲它们厉声大喝,一边拿着手机录下了全过程,那走走停停忽远忽近的拉锯战着实让人心惊肉跳。

尽管我们自瘟疫横行以来就开始每日两餐,为了不让体重增加,我们仍想办法锻炼身体。为了缓解母亲的肩颈痛,先是让杰伊去买了一个篮球,每天晚饭后我们仨一同走到旁边小学的篮球场练投篮。那紧依着公园的学校早已停课,以前总有孩子在那奔跑的草坪和操场都空荡荡的,让见惯了这生机热闹的我有些怅然若失。我妈环顾周围,见打球的都是年轻人和小孩子，开始有些难为情，但在我的鼓励下她开始尝试，发现并没有人因为她的年龄多看她一眼，便从容起来，从一个投不中到连续进球五个。当然她只负责投篮，我和杰伊负责给她捡球。半小时后，杰伊和我上场，我们玩儿一种叫 HORSE 的投篮游戏，沿袭自美国小孩子的传统。两人轮流投篮，无论先投中者在何处投篮，另一人必须站在同一个地点投一次，如果也投中，两人互不相欠，否则未投中者得一个 H。继续如此反复，总投不中者注定是先得到这匹"马"（所有 HORSE 字母）的人，也就是失败者。当然，每次"骑着马"回家的人都是我。

随着气温渐高，晚饭后仍然暑热难当，我们渐渐放弃了这一运动，改成去草坪上投橄榄球，更简单，三人站成三角形，距离二十米左右，互相扔和接那在空中抛过来的球。慢慢地大家也失了兴趣。于是散步，便成了唯一持久的运动。

半年来在严格遵守少油少盐少碳水化合物的饮食习惯下，我妈妈已经成功减肥二十五磅。每天的散步也越发轻松有动力。尤其是，边看边欣赏家家户户各不相同的花草树木，让散步变得更为有趣。

SALE！刚拐过街角，我们就看到小巷一侧的一处房门前的草地上赫然立起的大牌子，出售！

"看哪，每次看到这个我都心里难受。好好儿的，如果没有什么迫不得已，在这闹瘟疫的当口，谁愿意连根儿拔起搬到别处去呢？已经在这么好的社区踏实生活了这么多年，又有朋友和熟人。"我妈 74 岁了，依然心软得像个孩子。就在她头年秋天刚来了不久，有一天我们带她出去吃晚饭，也是在我们这极少见到行人的安静小区，居然有一群十几人站在一栋房子的车库外和便道上，手里还都拿着张标着号码的白纸牌。那屋前木桩上挂着一个大牌子，上面有一个醒目的大字：AUCTION（拍卖）。看着那些人脸上急切的表情，开着车的杰伊摇摇头叹息说，"哦，不好，我们的一个邻居要失去家园了"。失去工作意味着无法还贷款，意味着没钱买一家人的食物，没钱交各种费用，有人卖掉地段好的宽敞的大房子，size down（降格、缩减），或买或租搬到偏远便宜小号的房子甚至公寓里去，有人甚至直接搬到生活成本低廉很多的外州比如亚里桑那、得克萨斯州，比如去年搬走的那对老夫妻安瑟妮，只有一百五十平米的带前后院子的房子，卖了六十万，而只花了三十万美金，他们在亚里桑那州买了一个将近二百平米的住宅。"我们一直在考虑是否要搬走。我们真舍不得搬呢，住了将近三十年了，这里是那么舒服，天气也好，可是生活成本太高了。"七十岁的老太太有一次跟我聊天，都说美国人注重隐私，可他们有时候也像孩子一样单纯没有城府甚至大大咧咧，我没想到只打过一次招呼，她就跟我敞开心扉说这话。当时也没在意，以为她不过是说说，没想到几个月后，她和老伴儿真的搬走了。听说房子挂在市场上不到一周就有三个很当真的买主找上门来。不久，一个消防队员带着两个孩子和太太搬了进来。

　　这个建于上世纪九十年代初的小区也不过只有近三十年历史，许多目前的住户都是第二或第三手房主，在此居住了少说也有十年左右，当时的房价相对于现在来说非常低廉，不过二十多万美元。我不理解的是，就算贷款，那月供也不足以成为如此大的负担,以至于一没工作立即就被掐了七寸一般得靠卖房子才能活命,甚至像那一户还遭到拍卖的不幸。

"你还不了解美国人吗?许多人没有财务规划,没有合理的消费意识。比如说我弟弟从小就这样,有一百块钱,他就敢全部花掉,不考虑是否要积攒一点以备不时之需。另外,许多人还花没有到手的钱,你知道银行甚至商场都恨不得给每个人开通一张信用卡,寄到你家里来,刺激鼓励消费。真有许多人拿着那卡就刷,根本不管是否有能力还得上。就说这房子吧,原本买的时候可能手头就不富裕,交三万五万的首付搬了进来,由于房子总价也不高,每个月的月供也不多,一两千美金的样子。可有些房主喜欢享受,比如男人换辆好车,女人买首饰衣服。邻居去度假了,不能比下去,他们全家也去坐一趟游轮。然后孩子从一个到俩甚至三四个……钱不够花怎么办?把房子再次抵押给银行,再贷一次款,得到一笔钱,可以花上一阵,但前提是月供上涨很多,有可能达到三千块每月。这还不是最差的,有的人家不止一次地拿房子抵押再抵押,直到银行还款压力高得不能负担而破产,有的人甚至干脆卷铺盖走人,全家消失了。"杰伊的解释让我母亲更加唏嘘叹息:"我们中国人可不这样,典型的寅吃卯粮,过日子哪儿能只看眼前没个算计呢?"

自从两年前我们搬进这个小区以来,至少我眼看着有 7 户邻居卖掉了房子搬走了。

每每看到那挂起的大大的 SALE 卖房招牌,我都暗自希望那背后是个温情的故事,比如要搬去和孩子团聚,比如有朋友在某个地方过得开心，大家一起聚着养老。

年轻时从芬兰移民到美国来的邻居蒂娜与丈夫就是最早从开发商手里买下房子的一手房主，1600平方英尺只花了15.9万美元。"那么便宜！你应该买两套啊。"我开玩笑说，告诉她同样的户型与尺寸我们买下时则花了55万。"我也希望当年我们能买得起两套。但那时候，即使15.9万美元也是一笔巨款。"二十岁来美国，她读了护士学校，当时的男朋友现在的丈夫基蒙做了工程师。蒂娜一到六十二岁就迫不及待地退休了，"你不知道我每天多么提心吊胆，生怕万一哪个药弄错了，就是人命关天的大事。"画水粉画，织毛线活儿，做园艺，终于开始享受轻松自在的退休生活，两年不到，她被查出来得了子宫癌，白白胖胖的她是乐观的，说话仍轻言细语，与人聊天时脸上的微笑甚至还有点小姑娘的害羞。仍在波音公司做工程师的基蒙身高一米九五，健壮得像头熊，不久前亦被查出患上了鼻咽癌。某天散步看到他鼻子上贴着块白色纱布，问起来才听说担心蒂娜被病毒感染，他上午自己驾车去了医院做手术。术后躺了三个小时麻药劲儿彻底过了就开车回家了。说起这些，他的蓝眼睛平静如水，好像他只是去了趟菜市场。

移居美国四十载，他们夫妻仍有浓重北欧口音。尤其是基蒙，语速快，鼻音喉音都很重。早晨或黄昏经常遇到牵着狗大步流星的他，如果那狗不尿急，我们会刻意保持距离隔着马路聊一会儿天，简单的家长里短天气疫情倒也好说，一旦涉及他的工作内容、政府新出台的政策，或某个历史事件，我即便竖着耳朵也只能靠猜测来理解个大概。可能看到我困惑的表情，他有时会摘下口罩，放大原本有些低沉的声音。可每次挥手道别后，走在回家路上，我都有深深的挫败感，居然，我的英语听力还如此蹩脚！我只记得疫情前有一次我们一起沿公园小径走了一会儿，我说起打算更换家里的暖风机，工人居然报价七千美元。用塑料袋捡拾起狗粪的基蒙接口说："不要想省钱。钱是永远省不下的，不是花在这儿就是用在那儿，总有地儿等着它。"那是我唯一记得清楚的他的金句。

某次我终于忍不住，问一起跟我散步的杰伊："你说为什么我的英语听力还那么差？基蒙讲话我听着特别费力，居然没几句能听懂。"看着我沮丧的样子，他笑笑说那是他讲话芬兰口音太重啊。"可是我看你都听得懂哎。"我不服气地说。

"也没有都懂啊，好些时候你没看我就站在那微笑吗，我也是边听边猜呢。"原来如此，我终于舒了口气，似乎心安了一点。

他们有两个儿子，老大住在旧金山，有着稳定的中学教职，不久前刚娶了一位有着一半中国血统的太太。单身的老儿子本来租住在离父母不远的公寓，瘟疫伊始，在一家小企业做公共关系的他被解雇了，彻底搬回了父母家。每次散步经过他们家门口，看着停在门外的那三辆车，我都不禁微笑。这高大健壮的一家三口，却都开着小得像玩具一般的车，父子都开着本田FIT（飞度），一灰一蓝；那明黄色的大众甲壳虫是蒂娜的，上面贴着一块狗骨头的招贴纸。与他们体型最般配的是那条名叫Dexture的金毛，据说有一百磅，和我一般儿重。那个黄昏，我母亲到美国后第一次出门散步，迎面过来蒂娜一家三口人一条狗。"欢迎你的到来,有空去我家喝咖啡。"围着自己织的宽松披肩的蒂娜热情地上前给了中国老太太一个温暖的拥抱。

"家家都有一本难念的经。其实美国和中国老百姓过日子都一样,没有一家十全十美的。"听多了这家那家的故事,我母亲不禁说。

看着那被腾空了的房子,像一个被褪掉了的蝉蜕,与门前那株白皮桦树一样,在风中瑟瑟着,令人心生失落。又像突然被抛弃的宠物,无辜蜷缩在那里,等待成为未知的新主人家的一员。

"这个城市在美国算是比较富有还是穷的城市呢?"我母亲居然把我问住了。我记得某次去旧货市场转悠,一位曾卖给过我一个印第安旧银手链的中年汉子跟我抱怨生意不好:"住在这里的人其实并没什么钱,一个个的总想占小便宜,付一杯啤酒的钱,却想要一杯红酒,舍不得多掏一分钱。听起来那房子值多少钱,还不是因为房价总体上涨,只要不卖房,口袋里照样没钱,还不都是穷人。"

我后来上网查到美国《国家商业杂志》的一项调查结果,还跟这位小贩说的相反。美国有 420 个人口超过 75,000 人的城市,Santa Clarita(圣克拉丽塔)的居民财富排名位居第 51。其人均年收入达 34,692 美元,收入在 20 万美元以上的家庭也高达 7.2%。

"听着数字很吓人,我们这里还算安全,邻居们也没人染上病毒。"每次听到国内亲友们担忧地问起那上了天的数字,我母亲总这样安慰他们。我看到的调查数字显示,在家庭收入中位数低于 35,000 美元的最贫困地区，COVID-19 感染率是富裕地区的两倍。拉丁裔等少数族裔社区居民的感染率是白人为主的社区的五倍。

美国新总统拜登上任了，有着三千多万人口的洛杉矶郡感染人数已过百万，一万多人丧生。有着二十万人口的 Santa Clarita 感染者为一万六千，166 人丧生。

那天散步结束后，我们回到家，看到门廊下有一个包裹，不大的纸箱已经像个征战了太久的小兵，灰颓脏皱。

像面对一个定时炸弹一般，我没有触碰它，而是先进屋，戴上了一次性手套，然后翻找到那邮寄信息，居然上面有中文。我大叫："妈，你的药终于寄到了！"

就像一个等候太久的孩子面对她盼望的糖果终于出现时，那最初的期待与兴奋已消失了多半。疫情暴发以来，惶恐的人们已经养成了新的生活习惯，包括如何面对外来包裹邮件。甚至有一位大学教授的视频一夜走红，他教你如何分几步进行消毒处理。对我来说他的所谓严谨有些华而不实，或重表不重里——无论再如何严控外层可能带有的病毒，打开包裹或箱子后，里面的物品你不能想当然它是无菌的呀！我一般是戴手套打开包裹，然后把里面的东西倒出来喷上消毒液，放在太阳下暴晒一段时间，如果不急用的东西第二天再接触。当然，最重要的是彻底清洁手部。

那万里迢迢飞过太平洋的纸箱里除了治疗糖尿病高血压的几样药物，还有板蓝根、莲花清瘟、霍香正气胶囊若干。另外，还有一条儿子穿过的旧牛仔裤，我记得他说过，单独的药物是不允许被邮寄到美国的,快递公司建议他放几件衣物在里面。

"我的天啊,还航空邮寄呢,就算划着船也早该到了。"我妈嘴上说着,脸上的笑意仍然是欣慰的,至少没被弄丢,否则她会心疼,那原本她在河北的小县城随处买得到的药其实很便宜,但到了首都北京,已经水涨船高贵了一大截,而这供不应求的运输又让一切翻了倍,加起来七百多块。一边听我妈唠叨我一边搜出与儿子多少天前的聊天记录,才发现这药从寄出到抵达,居然,90天!

他寄出包裹的三月底,正是美国抗疫物资缺乏,华侨们向国内亲朋寻求帮助寄送货物的当口。从口罩、草药到各种防疫装备扎堆儿,让本已经大大减少了航班的货物往来线路几乎瘫痪。快递服务代理告诉我儿子:"由于航班太少,邮件太多,很可能会延误。否则只需要3个星期就可抵达。"没想到,排队一个多月才终于上了飞机,抵达美国东部后,又是落进清关、分拣的混乱无序中,一折腾又是一个月才从东部到达西海岸。

"既然没有丢失,现在美国华人们也许已经不再急着从国内邮寄物资了,也许咱们应该让沫沫再寄一回药物,这次寄来的也不过只够吃三个月的。"我半开玩笑半认真道。

"另寄一个包裹?别啦!等我吃完所有的药,难不成我还会被困在这里?再说了,还有美国医生给开的那方子呢,还有一个月的药没拿呢不是?"我母亲急了,好像生怕我们已提上日程来的回国再次遥遥无期。

2019年秋天抵达美国的母亲知道美国药贵,行李箱里没带什么东西,她那吃了二十年的降血压血糖的药倒是备齐了。预计在美国呆四个月,她不仅带够了,还稍微有点富余。穷家富路,这药真接不上也是有生命危险的呢。没想到瘟疫一闹,不仅人处在"毒窝"里,每日不可离的药也见了底儿。"这在中国,随便哪个药店进门都可以买到,比这里可方便的不是一点儿!"听说还要开处方才能买药,母亲有些意外并心疼,"120美元就为了给我开个药方?"这是一家医院急诊中心给的唯一解决办法,其他的诊所听说她没有保险,又没有收入来源,需要自费买药都不给开方。于是只能去看急诊。在等候了一个小时后,一个黑人年轻女大夫花了五分钟给她照着我们带去的药瓶开了方子,所幸国内许多药瓶上都有英文。"因为没人知道这疫情什么时候结束,我这个方子可以供她三个月的药物,但只能分三次去药房买,也就是说一个月拿一次。"尽管等候时间长得让我们都有些不耐烦,但医生至少表现出了足够的体贴,没给她只开一个月的药量已经让我们感谢再三。

拿到第一个月从超市药店照着处方卖给的药,我妈又追着问多少钱:"90美元一个月? 600多块人民币我可以在中国吃半年的药了。美国真是资本主义社会,穷人真是活不下去。"她说怪不得小时候在农村也耳熟能详要"打倒美帝"。

眼看这瘟疫中的典型一天就要过去,临睡前收到去年与我一起去看罂粟花的 M 发来的照片,平坦广阔如沙漠的旷野里,望不到边际的橘黄色花儿浓烈得如燃烧的火苗,在黄褐色土地和湛蓝的天空映衬下,美得令人无法抗拒,恨不得找几棵枯树做成画框好让那美在瞬间永恒。

"还有一周,这原本就自生自灭的百亩花海就会消失得无影无踪。至少,大自然的美让我暂时忘记了病毒的诅咒。"

我越发相信,人类最大的幸运,是我们拥有一个慈爱的 mother nature——大自然母亲。

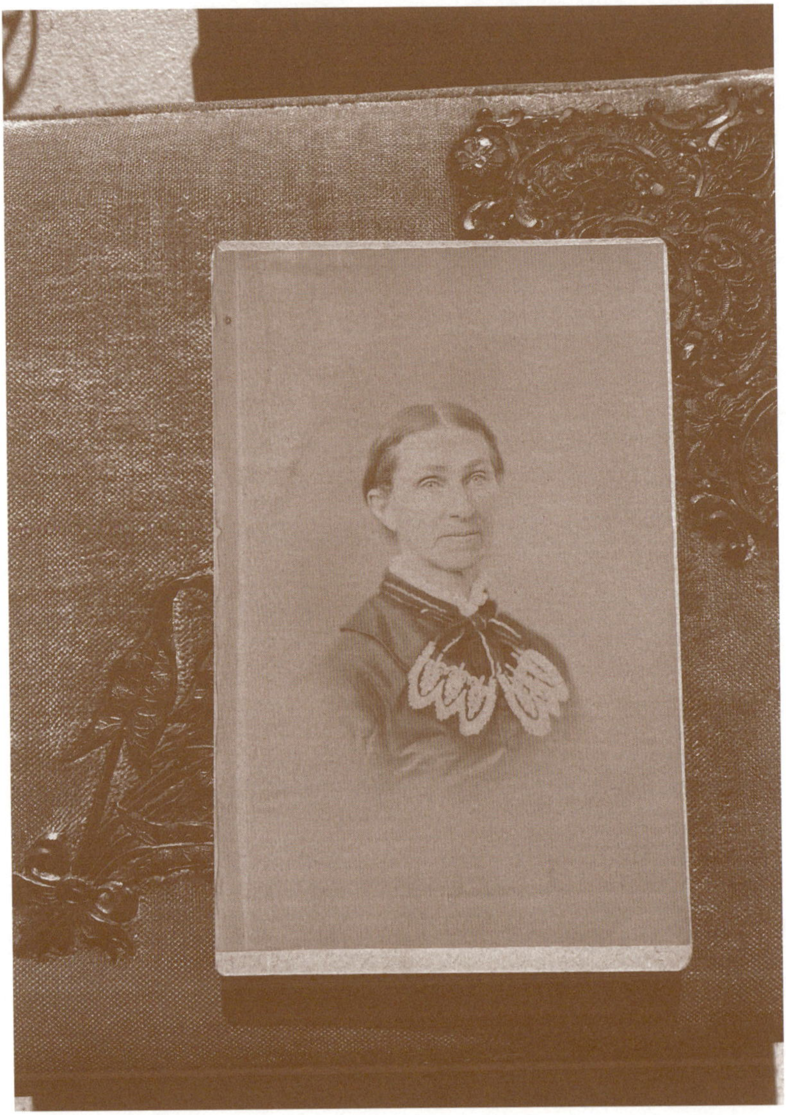

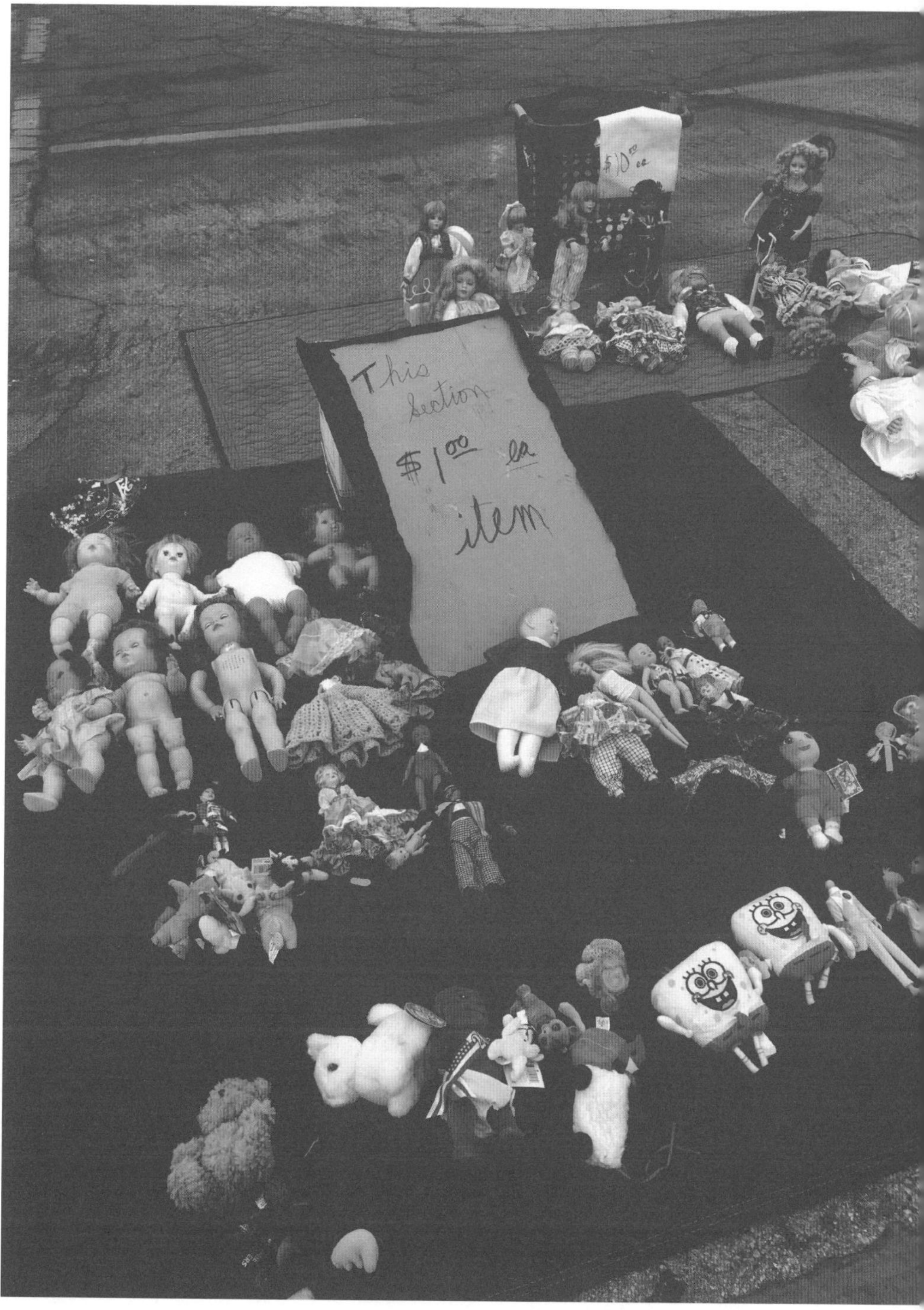
$10.00 ea
This section
$1.00 ea
item

泉下有知否

1

读到一篇写文洁若老人的文章,我突然有了一种想去看看她的冲动。这冲动比几天前我整理旧物读到她当年一笔一划写给我的信时还强烈。那文章配着照片,与印象中一向稀疏灰白略带蓬松的短发不同,她如今戴起了黑而密实的假发,但我不得不承认,那张脸确实比十五年前更配得上老人这个称呼了。

于是我翻开也是那天整理旧物找出来的小电话本,查看她的电话号码。我相信在大家都换号码如换衣服的年代,住在筒子楼里的她没有手机,一定还用着那个跟随了半个多世纪的座机。

蹲在窗前就着阳光翻着那巴掌大的小本子,我知道许多人名和号码都出自我的手。但也有一些是对方连名字带号码亲笔写上去的。看着一个个名字与一串串数字,我似乎回到了十五年前当记者的时光,那风风火火四处采访,写稿盯版到深夜的日子,虽然辛苦,但年轻人因负得起而不自艾,如今回首再品,徒留自豪与失落。溜走了的不只是永不复返的青春与生命,更是与这个世界曾贴得那么近的投入。

然而更让我感叹的还是,许多名字与数字再也没有了意义。那些人已经到了另外一个世界。陈忠实、欧阳中石、丁聪、华君武、廖冰兄、高信疆、廖静文、杨绛、叶永烈、邵燕祥、从维熙、张贤亮、陈祖芬、洪烛、崔岫闻、徐虹……通过那一串串拉阿伯数字,他们有的与我相交颇深,有的尚未来得及产生交集,有的只有几面之缘,比如永远温暖地微笑着的洪烛、才情与锋芒都毕露的崔岫闻、痴迷文字有些孤僻的徐虹,他们与我近乎同龄。几年没有音讯,再听闻,他们已到了太阳照耀不到的地方,那串数字再怎么拨打也永远是沉默。

我已感觉不到腿脚的麻木,因为我的心已经先它们而痛了。我当然知道这是人类逃不脱的宿命。可清醒并非意味着坦然接受。我只是抑制不住地想知道,他们,现在在哪儿呢?可曾听得见看得到他们脱壳弃下的世界?可否感觉到有人即使从不谈论却不时在真诚地默想着他们?

泉下有知。我多希望这四个字是真实确凿的。

文洁若的电话号码没在里面。我并不感到沮丧,心里甚至是欣慰的感激的,就因为她还与我们一起活在这个世界上,还在她那简陋的小屋子里像蚂蚁像蜜蜂一样地忙碌着。有些人,就像我们短暂人生路途中偶遇的一棵树、一块石、一朵云,不用太走近去打扰,只要知道尚定格在那里,尚与我们同呼吸在天地之间,那种相伴而行的感觉,已经令人心里踏实了。我在意珍惜他们,我视他们为自己生命风景中的一部分,就像蜜蜂羽翅和足上裹的花蜜，那是悠远又淡然的生之馨香。而当它们越来越多地随风散落和消失，生命两岸熟悉的风景不再，两手渐空的我们离生命终点站也就不远了。

　　一口气读完了她译的《五重塔》，仿佛又听到了文洁若的声音。于我，那声音与腔调都有些与她身份和经历不相符——过于真挚的学生气。译文极妙。比如，木讷土气的木匠去找寺里长老，希望由他来建五重塔，可门卫不允许他见，只肯捎话。木匠固执地说不能捎，要亲自见面禀报，那势利的门卫就不予理睬扭身进屋了。"十兵卫兀自立在土间发愣，只觉得仿佛把攥在掌心里的萤火虫放跑了似的。"

　　携带着这美文赋予的好心情，我出门顶风走到奥森公园，正沿结了冰的苇荡散步，接到儿子的语音信息。"我已经连续三天都以面条为生了。土豆粉、螺蛳粉、方便面，课业实在太重，租住的房子里有锅有灶，可根本没时间做饭。你知道我今天在楼下的拉面馆看到什么了？"

　　本该坐在纽约校园里读书的儿子，一个月前去了上海借读。疫情之下，学生签证屡次预约屡次被取消，昂贵的学费谁也不愿意上网课呀，录取他的美国大学体恤孩子们的不易，与中国的两所大学商谈好合作，让这些不能去美国本土读书的孩子们在中国借读一段，争取在疫情可控后去美国完成学业。

　　早在疫情之初的 2020 年春天，联合国就已经公布说至少有 15 亿学生被迫离开了课堂，占全球总学生的九成之多。时间翻篇儿到了另一个春天，不同于中国早已恢复开放的校园，美国的学生们仍无缘于课堂。我在洛杉矶住所附近的小学校仍空荡荡的如一座废弃的建筑，邻居的女儿倒是离家去波特兰开始大学生活了，已经被告知85%的课程要在宿舍上网课，听说她仍是开心的，毕竟要与同龄人相聚一室了。

还没等我的好奇心反应过来，儿子已经发过来一张照片，手里的他举着一本书，那黑色的封面上两个大字，《听说》。"这里居然有你15年前出版的书！开始我还以为是哪个顾客落下的，后来才知道是店里为等候的顾客准备的书。太巧了，我本来是想去吃麦当劳的，那里排队的人多，才换到这家面馆儿来的。"儿子带着自豪的兴奋一览无余，似乎头一次知道他妈是个码字为生的人。"可是我看了一下目录，发现里面好些人已经去世了。比如史铁生、柏杨、史树青、李瑛……这些人泉下有知，也会欣慰你让现在的读者们记得他们吧。"

泉下有知！

刚想说什么，就接到了他发的手机截屏，说上海又发现了新的新冠病例，不仅往来北京与上海者都要做七天内的核酸检测，到达后可能还要进行七至十四天的自我居家隔离。儿子打算二月七号回北京过年，那就意味着只能足不出户，而且如果两边都要求十四天室内隔离，回到上海的他连课都不能正常去上了，因为他的假期拢共只有三周。

"实在不行就不回去，我独自在上海过年。"这句话让我的眼泪差点掉下来。常年国内国外两边跑，我们母子已经十年没在一起过年了。

"没关系，在哪儿不是过年。当成普通一天过也没什么不好。"回复他，慢慢往家走，自豪于自己越来越像个hold住感情的成年人了。

到家打开电脑准备码字儿。"我今天终于打了疫苗！看，老了有老了的好处。"收到了史蒂夫发来的邮件，还附着一张标名Moderna新冠疫苗针剂的照片，那瓶子让我联想到中国的青霉素小瓶子。

"正如你所知，距美国出现首例感染者至今一周年了。一年时间，我们一直是倒霉的世界第一。2500万感染人数，占世界总感染人数的四分之一！平均每1.2秒就有一个美国人感染上新冠。好在拜登上台了，他命令所有人戴口罩，承诺要在一百天内让一亿人打上疫苗。我们美国老百姓这下子有救了。"我想回他说理想很丰富，现实很骨感哦。就我看到的新闻，他的乐观似乎与现实有些差距，首先美国至今根本没有那么多的疫苗储备。就如他自己几天前告诉我的，想预约打个疫苗有多混乱。目前疫苗接种并没放开，还只是对一线人员和六十五岁以上的老人进行供应，所有预约网站不是说约满了就是网站瘫痪，根本接种无门。更不幸的是，还有一些反口罩反疫苗人士千方百计阻碍疫苗的接种。

虽然不在洛杉矶，我每天仍能看到订阅的《洛杉矶时报》新闻电子版。一个长篇幅的报道是：全美最大的疫苗接种点洛杉矶的道奇体育馆因反智游行被迫关闭了一个小时。"save your soul, turn back now"（拯救你的灵魂，回去吧），"Don't be a lab rat"（不要当实验室小白鼠），"COVID=Scam"（新冠=阴谋）。示威者没有一人戴口罩，举着这些令人触目惊心的招牌堵在接种疫苗的大门口，直到警察出动，一小时后才又重新开门接种。许多在车内排长队等候接种的人心塞地见识了这些极端分子的一意孤行，本来一个小时应当完成的接种，有人排队等了三个小时。让人无法理解的是，这些抗议人群不是在荒郊野岭，而是在病毒蹂躏最为严重的加利福尼亚州，感染人数已经突破 320 万，死亡人数逾 4 万，每一千个加利福尼亚人至少有一人死于新冠病毒感染。"如果你不想接种疫苗，没问题。但有其他的人想接种，你们不应该干预别人的自由，你们已经有一万六千个洛杉矶的邻居死于这病毒。"洛杉矶市议会主席在推特上疾呼。可再大的声音对塞住耳朵的人是没有用的。

我甚至有一种给史蒂夫打个微信电话的冲动，问他是否看到了这一消息，但我知道他会说什么："我们是一个自由国度，给予每个人自由表达的权利。一旦这种自由造成的破坏达到一定程度，我们会出手镇压。"

我暗暗告诫自己不要打击史蒂夫。人有时候需要一点自我麻醉，理智健全的冷眼旁观者是法官，而非朋友。

"我明天打算和约翰去 Fort Tejon 远足，我们会想念你的。尤其是约翰，没有你做的中国馅饼，他估计会很失落。"

Fort Tejon！一百七十岁的特绒堡，那黄土坯垒成的兵营，那威仪地活了人类几辈子的老橡树，那总被太阳罩上大块黑色云影的山头，还有那被熊残忍袭击的遇难者的墓碑。这一切都在瞬间历历在目，让我突然那么思念那块异国的土地。两年前，第一次邂逅这十九世纪曾驻扎过美国军人的小小堡垒，我就如被吸了灵魂一般为它的幽静与古朴所迷醉，这个连当地人都很少知晓的处于荒原一隅的山洼，好像与我这个来自中国的女人有着说不清道不明的心灵牵绊。

2

普鲁斯特说,他愿意相信那个古老的部落传说,人死之后的灵魂会被拘禁在某些看起来低端的生命上面,或是一棵树,或是一块石头,或是一头野兽。那被截获的灵魂,有时——并不总是,在若干年后偶遇某个能听懂它呼唤的有缘人,随即魔法解除,灵魂得到释放再次回归人类。我情愿相信真有那不期然的灵魂呼唤,至少可以来解释我对这个栉风沐雨近两个世纪,仍从容执着地在大地上存活着的兵营的皈依感。我希望我是那个能听懂灵魂呼唤的人,我希望我能释放那些被囚禁的不甘心的逝者。站在那儿,举目四望,闻着那清凛的空气,我的心是那么踏实笃定,仿佛一个手脚长满冻疮四处流浪的孩子,终于找到了一直渴望的归属地,找到了那一块给予小小身心温暖的布。是的,一块布,那遮天蔽日的大块云朵厚重得如奶白色的麻布。那密不透风覆盖着山峦的苍翠树叶和野花亦好看得如一块绸布。甚至,那被种植过蔬菜垒过锅灶的黄沙一般的土地,也如一块让人的脸想贴上去的棉布。

我记得初次前往那个连探险家史蒂夫都只是听说从未驻足过的 Fort Tejon,是一个冬日。从温度上看,洛杉矶的冬天虽然算不上冷,但进山仍有寒意。开车沿五号公路往西往北,在两边夹山的公路一侧,小心地弯出去,再穿过一个窄小的桥到达公路的另一侧,那隐蔽在一片高大挺拔的橡树林后面的,便是很容易被行人错过的叫做 Fort Tejon 公园的极小入口。外面一小片空地,大约只能停下十来辆车,便是停车场。仍有一个自动购票机,生了锈,立在停车场一隅,却仍有刷卡收银功能。和所有美国的国家公园一样,这小小的州属公园也是按车不按人收费,5 美元一辆。

　　说是大门,并没门,只有两个不大的门墩儿,入口比许多美国私人农场还窄小。没有守门人,没有游客。我们好像回到了原始洪荒。走进去,先听到哗哗水声,扭头左右一看,却原来这与公路平齐的入口下面是空的,由粗大木头搭成的桥下面有溪水冒着洁白泡沫欢实奔流着。过桥进去,面前是一个足有十英亩①大的旷野,三面环山的一大块平整洼地。迎面是两株粗壮高大的橡树,像是会施法术的老谋深算的智者,不怒而威地立在那儿,闭目静察来往的每一个声音。叶子落尽了,却仍有一团一簇的绿色在深灰色的枝干间点缀着,那是寄生槲在上面安了家,叶子透亮碧绿,坦然得像是在自己的地盘儿上。树下的两间小木屋是深棕色,墩实厚重,块块木板饱吸了风霜已经像古董,铁钉子锈得几乎与板材融为一体。史蒂夫告诉我,那钉帽是方而非圆形,表示那是出自至少百年以前的木匠们之手。这两个小屋极窄而矮的小门上着锁,静默着像两个守口如瓶的仆人,估计再守个二百年不成问题。放眼望去,空阔平坦的土地呈黄褐色,覆盖着一层松软的已枯萎成棕色的草甸,脚踩上去,能感到酥脆折断的响声。起伏的山峦被暗绿色的树完

---

① 英亩:英美制地积单位。1 英亩合 4046.86 平方米。

全占领，不给山岩一丝透气的机会。信步走着，迎候我的是几间相隔很远的旧屋和几道土夯的残垣，甚至有一个菜园遗址，褪色的粗大木桩半截入土风化得像水泥，上面锈成铜色的粗硬铁丝围成一圈栅栏，里面，十几只棕红条纹的珍珠鸡咕咕叫着晒太阳，看到有人前来，也纷纷安静下来好奇地打量着，似乎想破解对方的来意。估计那是公园管理人员古为今用废物利用的尝试。

整个园子里我们是仅有的参观者。走进那个当做展室的二层小楼，门开着，随意参观。当年军人们穿着的制服、马靴，巡逻时戴的头盔，胯下的马鞍，挎在肩上的枪支、水壶，所有的一切都像被魔手触摸过一般凝固在了旧日光阴里。那些曾与这些东西肌肤相亲的生命呢？泉下有知的话，感受到我好奇的打量，他们会无语微笑吗？

不远处，另一个二层小楼刷成了淡灰蓝色，那是当年军官的官邸。拾阶而上，站在铁艺栅栏的窗前，望着那早已泛黄的蕾丝窗帘和一张婴儿木床，我似乎嗅到他家那热气腾腾的饭菜香，听到咿呀学语的孩子稚嫩的声音。木头案板旁，放着竹编的篮子，里面尚有几个素色的碗碟，似乎女主人只是下楼去菜园挖两个土豆马上就回来。一切物件都是拙朴甚至粗糙的，可又处处透着人活在其中的体贴与尽力。从入口处那小盒子里放着的宣传册上我知道，这兵营里的女人是比山上的熊还罕见的物种，有三几个，也不过是雇来做饭和洗衣的苦力。有的后来与士兵结了婚，继续干着最脏最累的活儿。仅有的军官家属虽说另当别论，原本随父母坐船来自欧洲某国肤如牛乳的小姐，在这穷乡僻壤照样操持着家务体力活儿。

这些缺油少盐吃着硬冷死面儿面包的军人驻扎在这个山坳里,并不是为了抗击敌军,而是保护农耕文明的基本物资:牲畜。1848年美墨战争结束之前,加州一直是墨西哥领土,也是土著人的天下,不时有抢夺劫掠牲畜闹出人命来的事件发生,为了安定社会秩序,让人口本就稀疏的这一带稳定和平,年仅6岁的加州政府派兵在此把守巡逻。当时还没成为美国联邦总统的杰弗逊·戴维斯(Jefferson Davis)突发奇想,提议在军队用骆驼代替马匹,因为他发现骆驼比马匹更耐饥渴,适合在西南部荒凉干旱地带跋涉。而负责这个兵营的Beale中尉是这一倡议的衷心响应者。于是骆驼便成了这橡树林里的常客,虽然最终没有用于战事,但运送生活物资似乎驾轻就熟。一块咸肉、一包奶酪、一团丝线、一袋燕麦、一个发卡……那站在窗前望着四周的山岭发呆的女子,是否会因了这些偶尔到来的新鲜货物感到一丝生之乐趣?她非常爱那穿着粗呢军装的军官丈夫吧,否则,在这远离人类文明的荒野,什么是支撑她支撑下去的勇气?如果换做是我,我会心无旁骛地每天进进出出在这找不到一本书看的地方吗?可是,如果像电影里描述的那般,为了一场爱情而奋不顾身的女子,在这里与心上人远离家族的聒噪双宿双栖,又是多么可遇而不可求的浪漫。

我不禁为自己的遐想而叹息了。

最令我唏嘘的是那个手法笨拙地同时刻着美国和加州旗帜的墓碑,黑色的石头上记录着那名叫彼得的不幸男人悲惨的生命印记:

IN MEMORY OF（以此纪念）

PETER LEBECK（彼得·里贝克）

KILLED BY A X BEAR（被一头灰熊杀死）

OCTR 17/1837（1837 年 10 月 17 日）

　　后来借助史料查到不多的几句对他的描述，猜测他可能是来自加拿大的法国人，来到美国打猎获得动物皮毛。在这人烟稀少之地，没想到被一头凶猛的棕熊当成了猎物。后来他的同伴发现了他残缺不全的尸骨和掉在地上的枪，沿着血迹他们追踪并杀死了那熊。有情有义的伙伴把这不幸者埋在一棵橡树下，并将树皮削去一片，刻下了上面简单的墓志铭。

　　如果彼得泉下有知，我想他一定会不满意这块墓碑，因为那上面除了他的名字，居然还有一头熊的全身像——加州的州旗上那棕色粗壮的熊正是要了他命的 grizzly，名为灰熊，其实是灰棕色，以凶猛残忍著称。

　　1854 年开始驻扎在这里的军人们应当是熟悉这棵树的，尽管那树皮上的文字已经模糊不清，那土冢也早已夷为平地。Beale 中尉更是视其为值得同情的不幸亡灵，让手下当佚事记录下这一切。十年后，兵营废弃，大家四散东西，留下这片树林与空地继续与群山为伴。再十年后的 1874 年，一个叫 Bakersfield Newspaper 的地方小报第一次刊登了署名 Raymund F. Wood 的文章 *The life and Death of Peter Lebeck*（《彼得·里贝克之生死》），说他曾遇到一个人声称在 1842 年看到过死者入土五年后那埋在树下的坟丘。直到 1889 年，一位巡山的女护林员在树下捡到了一块掉落的橡树皮，才发现了厚厚的树皮内侧刻着倒写的文字，原来那被削掉的树皮经年累月，又渐渐长出来覆盖了当年裸露的铭文（那块已经发黑的橡树皮如今在 Kern 郡博物馆收藏展示）。Beale 中尉虽然已经离开，但仍没放下这个传奇的生命故事，盼咐护林人员找到 Peter Lebeck 的尸体并再次安葬他。围着那粗得三人才搂抱得过来的老橡树挖掘，并没太费周折，就找到了那惨死者的尸骨。看起来他有 6 英尺（1.8 米）高，不再完整，两只脚、右前臂和左手都已经没了，左肋骨有两根断裂。究竟谁是 Lebeck？人们再次分析，更加确认他很可能是被名为哈得逊湾的皮毛公司从加拿大派到加州捕猎获得皮毛的雇员，根据树皮上 ISH 的寓意（希腊文耶稣的前三个字母）他应该是法国人。直到 1936 年，公益组织 Native Daughter（土著女儿）才把树上的铭文刻到了碑上，算是给了这惨死荒野的人一个永恒的铭记，附近的一条路也因他命名为里贝克路。

　　山风刺骨，毕竟是在洛杉矶海拔 2000 英尺（合 600 米）的山里。不一会儿我那不断举着相机拍照的手就被吹得通红，脸颊也像失了水分的一张纸，干冷生疼。但我是那么庆幸自己没有错过这个能听到历史低语的所在。与许多风光迷人的景点不同，这个地方在我看来之所以有血有肉，是因为那些生活在这里的先人们留下的生命痕迹。于我，他们是完全陌生的逝者。于他们，我亦是永远不会谋面的外乡人。但这种深入骨髓的牵引让我心碎着迷。穿越时空，我感到了一条无形的纽带神奇有力地把我们牢系在一起。

史蒂夫并没像我一样时而东拍西拍，时而立着发呆，而是弯腰用一根随手捡来的木棍在土里卖力地翻找着什么，俨然一个职业的考古工作者，不远处立着一个小标牌：炊事区。一会儿，他手里捧着一堆瓷片过来让我看，那些白的蓝的绿的碎瓷片显然是来自军人们用过的饭碗盘碟，有的纯色，有的带一块碎花纹。端详着它们，我不禁想起了当年去河北曲阳的定瓷遗址捡拾瓷片的日子，二十年前了！那带我前往的定瓷专家、温文儒雅的陈文增先生已经很突然地故去了。泉下有知，他会感受到这一刻，一位旧友来自异国他乡的怀念吗？

"你这喜欢收集旧物件的人，不想要这老瓷片吗？至少也有一百多年了呢。"史蒂夫笑着问。

"不了。我见过比这要精美细腻得多的瓷片。"我答。

"没错，这些是很粗糙没有什么美感。可这也正是当年那些军人的生活，你知道他们主要吃什么活着吗？土豆和死面儿面包，就这两样。蔬菜靠天收，肉食要看猎人的运气，还得跟熊嘴里抢吃的。你不是看到那块墓碑了吗？就是一个不幸被熊吃了的家伙。那真是一个餐风饮露的年代。我不知道你怎么想，跟他们比，我感觉特别幸运。如果我早生一百年，恐怕活不到我现在年龄的一半就呜呼了。"

他说得我连连点头，忘了风寒刺骨，我重回到那树下，蹲着站着，横着竖着，拍个不停，试图更加牢固地记住那个命丧熊口的人。我想象着他被熊的巨爪击倒后濒临死亡的绝望，那一瞬间，世界只剩下冰冷刺骨的黑暗。我同情他，因为他不仅是位陌生人，更是我的同类。然后我立在那儿，再度饥渴地环顾四周，想象自己在借一百多年前那些在此生活的人的眼睛打量每一棵树，每一座山，每一根木栏，每一块石头。想象他们对坏天气的诅咒，想象一个粗俗故事引发的笑声，像树枝嘎巴断裂一般的笑声。我感觉我是他们离去时不小心落下的一员。穿越了一个世纪，他们走了，我还在这个世界见证着那空壳。

我非常庆幸通过约翰认识了史蒂夫这个朋友，让我在异国的生活增添了许多乐趣。可以不夸张地说，他是我认识美国的一个最称职的向导。几年前从职业摄像师工作退休了，他有大把的时间随时可以离家上路。同时，天生有着探险精神的他又永远对世界充满好奇，少年时期就得到绰号"next ridge Steve"（下一道岭子史蒂夫），就因为他与同伴外出，当别人都急着打道回府时他总是说，"再看看翻过下一道岭子有什么"。不同于年轻时读文学专业的老约翰，史蒂夫只对大自然与历史感兴趣。要说去美术馆他丝毫不感兴趣，可只要是我好奇问到而他不知道的地方，却随时都愿一探究竟，还不辞辛劳甘当司机。他实际，却不乏美国人的幽默有趣。有时到一个陌生的小镇，看别人好奇地打量我们，他会小声跟我戏谑地嘟囔："这些人肯定以为我是个有钱的老家伙，否则身边怎么会有一个这么年轻漂亮的中国女人。"

有人说西方人的自然优势是长得好看，亚裔人的天生优点是智力超群，非洲人的特长是体能素质高。如果此言属实，史蒂夫的长相在美国人中间并不出众，一张长脸上混和了犹太人的精明与探险家的无畏。即使从他略带自得地给我看过的黑白旧照片看，当年那披着一头亚麻色的大波浪长发骑着自行车浪迹欧洲的年轻史蒂夫仍不算英俊，那硕大的鼻子本让他自带一副骄傲与凛然，而那双坦诚的大眼睛笑起来有时却又透着一丝难为情的神色，好像被人当众揭了短一般。遇到喜欢的人，他的目光会变得灼热多情，像可以融化掉最冰冷无情的石头一样。一眨眼，岁月慷慨地丢给他鱼尾纹和老年斑，也无情地带走了他引以为傲的满头长发。现在的他秃顶，却像缅怀那满头青丝的岁月，他固执地保留着脑后与侧面那一圈短短的黑发（许多美国人随着年龄渐长，浅色的头发往往会变成深色），让我总想到那秃头又有头发的沙僧。史蒂夫原本中等的个子，因为职业受伤的腿与肩背，跟年轻时相比萎缩了不少。熟了，我们经常互开玩笑，我说他强壮的上半身让人以为他是个运动健将，而细如麻秆的腿却像个风一吹就会倒下的稻草人。他听了也不愠不恼，只是厚道地咧开嘴角微笑，露出一口白牙。他有时也揶揄我的"Chinglish"（由 Chinese 与 English 组合的词，意为中式英语）让他以为自己耳背了。

3

第二次再访那古堡则是在疫情初起的春天。

"我刚捡完垃圾回来。等我半小时，我就可以赶过去跟你会合。"电话里史蒂夫大声地说，听着很开心。我猜想至少有两个原因，第一，刚做了好事的人心情总是欣慰且明快的，第二，马上要去大自然中沐浴身心，情绪也总是积极放松的。

我所在的小城圣克拉丽塔在史蒂夫居住的帕萨蒂纳与 Fort Tejon 之间。与上次一样，他走高速开车过来，接上我一同出发。在我上他的车之前，我小心地戴上了口罩，并认真地把那金属条在鼻梁上压实。坐在车里的他望着我，也如法炮制，缓缓地把一个放在仪表盘上的口罩戴上，像完成一个既庄重又滑稽的仪式。我们互相望着不约而同地笑了起来。坐稳，起程。看我把车窗摇下来一半，也许是为了让我更安心，他把雷克萨斯的天窗打开一半，好让车内有足够的新鲜空气。这空气传播的病毒，似乎让我们的探险之旅增加了几分紧张与神秘。

两个月没见面，打量着仍穿着短袖的他，我发现那健壮的胳膊和细瘦的腿好像都晒黑了不少，一向修剪得极短的头发也长到了脖子。"我希望你还能认出我来。"感受到我的打量，他笑着说。瘟疫看来没能毁了他的幽默感。

路上交通比我们想象的要拥堵缓慢。多数美国人要么失业，要么在家办公，5 号公路上私家车并不多，可数不清的超大超长的货车缓慢笨重地行驶在路上，就像一条条蚕刚从冬眠中苏醒开始蠕动慵懒的身体。我们猜测那都是为超市和医院运送物资的货柜。

"很难想象只要四十分钟，我们就可以轻易地从城市切换到荒野，两个完全不同的世界。无论人类社会正在发生什么，这种生活的自由维度与广度都像奇迹一般令人感慨。"为了抵御车外的噪声，史蒂夫提高了嗓音。

他说得没错，相比于人满为患的海滨，这个幽静的古堡一如昨日，我们遇到的只有两个人，都是身穿浅蓝色制服的护林员，冲我们礼貌地点头，那友好的微笑和阳光一样让人舒坦。

仍然有风，温度也比我所在的小城低8度，但毕竟已是春天，比上次暖和了许多。我们带了登山杖，环顾四周，信步走了一圈之后，穿越空旷的园子，沿着山侧小径快走。当然，我仍不时会停下来，从不同角度拍那永远拍不够的橡树和旧房破壁。有一株倒下了不知多少载的橡树，躺在山坡下的原野上，中间的树干空了一半，露出深黑的洞和木质的清晰纹路。树皮早剥落了，整个树干光洁得像恐龙化石一般，在阳光下闪着灰白色的光。山坡上，那些落叶的乔木也已绽放了新芽，与经了冬的老绿树叶们比起来，更让人心里软软的，只想抚摸它们，像抚摸婴儿刚长出的柔软毛发。

"与大自然相比，我们人类真是可笑。努力工作赚钱，按揭个房子，买树种下，雇园丁照料，期待它们茁壮成长。还不尽如人意，不是死了就是不争气地不开花不结果。但是走出来看看大自然！你不需要做任何事，所有的美都在那里慷慨恣意地展示给你。"史蒂夫的家在帕萨蒂纳，有钱人的天下。他家没有名贵家具和豪华装修，但在他的精心打理下，树木参差错落，花草布置有序，小桥流水，美得像个植物园，几次登上家居画报。我们都是大自然的Lover（爱人），对它那千姿百态、艺术家绝对模仿不出的瑰丽总是心存无尽的崇敬与感激。"一个男人这么喜欢花草，不多见呢。"我妈曾感叹。确实，我甚至没有一个女伴能够像史蒂夫如此爱植物如命，只要听说哪里有个苗圃，无论多么荒僻开多远的车也要带我赶了去探访。每到一处，走走停停下来，他拖一棵我拉一盆，这个不错，那棵也挺好，很快，后备厢和后座上都再也塞不下一棵植物了才肯离开。

"病毒来了，那些无家可归者应该比正常人更容易遭到感染吧？垃圾比以前少了吗？"我边走边好奇地问。

"我今天早上也在琢磨这个，可事实是一点也不少。灌木丛里的注射器、泡沫饭盒、塑料水瓶、脏衣服、破鞋、购物车、纸板……还和平时一样。他们中的一些人已经认得我了，也知道我每周六早晨都会去。在我到达之前，有些人会仔细清理一下自己的小领地，似乎表示对我每周义务劳动的尊敬。"他有些兴奋地说，像说到那本以他为原型的纪实畅销书《失落的猴神之城》，已经出版了六种语言，包括中文。

捡垃圾已经五年了，可每次我们涉及这个话题，他都会比平时更健谈，像女人说到自家的孩子，可以没有句号地说下去。"我们同情他们，可没有人喜欢被无家可归的人包围着。洛杉矶有 5.9 万无家可归者，可这不是一个无法控制的问题。但是当权者关心的不是百姓的切身利益，而是他们自己的政治前途。如果谁下决心要清理随处搭帐篷住树丛的流浪者，就有可能遭到政敌的攻击，被指责不人道。其实很简单，政府可以拨款建立收容中心，让无家可归的人远离正常居民区和主要街道。洛杉矶的 downtown 现在是世界奇观，完全是流浪者、帐篷和垃圾的天下。几年前也曾说过要再建些流浪人群收容站，可无疾而终，为什么？开发商报出的价格比建商品小区还高，典型的官商勾结……"这样情绪激昂地说上一阵，史蒂夫总会自觉打住，说一句："还是换个话题吧，否则我可以没完没了地说下去。"

每次出行我们轮流带饭。那一次，史蒂夫带了培根西红柿三明治和鸡肉蔬菜沙拉。中午了，我们找了个背风的草坡，坐下开始吃饭。

"中国人早餐吃什么？"他喝了口水，问我。那灰色金属壳的水壶曾跟着他去亚马逊丛林里出生入死，上面早已磕碰得坑坑洼洼。

听到这个问题我不禁笑了。那天早上我妈刚好也问了同样的问题，只不过换成了，"美国人早餐吃什么？"

"煎培根，烤面包片，冰牛奶……"和我们桌上唯一的外国佬杰伊确认后，我用中文翻译给她。

"我想咱们的早餐在美国也许是独一份儿。"我妈边用小勺吃着牛奶麦片粥边说。自疫情以来，我们坚持一日二餐。早晨除了杰伊八点一到就坐在电脑前工作，我与母亲都要锻炼一小时，早餐也成了午餐，美国人的所谓 brunch，因而我会尽量鼓捣得营养丰富：煮得老嫩正合适的鸡蛋，撒了杏仁和蔓越莓干及奶酪碎的蔬菜沙拉，小火慢煮的有机燕麦片粥，软糯熟透了再加入牛奶，加了鸡蛋黑木耳胡萝卜和碎西芹的小包子。为了照顾我妈的中国胃，有时不做沙拉，而代之以白灼秋葵或其他时蔬。每隔一天，还用各种蔬菜加向日葵籽榨汁，每人一大杯。在去厨房清洗碗筷之际，各人再补充一定的维生素和深海鱼油。

"我来美国后瘦了 20 多斤！从没刻意减肥，鱼和肉也经常吃，但减少了主食的摄入，女儿做的饭菜油少盐少糖少。"我听到我妈不止一次地与国内朋友说这句话。

我是一个固执的厨师，从不喜欢按菜谱做菜，也拒绝向西方人靠拢用高热量的食物把一家人变成横着走路的胖子。有调查说，在美国的亚裔人平均寿命高于其他族裔，一个重要的原因就是亚裔人的烹饪与饮食习惯更健康。

但让我这厨师永远处在两难的一个选择是：剩饭究竟是该扔掉还是吃掉？

几乎所有的营养专家都说，剩饭剩菜即使放在冰箱里也会因为浸泡了盐分而释放出可以导致胃癌和结肠癌的有害物质。因而除了尽量少做，尽量督促大家吃完自己的那份，偶尔有剩菜，我都边倒掉边安慰我妈："扔掉剩菜看起来不节约，可吃剩东西生了病才是更大的浪费。"其实，我也是在安慰我自己，我知道这世间有许多人吃饱肚子都是问题。就像我们每月寄38美元资助了三年的波利维亚小男孩泰勒，他父亲一个月的收入也不过19美元！

"这个吗，我们家不那么在意。有剩的就放冰箱，下顿拿出来吃。比如说烤肉，我总不能就只烤够两个人吃一顿的吧？往往会剩一些第二天接着吃。"史蒂夫听我说到剩饭菜，脸色有些凝重地接口道。"你知道我今天早上来的路上看到什么让我心里难过的事了吗？路边一群退伍老兵排着队在等救济食物的发放，得有几百个人。他们眼里透出来的不只是饥饿，更是没有明天的绝望、无奈和对处境的不满。他们曾在国家的号令下出生入死，许多人去过伊拉克、阿富汗战场，与他们送了性命的战友比，他们是幸运的，可这个国家对活着回来的他们竟是如此漠视。瘟疫来了，他们许多人没了工作，没了收入，没了保险，居然连填饱肚子的食物都没有。让我心里特别难受的是，也不知谁在那个救济发放点插上了一面非常大的美国国旗,就在他们头顶上蓝天下那么飘着。这一幕,真让人不是滋味儿!可惜我开着车,否则真想拍下来给你看。"

我说这也是我想告诉他的,是什么改变了我不吃剩饭的观念。不久前一则 CNN 的新闻让我心里咯噔了一下:新冠病毒引起的全球瘟疫将把 1.3 亿人推向饥饿边缘。

自然灾害、经济衰退、援助减少和油价暴跌,都会导致一个最现实的灾难:粮食短缺。如果再加上已经长期处于饥饿状态的 8.21 亿人,地球上会有 10 亿多人陷入填不饱肚子的境地。

这组数字更具体更残酷地意味着,在全球 75 亿人口中,每 30 人中,就有一人无法活到 2020 年底。

如果这还不足以令人警醒,一组朴素的黑白照片足以击碎最坚硬的心:在肯尼亚,一位丈夫被歹徒杀害了的中年女人,瘦骨如柴,一脸忧戚地坐在灶前,照片说明是,她告诉 8 个饿得哭泣的孩子先去睡一会儿,做好了饭她会叫他们起来吃。柴火煮开了的锅里,根本没有食物,而是一块石头。中国人有画饼充饥的典故。这位母亲,只能煮石头给孩子们心理安慰。那石头,是孩子们入睡前唯一的念想;那堆火,是她与孩子们黑暗世界里唯一的亮光。

另一位 33 岁的有 5 个孩子的母亲名叫安德卡,两年前失去了丈夫,只能靠在内罗毕的基贝拉(世界上最大的贫民窟之一)洗衣服维持生计。她一天只赚 2.5 到 4 美元。瘟疫来了,这一家人赖以糊口的几美元也没了——有钱人不想让她碰他们的衣服,因为担心病毒。为了不饿死,她不得不把五个孩子分别送到亲戚家。她最大的心愿是，"最好让瘟疫结束，那样我们一家人就可以一起继续生活在饥饿中。饥饿是正常的"。

三月份，非洲的米价上涨了30%。很多人开始吃泥饼：与水混合的矿物质在阳光下晒干。泥做成了饼的形状，那被欺骗的胃就可以蠕动吗？

世界银行（World Bank）的数据显示，印度有1.76亿人每天的生活费不到1.90美元，他们主要吃土豆做的菜，很多饥饿的人在垃圾堆里捡垃圾。在屠夫的房子外面，饥饿的人们聚集在一起，期待着抢一条猪肠子。

我说到这儿，扭头望向史蒂夫。他一直静静地听着，望向山坡对面的群山，眼里的表情是如此的悲哀。我知道他难过了。这个有着悲天悯人心肠的汉子，有一回捡垃圾时在树丛中发现了一个肮脏的日记本，上面写满了一个离家出走精神失常男子的独语，字迹细密隽秀。其中有一句是：我其实今天该让那辆车撞到我，那样我就可以回家了。一页页看得史蒂夫心酸不已，翻遍那巴掌大的褐色小本，居然在上面找到一个电话号码，打过去问对方是否认识一个走失的年轻人，说他睡在树丛里好几个月突然消失了，这个本子也没带走。那端接电话的正是一直牵肠挂肚的老父亲，"太感谢你打来电话告诉我。我已经找他三年了"。

"你知道吗，即使在我们美国，这个号称世界上最强大的国家，也有20%的18岁以下的孩子靠食物券或打折食品生活。前段时间Angelina Jolie（安吉丽娜·朱莉）不是向慈善机构捐赠了100万美元吗？就是为饥饿的儿童捐款。她为美国这么一个富裕国家居然有这么多吃不饱的孩子感到羞耻。我一点儿也不责怪她。"史蒂夫说道。

还真是，有一天，在洛杉矶一个连锁超市 Ralph's，我就眼睁睁看着一个小女孩拿着一张食物券在付账，她很瘦很弱，头发稀疏，那不快乐的眼睛让我想起我自己的童年。

有一种看似反科学的说法是，一个人的寿命长短，只有 20% 取决于你食物的摄入，60% 在于你的社会人际关系。从生物科学上看不管这有多少依据，至少，从心理学角度分析是不无道理的。美国人有句俗语：A good conscience is a soft pillow, A guilty conscience is a bed of thorns。良心是柔软的枕头，负疚是一床的蒺藜。

"这次瘟疫真正的危害，是导致更多的人死于 COVID-19 的经济影响，而不是病毒本身。"此言千真万确。

4

在回家的路上我们似乎都沉默了。

"我后来查到，Fort Tejon 虽然现在似乎默默无闻，但凡对历史感兴趣的人还真知道它，因为这是历史上南加州特别重要的一个地理坐标。你知道吗，当年美国联邦政府花了 30,000 美金先后分两批进口了 70 多头骆驼，最后只有那个叫 Beale 的中尉极力推行组建骆驼队，可事与愿违，骆驼们又咬又踢甚至还有强烈的体味儿，根本没有真正达到目的。最后便往返于兵营与洛杉矶运送物资，唯一的一次起到了点武力的作用，是中尉的神父朋友某次赶着一小群骆驼运东西，路上遭到土著人的袭击，他让手下骑上骆驼冲锋，把那些没见过这奇怪动物的蛮人吓得溃败了。"我想缓和一下气氛，说起不久前刚看到的 Weird California（奇特的加州），一个关于 Fort Tejon 与骆驼队的史料。

"怪不得呢，只驻兵十年的 Fort Tejon 据说只有两个比较热闹的事件。一个就是骆驼队曾在橡树林下的空地上进行列队游行。另一个就是邮递马车头一次经过。那四轮马车可不是只递送邮件，你看过西部电影，带着枪的车队还兼送旅客和值钱的物资，经常遇到劫匪。关于骆驼，我听说几百万年前，那其实是在北美洲兴起的物种，后来才运送到非洲和中东，但也不知为什么北美渐渐绝种了，在十九世纪中期才又引进来。这是有据为证的，2002 年在 Long Beach（长滩）市就发现了大量的骆驼化石。世事沧桑难料，一点没错，就像这场瘟疫，再大胆的人也不曾想象得到啊，科技如此发达的人类社会，居然又被一个小小病毒弄得如此狼狈。"史蒂夫说着，突然住口，且放慢了车速，半是自言自语，半是对坐在车里的同伴说："我看到那边有个陵园的指示牌。我要去看看。"还没等我反应过来，他已经打轮掉头了。

开进一条只容一辆车往来的土路，两侧是一望无际的柑橘园，几分钟后，一片开阔地带背倚不高的山丘，赫然眼前。有铁栏杆围着的平坦地面上没有庄稼，在浅浅泛黄的草坪上，一块块墓碑像一个个安静的头颅，沉着而从容。

人生前有多少种面孔，死后就有多少个不同的墓碑吗？望着它们，我不禁想。有些高大如一面墙，刻着名字与花环，连那上面的家族名字也颇有气势：KING（国王）。有的低矮残破，如果不是石头的天然坚硬，恐怕早就灰飞烟灭了。至少十亩地大的陵园，除了行列整齐的墓碑，还有许多没有碑的墓穴，刻有逝者生卒年的小小长方形石板，平躺在草地上，仰望着蓝天烈日。家族墓居多，形单影只的也不少。几乎所有人都在十九世纪末到二十世纪初安眠于这块土地。

这里地势比 Fort Tejon 低多了，又是午后，温度一下高得像夏天。整个陵区在阳光下灿烂起来，不仅石碑们反射着阳光，那几株高大的棕榈树叶子也油亮耀眼，让人想象是否天堂就该是这个样子。这其实真是一处安葬逝者的好去处。广袤平坦的土地一望无际，除了一年四季常绿挂着小灯笼一般柑橘的果园和一个小小的挡风山丘，就是一园的静谧为伴，让人感觉死亡其实并不可怕。

"他们中的一些人是北美洲开拓者，从欧洲来到这片新土地上耕种，以此为家，最后就死在这里葬在了这里。"史蒂夫非常兴奋，脸上的汗止不住地从额头淌下来，好像他终于有了新的探险。"你去看看那个角落的四个坟墓，全都是士兵，都死在 1918 年的同一个月。我想他们死于耸人听闻的 Spanish flu（西班牙流感），那场流感导致了 67.5 万美国人死亡。我想很快就会有死于这场新冠病毒瘟疫的人葬在这里。"

我正蹲在地上对着一排整齐立着的五个小墓碑发呆，那风吹日晒已经呈青灰色的石头，不仅尺寸一模一样，比杂志封面略大，上面刻的简单花纹也都一样。默默地走近细看，我发现了一个令人心碎的事实：这五个墓碑的主人都死于 1878 年 5 月，年龄从 2 岁到 10 岁不等，其中四个孩子的死亡时间相差不过三天！他们身后有两座高大些的墓碑，根据上面的碑文，看出那是他们的父母。STONE，那是他们家的姓。石头，多么坚强的姓氏，可又是多么脆弱的命运。天花、霍乱、麻疹，都有可能像魔鬼，让活泼可爱的他们相继永远闭上眼睛。那对当时只有三十多岁的夫妻得流下多少眼泪，才能硬起心肠来到这里把他们一一埋入地下？五个小小的石碑，已经被风雨打磨得失了边角，像小孩子们爱吃的那种小枕头形状的酥糖，又像五个散发着温暖的小脑袋。我心疼地叹息着，一遍遍地拍着照片。让我欣慰地湿了眼眶的是，后人并没有忘记他们，每个孩子的墓碑底座上都被摆放上了一个非常可爱的小猫头鹰，比拇指略大，紫的、黄的、粉的、绿的、红的。

"埃玛，我找到你啦，你在这儿！"史蒂夫弯下腰，边低头细看边在距离我几米处叫道。我奔过去，看到一块小小的平躺在草地上的白色石头，没有墓碑。似乎已经许久没有人来探望，有一半已经被黄土覆盖。我清除开上面的土，惊讶于那小小的埃玛在世间之短暂：她出生于 8 月 10 日，去世于 11 月 24 日，只活了 105 天，那一年是 1921 年。更令我诧异的是，居然有一只披着柔软胎毛的小鼠躺在她墓碑的一角，身下是一堆松散细沙土，像新挖好的坟茔。史蒂夫也不确定它是鼹鼠还是地鼠，只知道它刚出生没多久，淡粉色的皮肤还很新鲜有弹性，眼睛紧闭着，像是睡着了一样，两只前腿朝天挺立着。这似乎是谁也无法解释的一幕：一只鼠宝宝死在一个小女婴的墓碑旁。

我跑到树下，找到一根树枝，以它为锹，用那抷土仔细地覆盖住小鼠的身躯。那一刻，我宁愿相信它知道我会来掩埋它。

"但愿晚上没有啮齿动物来找食发现它。"已经探察了一圈的史蒂夫走回来，看到我蹲在那儿让这小家伙入土为安，并不吃惊。他说他刚发现有一些人居然死于那场可怕的1928年洛杉矶大洪水，他不久前和他的邻居，在加州理工大学当教授的乔治刚讨论过那段历史：大坝决堤事件。

十九世纪的洛杉矶城连雏形都不具备，干旱少雨，为了得到水源，掀起了一场抢水大战——与距离洛杉矶二百多英里的土著人抢夺 Lake Owen（欧文湖）的水，遭到对方反击与破坏。但最终洛杉矶胜了。为了存贮这来之不易引来的水源，一个自学成材的爱尔兰裔美国人威廉被委以重任，修建名为圣弗朗西斯的大坝，一旦成功，就可解决洛杉矶至少两年的用水。大坝修成，水平如镜，非常壮观，媒体甚至鼓吹可以成为一大景点吸引游客。结果那年的3月13日，一个没月亮有着雾气的晚上，所有人都在梦乡，一声奇怪的巨响，大坝决堤了！四百五十多人瞬间稀里糊涂地失去了性命，还不包括那些没有姓名的墨西哥劳工和流民。"那些人的死不比 Peter Lebeck 的横死强多少，正睡着觉呢，突然房子塌了，洪水如猛兽，以一小时十八英里的速度吞噬一切，睡在大坝旁边的工程助理和他四岁的儿子首当其冲，瞬间被卷走，而在那之前一天，心忧的助理还特意报告给威廉请求勘察。到了现场视察一圈的上级却固执地认为万事大吉不必杞人忧天。这轰动全国的事件留下的是恐怖与狼藉，据说有机会见证了决堤场景的人没有一个生还。

一个小女孩被冲到了离家十英里的地方,在一个树丛里被找到。一个小男孩并没死,躺在棺材里叫了出来才被人发现还活着。有一个男人脖子以下全都被埋进了淤泥里居然还活着呼救。有一个妇人身首异处,手上还戴着一串宝石手链……非常惨烈!那水一泻千里,直到流进太平洋才算平息。"

"那究竟是什么原因导致的决堤?"我紧张地问。

"开始官方和那天才工程师都怀疑是土著人搞破坏,后来经过多方勘查才确认根本不是。根源在于大坝的选址和建造有问题,那片土地是泥石流高发地,根本承受不住那么多水压。I envy the dead(我嫉妒那些死去的人)——这是那希望引咎辞职的工程师悔恨的话。生不如死,受尽指责的他没几年后也负疚郁闷而终。从此洛杉矶官方下了一个规定:但凡有重大工程,决不允许某一个人独自做主。"

我如闻天书,随着他走过去看那几个墓碑,那陌生人们有一个共同特征——年龄几乎都小于史蒂夫和我。我们再次静默无语,那一刻似乎都在想,那埋在土里的人不是陌生人,他们就是我们。我们迟早会和他们一样,静静地躺在同一个世界里。

"我妈是多么幸运,能活到95岁。"史蒂夫像是自言自语。他那独自一人住在佛罗里达州的母亲不久前在临终关怀诊所里永远地闭上了眼睛,身边只有一位值班的护士,没有一个亲人。"我想过是否要冒险飞六个小时过去。可是我决定放弃了,因为即使我去了,也不能坐在她病床边握一握她的手。医院不允许任何医护人员以外的人进到病房,以免带进去病毒。我给她打电话了,临终时她握着话筒,我跟她说了我爱她。"在人情相对于东方更淡薄的美国，七十岁的史蒂夫是个孝子，每隔一个月都要从加州飞到佛罗里达州去看母亲。一向生活都可以自理的老人摔倒了一次后突然间就失去了生活能力。史蒂夫为她雇了一位犹太妇女每天去探视陪伴她，果蔬菜肉等生活用品也通过网络委托一家超市送货上门。这瘟疫很快阻断了一切。送货上门的服务取消了。定期的飞行探视没有了。老人平静地告诉儿子，她已经做好了上路的准备。"我什么都安排好了，十年前就买好了墓地，写好了遗嘱。唯一的愿望就是死在我熟悉的自己家里。"结果，这位自尊的老人仍是拗不过这场瘟疫，去世前一周大小便失禁的她，不想连累任何人了，主动要求去医院走完最后一程。"她意识一直很清醒。告诉我说她不想再回到家里了。躺在病床上跟几个至亲用电话道了再见，不吃不喝，宁静地等着那个属于她的时刻来临。其实，每次去看望她离开时我们都拥抱道别，都知道来日无多，那声再见也许就是永别。她总是很感恩自己坎坷又漫长的人生。既然老朋友们都离开了，她也并不多么留恋这个世界。"我看到过史蒂夫去探望时给老人拍的照片，客气小心地微笑着，露出一口整洁的牙齿，头发利落地抿在耳后，连那脸上的皱纹都是一丝不苟地排列着，散发着无声的自尊。史蒂夫这钢铁般的汉子在电话里得知母亲的死讯时，把自己关进书房哭了很久，"她是我的母亲啊，我唯一的长辈，死在了陌生的医院。而我甚至不能在她身边，就那么眼睁睁地让她孤独地走了……这瘟疫是如此残忍，不仅折磨那挣扎着的生者，还欺凌那甘愿平静去死的人。"

人类是唯一清晰地知道自己是会死的物种吗？我听说乌鸦

和一些兽类也有此本能。知晓死之将至，是好事还是坏事？

死亡意识，其实就是生命意识。对死亡随时可能到来的警觉，可以催逼着我们去尽情尽力地活着。但很多时候，是因为活得太久了太司空见惯了吗？我们又活得像永远不会死去，披着虚荣的外衣，竭尽全力地抢夺和占有，不分昼夜地聚敛金钱和权力，就像我们可以永远享受它们永远不会撒手尘寰一样。

就在我们准备离开之际，伴随着响亮而欢快的拉丁音乐，几辆打理得一尘不染的轿车平稳地驶进陵园。车窗敞开着，那音乐在这宁静的园内分外嘹亮。"是送葬的队伍来了！"史蒂夫眯起眼望着说。那音乐的节奏是那么明快喜庆，不知道的还以为这里正举行婚礼或生日派对。

Bardsdale，这个几乎已经被工业文明遗弃的小镇，一百年前，这片土地的主人曾骄傲地将之比喻为"南加州的伊甸园"。昔日的热闹繁华已随风而逝。这墓园就像命运的篝火，冷静地提醒我们，没有什么会永恒。

当我们活着，我们互相爱着，互相伤害着。当我们死去，我们似乎变成了一个人，温柔和顺，默然无语。死者，其实当欣慰于他并没有被彻底遗忘。在某个不确定的瞬间，他被想起被谈及，即使是被一个陌生人。

行笔至此，已经是 2021 年 2 月 1 日，地球上有 220 万人被这顶着花冠的病毒夺去了性命。

无论新鬼还是旧魂，我想问，睡在地下的朋友们，泉下有知否？

Ristorante Aldo's

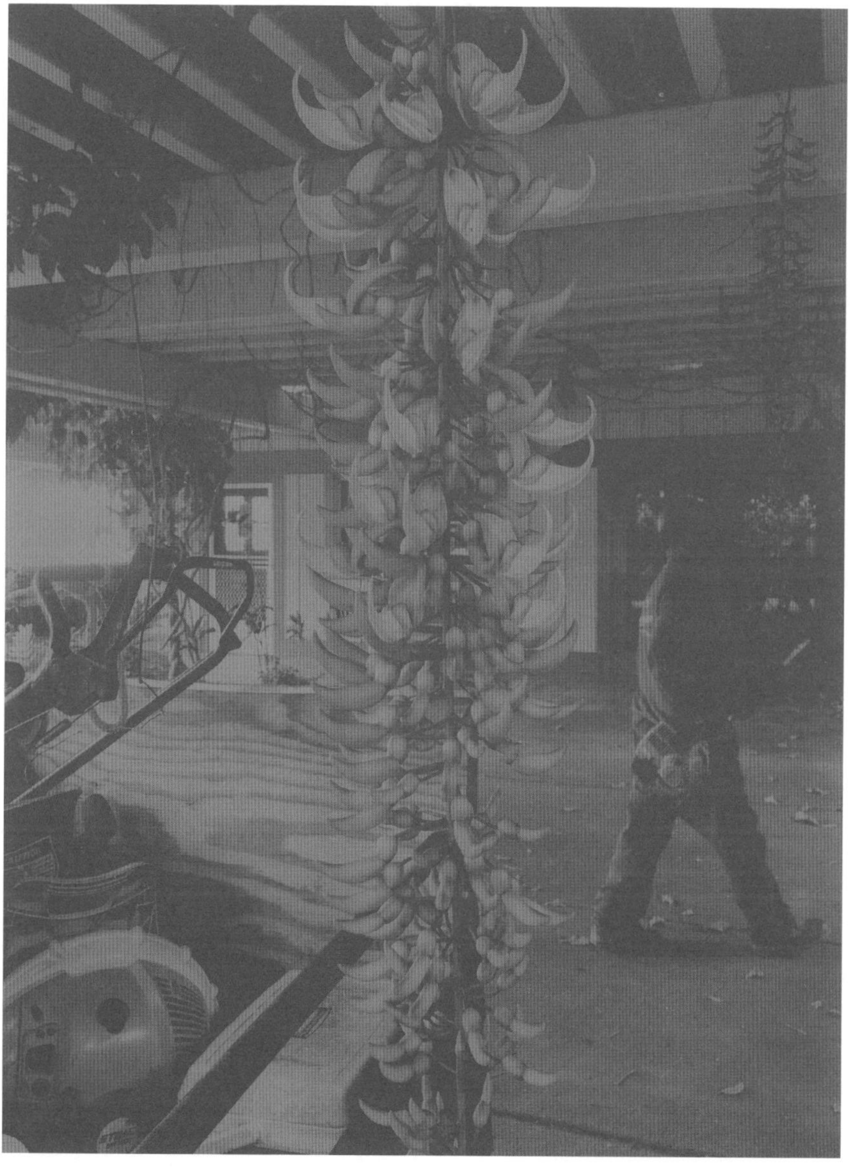

植物大战新冠

1

有蓝天为背景，树木、山峦、河流、走兽，都好看。

就像一个人有着坦荡干净的心地，怎么看着都舒服。衣着打扮，甚至五官相貌都不再重要，那自内而外散发出的善与真本身就是至美。

那天是2020年圣诞节，病毒笼罩的冬天，令这舶来的节日愈发被淡忘了。午后，披着薄薄一层阳光，我独自在森林公园漫步。树木们落光了叶子，都变成了线条明朗的雕塑。园子显得愈发阔大，永远走不出去一样。又像一张巨幅山水画，从远古就悬于天地之间，深浅不一的灰色黑色铺陈开来，可无论多宽阔，都逃不过无所不在的天空之网。说是网，又像一块刚刚洗过在风中晾干了的绸布，慷慨地把万物不加拣择地包裹起来。

我留意到路边不时出现成捆的干树枝，由棕绳结实地捆扎着，三五成群，有的立着，有的躺着，都听话得像懂家规的孩子。偶尔有电三轮呜呜快速驶过，开车的老汉着深绿工作服，戴酱牛肉色毛线帽，和车斗里那一捆捆的枯树枝一起，本身就像一幅丰子恺笔下的画。

那天很暖和，本已结了一层薄冰的荷塘有一半开化了，那浅浅的半池水像果冻一般比夏天显得黏稠，而另一半湖仍结着冰，有不少小孩子在大人的牵引下在上面溜冰，他们裹着棉服，或蹲着或蹭着，像一个个小企鹅。也有和我一样好奇的人经过时猜测着那湖一半化开一半结冰的原由，说那化开的一半是因为下面有地铁经过。我感觉有道理，却又无处查证，便倚着那小桥上的木栏望着那片荷塘发呆。在我眼里，荷塘即使在冬天也充满诗意：失去绿意和生命的荷叶傍着稀疏的莲蓬，萎谢在水里，枯茎或弯或卧，倒映在天光水色下，别有一番凋敝之美。

经过一个小土坡，看到两株死去多年的老树，都粗得一人搂抱不过来。树冠已不在，根扎得深，树干仍倔强地立在土里，歪斜着，却绝不允许自己倒下。我围着它们转了几圈，想分辨它们究竟是何树种，但显然是徒劳，我只知道它们永远不会在春天的风里吐绿发芽了。可它们并未从这世界消失，仍在那儿有尊严地立着，甚至可以有所用途。从这一点看，树木比人要伟大得多，人死了就是白骨一堆让人徒生恐怖甚至厌恶。

这园子不仅是我这样的闲人爱溜达的场所，还是摄影发烧友们端着长枪短炮练手艺的乐园。尽管公园里那看不到却听得见的广播一再告诫"不许诱拍动物"，这不知谁先发起的摄影队几乎每天都来打卡不误，十几个人或蹲或立，聚集在树林或芦苇荡端着专业相机拍摄各种鸟儿。有时挂一个红苹果在树下，引得红嘴蓝雀振翅去吃。翅膀张开，露出那漂亮的羽毛，这时就听到啪啪啪快门连拍，每个人都屏住呼吸试图抓住那最美的一瞬。有时吸引他们的只是芦苇丛里叽叽喳喳密如芦花的麻雀。温和不刺眼的阳光下，象牙色的芦苇织起的丛林像一块长方形舞台，黑褐色的毛绒绒的数不清的小圆球，上下雀跃在那透明的光里，好看得像工笔画。

纪德说："我爱物胜过爱人，在人世间，我最爱的肯定不是人类。"每次读到这句话，都让我想到我对植物的偏爱。这爱其实并非与生俱来。我儿时甚至青年时期都不曾对植物有如此之深的迷恋与敬意。孩提时期懵懂，只记得奶奶屋前几株凤仙花，我至今仍有印象是因为曾学着姑姑的样子用它粉红色的花瓣捣碎了染指甲。长大后走出校门找到谋生的饭碗，迫不及待跳进那热闹纷攘的世界表达自我的存在，似乎根本无暇打量那似乎永远安心做陪衬的树们花儿们。

也许是年过四十了，心境淡泊，虽未到波澜不惊，至少了悟世间的功名利禄不过游戏梦幻，那安抚人心的反倒是庭前细花和山野闲木。于是我无可救药地，发自肺腑地爱上了植物。它们如此谦卑，即使先天不足，即使缺水少光，也竭力让自己像样地体面地活着，从不抱怨，从不自暴自弃，也从不炫耀自己的幸运——如果它没毙命于风霜和烈日，没被愚蠢的不称职园丁用肥催死，它开了花结了果，它亦没有骄矜之态，那自然又坦然的美好因而也丝毫不会引起哪怕最小肚鸡肠之人嫉妒，只让人由衷赞叹与欣赏。

"今天我过生日，你知道我收到了一份多么特殊的礼物吗？是道格拉斯寄给我的一本书，不是他写的，但是关于他的先人，那位伟大的女诗人狄金森的：*Emily Dickinson's Gardening Life*（《艾米莉·狄金森的园艺生活》）。如果仅仅是关于园艺的书，似乎也不太特殊，虽然他知道我多么热爱园艺。如果仅仅是关于艾米莉似乎也不够特殊，这个痴迷于园艺的女诗人是道格拉斯的 great great aunt（太太姑姥姥）！"接到史蒂夫打来的微信电话，他的快乐之情冲击着我的耳膜。据说美国有五百万微信用户，华裔为主。史蒂夫就是其中为数不多的美国用户，主要是因为他认识了我这中国人。2015 年他组织探险家们前往洪都拉斯去发掘那神秘的猴神之城，著名的畅销书作家道格拉斯悲壮地给妻子写好遗书后应邀前往，写出了那本在美国各大排行榜畅销不衰的《失落的猴神之城》，二人也结下了深厚的友谊。

这聊天让我在万木萧瑟的北京心也暖暖的，似乎又沐浴在明媚的加州阳光里，与他一起在植物王国里尽情地徜徉。

瘟疫逼得每一个关在家里的人专注在各自的爱好上。烘焙、装修、读书、缝纫、园艺、打游戏、看碟……甚至有人迷信上了各种另类邪说，比如有人开始痴迷于"地球平坦理论"，据调查，1/6 的美国人认为地球是平的，这其中包括 1/3 的年龄在 18—24 岁之间的青少年。讽刺的是，诺贝尔奖获得者有 1/3 是美国人。

每个人根据各自的喜好对采购场所也了然于胸。有那热衷于手工缝纫的，动不动就去一趟 Michael's 或者 Joanna，各种布匹针线之全，让我以为回到了半个世纪前中国的供销合作社。我那精心抚育一对可爱男孩的女邻居善于食材的采买，哪个店的牛奶最新鲜，哪个店的鸡蛋真正来自散养鸡场，周几Trade Joe's上新货，她一清二楚。对我这神经大条之人，缝纫店估计一辈子去不过三回，至今只跟着米基去过一次，她要买一尺做窗纱的松紧带。食品采买更是兴之所至碰上什么买什么，没有任何计划。然后兴趣像一头小兽，在它那灵敏的鼻子驱使下，在那个南加州的宁静山谷里，我逐渐惊喜地寻到了淘植物的乐园，大小不一，特色不同，统统被称作nursery（苗圃）。瘟疫像看不见的浓雾封锁了大地，即使没有僵尸，一场植物大战瘟疫的战争也上演得精彩纷呈。

　　墨西哥老人胡安在旧货市场的地摊儿是我发现的最早的植物新大陆。他每周日都会开车从五十英里外赶来，卸下那辆红色旧皮卡上所有的花草，正好摆满那也不过二十平米的地盘儿，除了草花儿多肉，他还卖小棵果树，苹果、桃子、柠檬、无花果……没有规律，也不成规模，总是随机地有什么卖什么。他的植物不看品种，只看大小，确切说是那黑色塑料桶和盆的大小，大的十块，小的三块一盆五块钱两盆，再小的一块钱一盆。果树用的桶最大，一般要30块钱一棵。七十岁左右的他矮胖粗壮，布衣仔裤沾满泥土汗渍，夏天戴个极大的墨西哥旧草帽，完全一个朴实的农夫。他一句英语不会，可似乎并无大碍，洛杉矶反正是西班牙语者的天下，坐在一张旧马扎上的胡安总爽快地跟人用西班牙语聊得热闹。生意不忙了，他就去墨西哥小贩那儿买个夹着肉和菜的玉米饼，一边香甜地大口吞吃着一边把那巴掌大的收音机拧到最大音量，任欢快得有吵闹之嫌的墨西哥歌曲在植物的叶子间飘荡。即使有些花儿开得艳丽，却闻不到花香，因为那几塑料袋敞开口儿的马粪正散发着更浓烈的酸腐气。知道我听不懂墨西哥话，看到我这老主顾他总是堆起笑，有些沉重地踏着大步走上前，伸出胳膊用那粗糙的大手握着我的，笑着说上一两句开玩笑的话，惹得正经过的路人大笑。看我一脸不解其意，他似乎更开心了，笑得脸上的褶子更深了。他那被太阳晒黑了的脸膛和敦实的体型，总让我莫名地想到老了发福的马拉多纳。我几乎从不空手离开他的摊位，或多或少会买上一些。让周围只卖小孩子玩具和牛肉干的小贩对他羡慕不已，有时甚至还冲我打趣，"嘿，你家的院子还没种满吗？"

我刚从加拿大搬来的朋友 Kimberly 听我曾到胡安的小苗圃采购，正搬新家的她便也兴致极高地约我再次上门。与第一次一样，胡安高兴得像迎接稀少的客人，不仅给了更低的价格，还端出用柳条篮子栽种着的多肉拼盘给我们当礼物。

旧货市场卖花草的不多，除了胡安，还有一对老夫妻大卫和帕特也成了我的好朋友，虽然我极少买这对老人的东西，因为他们只卖一类植物：带刺儿的仙人掌仙人球，大的如篮球，小的似鸡蛋，有单个儿的，更多的是球上叠球，都带着让人倒抽一口冷气的芒刺儿。他们都是白人，老得似乎可以当任何人的爷爷奶奶，都有着银色的头发和温和的笑容。他们的地盘儿也不大，可每次还都不摆满。可能和他们的车的承载量有关。不同于其他小贩们多用皮卡或 SUV 载货，他们开一辆雪佛兰老爷轿车，扁平的后备厢容量太有限，就算后座也被占用，仍容不下太多扎人的球球蛋蛋们。每次看到他们，两人都是永远不变的各就各位，像演员恪守自己在舞台上的位置决不容出错：

大卫缩肩耷脑窝在一张单人折叠椅上，背后就是那辆和他一样老的车。如果是夏天，从那打开的后备厢里，还斜撑出一把伞，准确地罩在大卫缩着的身子上方。仿佛他身处的不是人来人往的露天旧货市场而是棕榈沙滩。有时他会仰脸看看那伞，故意很认真地跟我说："你知道，我是怕下雨。"那无辜的表情引得我们都笑了，谁都知道南加州干热的夏天盼雨还盼不来，他这正话反说，幽默得可爱。帕特其实是帕特蕾莎的昵称，瘦瘦的她总是直直站在那个折叠窄桌子的后面，有时双手在背后交叉着，像个监考小学生的老师。那桌上整齐得像书本一样摆放着的小盆仙人掌仙人球，没什么新鲜，都是地上那些大盆的迷你版。我尤其喜欢在阳光下看她：一头蓬松披散着的长发雪白，与脸上那些皱纹和善良的微笑一起呼应出老年人才拥有的美。

我们的相识从聊中国开始，当然先是中国的美食。"我年轻时在旧金山开公司，认识码头上一家中国餐馆的老板，我是那儿的常客。那鱼做得太鲜美了！据说厨师是从香港来的。后来我搬到了这儿来，再没找到一家真正像样的中餐馆。你要是发现了一定告诉我。"大卫爱聊天，但老得没有底气大声说话了，那轻如空气的声音让我必须离近了俯下脖子才听得清。他们二位都是极为爱国的共和党人，除了在每一个花盆里都插上一面小国旗，在特殊的日子，比如国庆日还给过往行人免费发放。美国总统大选临近之际，两位老人的银发上都戴上了那写着"MAKE AMERICA GREAT AGAIN"（特朗普的口号"让美国再次伟大"）的红色棒球帽。离大选投票截止日一个月前，他们甚至还做了红色条幅，把那行大字印上去，挂在了那老爷车上，很是惹人注目。有同一派的支持特朗普的人则笑着走上前跟大卫握手互相打气，有的还立在他身边一聊就是半天；不同立场的人则假装没看见，快步走过去。

在刚认识他们二位不久，大卫请教杰伊关于电脑的一些操作问题，因为他那老式手机无法登录网站页面，我和杰伊约好过几天开车去他们十五英里外叫太阳谷的小镇看看。那是一个允许农业种植的居民区，半像城市半像农场，一坡坡整齐种植的不是庄稼而是花卉苗木。按导航很容易找到他们已经住了半个世纪的家，老旧的房子很小，那将近一英亩的院子像一个小型植物园，三面墙更应该叫做土坡，高低不齐，让我想起中国北方小镇毁损的旧城墙，但并不丑陋，因为和院子里一样，坡上都长满了极为耐旱的植物们，且品种比他们带去旧货市场售卖的要多得多。"你们为什么不多带些品种去旧货市场卖？"我忍不住好奇。"我们去那儿其实是去看人。同时也发发名片，让人家知道我们的网站，不指望着零售卖钱呢。你知道，每周去那儿摊位费就三十五块，来回加上油钱，我们赚不了什么钱的。"

那么多大大小小的盆栽植物，如大卫所说，多是被上门来的公司批发买走。那便是他们二人的主要经济收入，显然并不充裕到令他们生活舒适的地步。他们没邀请我们进屋，只是站在院子里那株老树下聊。我只在屋门口打量了一下那低矮的小平房一眼，即使是阳光灿烂的午后似乎那里面显得有些暗无天日。他们应该是把物质生活压缩到最低成本的吧？植物们都等旱得快要死去了一般，他们才肯痛快地浇一次水，说那样它们反而皮实，不爱死。帕特教我用最便宜的猫砂替代花土，说那样吸水性好,还省水。我问她为什么不喜欢养多肉,她毫不犹豫地脱口而出:"因为它们长得太快了!"我们俩不约而同地开怀大笑起来,就像两个调皮的女孩在八卦地说起某个小伙伴的坏话。她告诉我她年轻时曾在美国航天器材部门工作,许多材料都是涉密的,因而对员工的束缚也很多,她天性散漫喜爱自由主动放弃高薪打包走人了。当过饭馆招待、滑雪场教练,最后阴差阳错遇到大卫,二人搬到了加州一起经营这植物生意糊口。大卫在院子里也总是坐着,笑眯眯地看着那叫香肠的卷毛小狗清脆地叫着跑前跑后。老房子老夫妇,旧生活旧时光,一切都像定格在上辈子,可因为那湛蓝的带着神性的天,那沐浴严寒酷暑仍挺立在那儿的哨兵一样的植物丛林,你又不得不怀疑岁月静好也许正意味着这样的光景。

  他们看似清贫简单的生活却并不需要任何同情。身体的老迈并非来自一夜之间的变化,他们已经习得了如何应对。实在应付不了的,如大卫曾半夜心脏绞痛,拨打求救电话911至少还是帕特能做的,而有着老年人保险的他们也不必太担心医疗费用。"将来如果我们去度假,也许你们俩可以帮我们给植物浇浇水。"二位都甘之如饴的乐趣是隔一阵就开上那老爷车去趟海边,没有自动喷灌的园子需要人力来浇水。说是去度假,也不过是开三四个小时到人迹罕至的荒凉海滩,与几个老朋友一起搭上帐篷钓海鱼。下一次什么时候去?我急切地想知道是否可以同行。"等冰柜里的鱼吃完了就上路。哈哈。"大卫笑着咧开牙齿稀疏的嘴。

  那次造访离开时,我们的后备厢装满了他们馈赠的礼物,一大口袋苦橘,那是帕特从房后的树上现摘的,并教给我如何做 Paddington 电影里那小熊爱吃的 marmalade(橘子酱),还有几盆大大小小的植物。我几次要付她钱,她摆手笑着拒绝,那笑容真诚如纯洁少女。

从此,对我来说这对老夫妇不再只是可有可无的商贩,而是我每次去旧货市都期望看到的面孔。如果某个周末没有看到银发飘拂的帕特和歪倚在折叠椅上的大卫,我会感到不安和焦虑,会担心是否有什么不测发生了。"天气太热了,怕中暑。""大卫感觉没劲儿,不想动弹。""我们去了另一个多肉展销会。"后来我们就偶尔发个信息通气儿,我那颗悬着的心才有了着落。

2

史蒂夫离得远,他只跟我逛过一次旧货市场。见到胡安的小摊位,他只是用那犹太人精明的目光略微打量了一下,用西班牙语跟胡安大声聒气地道了声问候,迈着那有些不稳的步伐奔向旁边一个旧书摊。他家的植物王国已经至臻至美,一般的花木已经没有了跻身其中的机会。

"来一下,我需要你这跳蚤市场的女王帮我砍价儿。"从旧书堆上抬起头,他冲我嚷着,并笑着递给我一本 1920 年出版的关于美国土著部落分布与特征的旧书。还没等我张口,那书的主人,一个农夫模样的黑瘦中年人伸出三个指头说,3 块!"这么便宜?!"史蒂夫瞪大眼睛,笑着说不用我帮忙了。他递给那人一张 5 元的纸币,"keep the change。"(不用找零了。)那人捏着那张纸币,感激地道谢。在旧货市场,几乎鲜有人给额外的小费。

我也特意带他去了大卫和帕特的摊位,当然事先我跟史蒂夫透露了好多关于他们俩的细节,包括他们那虔诚的共和党人的一面。他们也只是互相问候了一声。大卫缩在椅子上,打量史蒂夫的目光温和无害,还递给他一面迷你小国旗。帕特仍是立在那窄长的折叠桌子后面,微笑点头。"他们确实可以代表大多数共和党老百姓,对社会愿望良好,为人心地不坏,但视野有限,还容易轻信极端的言论,在这全球化的时代,他们仍停留在过去的生活水平,因为他们还在用传统的目光衡量和判断这个世界。"史蒂夫评论道。

瘟疫暴发之前,从不肯宅在家里的史蒂夫除了跟我与约翰等人去远足,对四处探访植物种植园也乐此不疲。他在网上发现一个只栽培售卖加州原生植物的苗圃,不大,但几乎所有植物都与加州这片土地一样,亘古以来就长于斯盛于斯。"他们这样做其实是在保护洛杉矶的野外植被。我们去爬山时,遇到独特的植物你总想挖一株带回家养,其实你并非唯一想这么做的人。为了减少自然生态破坏,这个已经有百年历史的苗圃主人就开始着手保护和培育这些和印第安人文明一样古老的植物们。"让我惊艳且着迷的一种叫鸡蛋花,叶子有点像芍药,但那高及人腰部的半木质茎上顶着的花却美得独特:白如雪的花瓣平摊开来,圆而润,像芭蕾舞剧中小天鹅的裙子,正中心簇拥着一个金黄色的板栗大小的胚珠,完全是一个摊开了的美式

sunny side up（太阳面朝上）煎鸡蛋。我兴奋地买了两株回去，即便是皮实的本土植物，因为移栽后没来得及扎根就遭遇连日沙漠干旱热浪，悲哀毙命。

　　随着我们出行次数渐多，我不大的院落也越发有模有样，有放学的小姑娘经过，羞怯地问我是否可以拍照。加里这样熟识的邻居也不时打趣说我应该卖门票供邻居参观。但几乎没有人问起我这些植物的来处与种植它们的故事。我仍然固执地把它们记录下来，写在日记里，像是自言自语，又像是给未来说不定某个有缘人听。我曾在旧货市场花两块钱买到一本纯手工订成的纸册子，泛黄的白纸页上，是用胶带压粘着的干花标本，每一页一种花，右下角是这花的英文与拉丁文名称。手法是简单的，多年之后老旧的效果也并没有什么美感，可我仍是把它买了下来，只为感受当年制作它的人那份单纯的执着与痴迷。我似乎看到他采集到一个新品种的喜悦，看到他笨拙劳作的双手。

　　有些苗圃的造访纯属偶然。一个秋天的早晨，我们急驶在126高速公路上，目的是前往光顾了不止一次的果园买些新摘的橙子。再次看到路边那写着"北朝鲜战争老兵纪念公路"的牌子，我不禁笑着说："我们中国有抗美援朝的老英雄，你们美国也有这样的纪念公路。他们这在战场上为敌的老兵的后人如果相遇，甚至再八卦一点，双方的孙子辈儿偶然相遇相恋了，那场七十年前发生的惨烈战争会如何影响他们的关系呢？"史蒂夫边开车边说"这是一个有意思的设想"。突然公路左侧掠过一片雕塑一般高大的仙人掌和仙人棒，个个都如巨人矗立在

植物大战新冠 | 235

天地间，扭头看时车已经开出去老远，找到掉头标志再开回来，直接开离主路进到一条窄得只可容一辆车驶入的土路，一个铁丝网大门半开着，里面原来是一个多肉园。把车停在门外，我们走进去，除了看到一对上了年纪的白人夫妇正往车里装着几株植物，再没看到其他任何人。这个全是多肉、仙人掌类植物的园子让我想到大卫和帕特的院子，只不过要大上至少十倍。除了露天的各种野蛮生长的巨型植物，中间一个搭起的棚子里也有许多小盆多肉，种类之多，让我目不暇接移步困难。一向面对植物有选择障碍的我不想让对带刺植物不太感冒的史蒂夫久等，挑好了几盆放上一个三轮推车，准备找主人结账，可是我的脚步又被大树下柴火一样成堆的仙人掌和仙人柱绊住了：全是一米左右长、手臂一般粗的碧绿"肉段儿"，没有根也没有头尾，只是像被锯断开的木头一样，层层码放在那由旧砖垒起的"炕上"。我知道多肉是可以用来扦插的，自己也曾试验着砍下玉树因多水而黑腐的根，再次插进地里就能生根复活，甚至非多肉如天竺葵，因徒长而过高过密现蕾少，我粗暴简单地撅断了就地插进湿润的泥土里，根本没再多看一眼，没几天它们就又苗壮成长为一小片新苗。可这比胳膊还粗壮的带着根根铁针芒刺的仙人棒，能扦插活吗？我犹豫着立在那儿，留意到每一段都在一端的底部蘸了白粉，我知道那是号称植物激素的促根剂。待我看到一个不起眼的纸牌子上标的价格，我不犹豫了：5美元。这么粗壮的一棵在任何一个植物园都不会低于30块钱。邻居们不都说我有Green thumb（绿拇指，意为有园艺技能）吗，我倒要试试。于是捡最健壮碧绿的一根放上了车。

"你是要结账吗？跟我来。"正小心翼翼地推着车四处找收银处，一个年轻女子也不知从哪儿冒出来，大声跟我们打招呼，语调干脆利索。"等一下，我看看。"她打量着我那一车货物突然示意我停下，随即把其中一盆麒麟拿起来仔细打量着，还用指甲划蹭着虬劲的主干上面的那层白膜。"这一盆我建议你不要买，或者换一株。那白膜证明它感染了一种病菌，养不了多久就会死去。"头一次，听到卖花人给出那么真诚中肯的建议，我不由得认真看了看眼前这位高大健壮的年轻女子，她浓眉大眼高鼻梁，典型的墨西哥女孩，如果肤色再白一些，那充满活力的身姿特别像文艺复兴时期油画里的挤奶女工。

我依言换了一盆，并跟她攀谈了起来，知道她叫埃丽卡，这个园子是她父亲的，还说十几年前她还是个小孩子的时候，曾随父亲去我如今每周都光顾的旧货市场摆摊卖植物。听说我那么喜欢植物，尤其，居然知道植物激素，她立即开心起来，话也多了，迫不及待地说起这带刺的多肉是多么招人爱又招人怕："它们经常伤到我，多数是出于意外，有一回一位顾客碰倒了一盆特别高的仙人掌，正好倒向在一边儿闭眼诵经的我，虽然我穿着牛仔裤，可那重重的一击让我立即鲜血直流……"

史蒂夫显然也很欣赏眼前这位真诚而专业的埃丽卡，问她是否独自呆在这紧邻高速公路访客稀疏的地方会无聊，前不着村后不着店，吃饭会否成问题，并主动把一袋 trail mix（混合坚果，一般郊游时携带）送给她以防饿肚子。

离开时她递给我一张名片，说下次来之前可以先联系她，植物有什么问题也可以打电话问她。

我把购得的六株有根无根宝贝都移栽进后院，希望等它们习惯这小小的环境后，再去买一些。很快，瘟疫席卷了美国，一切似乎都被摁了暂停键，包括四处探求植物的活动也取消了。

直到几个月后，洛杉矶稍微放松了居家令，允许有室外空间的餐馆露天接客，非必需物资购物场所如服装店、电子用品商店如BestBuy允许店外路边提货，一些海滨停车场也陆续开放，我打算再去拜访埃丽卡的苗圃。因为我向来马虎，早不知道把那名片放哪儿，便决定直奔了去再说。

"也许这瘟疫搞得她那本来就不特别景气的生意关张了。"当我们快下高速时，史蒂夫突然冒出一句。

我立即给予否定。"自从瘟疫以来，你没看到卖花木植物的生意有多好吗？人们无所事事，被憋在家不是成了厨师就是干起了园丁的活儿。"

但是，当我们终于驱车接近那扇用鸡笼铁丝做的大门时，我呆住了：那野蛮的一片绿意不见了！取而代之的是一片荒芜的土地，没有留下任何生命迹象。如果不是史蒂夫同行为证，我真的怀疑上次的一切都只是《聊斋》里的梦境。

我们下了车，想再确认一遍。但看到的只是死寂。

不甘心的我建议去旁边那个名为Moon Valley（月亮谷）的苗圃去打听一下究竟。在那里我们买过粉红色的九重葛、水彩画一般的蓝雪花、馥郁得让我想念香片的亚洲茉莉。相比较于埃丽卡父女的无名小园子，月亮谷可谓配得上它的名字，二千多英亩的种植基地一望无际，所有你能叫得上名字来的树种无一不有，售卖区并不大，价格也不便宜，像在财大气粗地昭示一条生意场上的真理：店大欺客。人家主要是面对批发商，对零星前来购植物的散客是愿者上钩的爱搭不理。也正是从一脸精明老练的年轻店员嘴里，我知道那老板是个长年住在拉斯维加斯赌场的超级富豪。那小伙让我这一向对西方人脸盲的人过目不忘，因为他蓄着一部浓黑且长及脖子的好看的大胡子。

我和史蒂夫又各自挑了一盆沙漠玫瑰，放进车后备厢，穿过停车场，停在当办公室兼收银处的小屋外。是因为上次购物时留下了个人信息吗？那大胡子小伙儿根本懒得走出去确认核实一下货物，听我们说是什么就直接按那数目让我们刷卡付款。看他心情似乎不错，我不抱多大希望地问了句："你知道旁边的那个小苗圃吗？怎么消失了？"

这家伙边利索地结账边淡然说："关门大吉了。不过他们在洛杉矶还有一个店，把所有的植物都搬到了那里。为什么关门？因为那女人不会和人相处，听说很多顾客抱怨她……"

"怎么会这样？你是说埃丽卡？她非常友善开朗，我很喜欢她。"我几乎是大声喊道。

"哈，这是我第一次听到有人这么说。埃丽卡是我见过的最难相处的人。不管怎样，她对我倒还好。但她确实是他们搬走的原因。"他说着抬起头，对我的惊讶感到惊讶。

他模棱两可的回答让我并不满意。我走出来，无语，胸腔里像憋着一口气。我知道那是替我那一面之缘的朋友憋着的委屈。

知道那里离胡安的乡村苗圃不远，我决定去他那里看看。自从瘟疫暴发以来，旧货市场先是关闭了两个月，后来考虑到

植物大战新冠 | **239**

露天生意较为安全,又允许恢复了,可胡安一直没有露面。我直觉他感染了病毒,毕竟拉丁裔是最大的感染人群。可听他相邻摊位的墨西哥女人说他只是换了个离家近的地方卖货,一来节省油钱,二来那个类似农夫市场的地方不收摊位费。

车在乡村公路上行驶半小时后,我们拐进那条土路,不远就望见了胡安矮土墙围起来的小种植园,路的另一侧是一排马厩,除了马,里面还有骡、驴、羊,都安静地立在栏后,有的打量着我们这陌生人,有三匹马什么也看不见,因为它们眼睛被一块布罩着,据说是为了防蚊蝇叮咬。

史蒂夫大步走着,动作有些滑稽,那条神经受损的左腿明显地拖拉着不跟劲,像患小儿麻痹留下后遗症的人。我猜,在他眼里,这一切似乎更有穿越感,几小时前,他还坐在气派威仪的别墅花园泡温泉喝咖啡,现在却身处于这尘土飞扬的草房马厩,呼吸着马粪的酸腐。

胡安看到我们有些吃惊,树荫下,他正坐在一个小木凳子上往一摞黑塑料花盆里填土,粗糙的大手与那土完全一个颜色,那小蚊帐一般的旧棉布背心也全是汗渍与污迹。他似乎比几个月前小了一圈儿,黑亮的脸上和脖子上堆砌着的皱褶更明显了。他起身跟我们打招呼,似乎突然想起来我听不懂他的西班牙语,张开的嘴没发出声音,只伸出机器人一样有力的胳膊握住了我的手。

打量那小小的园子,我发现除了一些新栽的多肉和草花儿,还真没什么吸引人的植物了。史蒂夫兀自沿小小的田畦转悠着,低着头像寻宝,可最终和我一样,失望地一无所获。

一辆白色的皮卡轰隆的马达声打破了乡野的静谧。司机显然也注意到了我们这罕见的访客,边减速边伸出头来打量着我们。

"科科!"胡安大声喊道,沉默了半天的他像有了救星一般朝那车挥着手。

那人随即停车跳下来,走近前跟我们打招呼。果然是科科,一年没见,这个中年汉子似乎憔悴了许多,走路时一条腿也有些僵直。那次我和邻居蒂纳第一次拜访胡安,正是这位会讲英语的墨西哥汉子热情地充当翻译,看我们大盆小盆地装满了一车胡安的植物,同样也在隔壁园子卖植物为生的科科一点也不嫉妒,反而像给自己干活儿一样,毫不惜力气,只要看到我们显露一点点兴趣,就上前把那盆植物在地上挪挪窝,摆弄一下叶子枝干,像卖猪仔的小贩热情兜售自家的猪仔。感觉于心不忍,我主动要求去他的园子看看。虽然车内已经没了空间,我们还是挑选了许多龙舌兰和黑法师,把地址给了科科,等他几天后去我们那一带买日用品时送过去。他的太太是一个瘦小的墨西哥女子,短发,小脸,像个营养不良的儿童。但一开口说话,却很大气懂事。几天后他们开着那突突响的皮卡到我们小区,把一盆盆花搬到廊下,并没有马上离开,而是俯身仔细看了一遍我前院的花花草草。"你这么耐心的人,花草跟了也享福。以后你要去我们苗圃就提前打个电话,我们也可以给胡安传话,需要什么你就说一声。"于是我有了科科的太太安娜的电话。有一段我痴迷于竹子,便发信息给安娜问科科的苗圃是否有卖,却一直没有收到她的回复。

"你的腿怎么了?"我忍不住问慢慢往前挪着步的科科。他一脸病态与潦倒，再也不像以前那个风风火火壮得像牛的汉子。他比我年轻许多，看上去却像60岁。

"血的糖分高……他们把我的脚截掉了……"可能不会说糖尿病那个英文单词，他望着我试图解释清楚，那目光没了欢快的野性，只有隐忍的无奈与悲哀。

"你妻子安娜怎么样？几周前我给她发了短信，但不确定她是否换了电话号码，因为我没有收到回复。"我心里一紧，不知如何安慰这不幸的人，只好问候他的太太。

"我听她念叨你的信息了，我们没有竹子。可能忘了回复你。你知道，她去爱荷华州看望妹妹一家，结果包括她在内的十一口人都感染了病毒，连小孩子都没有幸免。万幸的是，她年轻，没有发展到严重的地步就痊愈了。于是在妹妹家附近一个农场找活儿干，结果被专门用来轧旧铁丝零件的机器压断了两根手指……我又住院截肢，将近一年没人来这个园子干活儿，这些植物几乎都被旱死了，没人给他们浇水……胡安？他自顾不暇呢，听说他也病了一场。今年是个糟糕的年份。"

我提议去他园子里看看。果然，以前到处都是生机盎然的龙舌兰和仙人掌的园子一片枯萎破败，有两个年轻的墨西哥人拿着管子在正午阳光下浇水。看到我们，有些腼腆地低下头。我怀疑他们看到外人首先会不安，因为许多墨西哥劳力即使在美国多年仍没有合法身份。在极有限的选择里面，我挑了两小棵颜色独特的龙舌兰和一盆没有人知道名字的草花，浅灰色的叶子，开满了白色的像茴香一样的花。由于久旱无水，那植物的根都已经像蜈蚣一样穿越塑料桶深深地扎进了地里。搬那花盆时，需要用力拉扯才能使其脱离地面。

"不用找了。"我告诉他，递给他30美元，示意他把那狐疑地退回来的10美元收回去。

"谢谢你，丽莎。"他有点惊讶，继而是感激，尽管他一直错误地叫我丽莎。

开车离开时，我们跟胡安致歉，什么也没有买他的，毕竟令他失望了。

"我注意到胡安的手比我的大一半，坚硬厚实，像两把小铁锹。让我想起亚马逊部落那些脚板又宽又硬结满茧子的土著人。无论什么年代，无论在哪儿，在地里谋生的人总是那么不容易。"史蒂夫一边开车一边摇头叹息。

返回的高速上，Lake Piru（皮鲁湖）的路标牌似乎比以前更醒目了，我们不约而同都想到不久前那溺水身亡的女明星事件。皮鲁湖其实是一个人工湖，环山而建，是这干旱的山谷里难得一见的大片水域。到了夏天，酷热难当，许多人就前往游泳消暑。七月的一天，33岁的电视新星Naya Rivera带着4岁的儿子去湖边游泳，数小时后，船租时间已过，工作人员出于好奇，驾船去广阔的湖面寻找，才发现只有孤零零的小男孩坐在船上睡着了，脸上还有泪痕。说他母亲跳下水后游了一会儿，把他托回了船上，自己却再也没有上来。他坐在船里无论怎么叫喊，母亲都没有出现。数天后，潜水员通过声呐搜索，才终于在湖北部一个极深极窄的湖底发现了Naya的尸体。

"她是土生土长的洛杉矶女孩，当年就读的高中离你家很近，我每次开车去跟你会合都经过那学校。Life is so vulnerable

（生命是如此脆弱）。"史蒂夫再次叹息着摇头。

　　回到家，看到后院墙根下那几株从埃丽卡那儿买回来的植物，都坦然悠然地在阳光下静立着，有的还长出了新芽，像迁徙的鸟儿渐渐习惯了新的气候，我心里是欣慰并感激的。闭上眼睛立在那儿，有邻居家的风铃叮当作响，我仿佛又看到了埃丽卡那挤奶女工一样健康红润的笑脸。

3

　　据说新冠病毒不耐高温，可九月份连续半个月都超过 100 华氏度的洛杉矶疫情并没放缓。并且那位长相与风度都很优雅、丝巾披肩从不离身的病毒专家 Birx 的预测成真，美国因 COVID-19 而丧生的人数超过了 20 万！谁敢相信，就在五个月前，那个数字还不足 3000。美国老百姓散步时津津乐道的一个自嘲的段子是："听着，我们的感染人数比世界上任何国家都多。为什么呢？因为我们做了太多的测试呀。"这源自特朗普在参观宾夕法尼亚州一家医疗用品分销商后的言论："当你测试的时候，你发现一个感染者。当你测试的时候，你发现会有问题。如果我们不做任何测试，我们的病例就会很少……"他讲这话时，仅占全球人口 4% 的美国，新冠病例已经占全球总感染人数的 32%，占全球新冠死亡人数的 28%。"照此逻辑，问问任何一位肿瘤学家，他们都应该告诉你战胜癌症的秘诀就是永远不要做筛查。"这幽默是如此的无奈，尤其是，那掩耳盗铃者是他们的总统。

"这讨厌的病毒，这该死的热浪！我只希望我能活到领退休金的那一天。"那个黄昏暑气仍逼人，我去公园散步，遇到正在遛狗的米基，她一脸忧虑地望着我，那无奈的抱怨让我哭笑不得。我想跟她聊聊那个笑话，但想到她也是特朗普的忠粉，便住了口。米基一年前做了个吓人的大手术：把胃切掉了80%，倒不是因为她有胃病，说是要减肥。"我认识的一些朋友就做了这个手术，缩胃。胃小了就吃得少，当然就会瘦下来。"听着她一脸轻松地聊起这在我看来不可思议的捷径，我担忧地说为什么不试着锻炼呢？"哦不行，锻炼多累人哪，再说我也没那体力和时间。我需要减掉80磅才更健康。我知道这是个手术，不是做指甲染头发那么简单，可这个险还是值得冒，毕竟我才六十多岁，还没老到放弃一切风险的时候。"听加里说刚做完手术那几天，米基成宿地坐着，后背和刀口的疼痛都让她夜不成眠。某天她散步时告诉我说已经瘦了六十多磅，但还会继续瘦下去，毕竟吃了东西没有胃进行消化就进入了肠道。她唯一不满意的后果是头发脱得厉害，本就不密的头发更加稀疏。有一次邻居家搞派对，她甚至戴了顶假发去。可在我眼里，她的外形似乎变化并不明显，仍是骨架高大硬朗，遛狗时总穿着灰蓝色运动短裤和敞着拉链的夹克，短而卷的银发，见多识广的审视目光，立在那儿的她更像个体育教练，而非法务公司坐办公室的员工。知道我喜欢植物，米基有时让我帮她捎带点回来，都有名有姓，比如长春藤。我帮她从旧货市场买到两盆，看她吊着挂在前廊下，似乎一个月也不见得浇上一次水，又是西晒，很快就干枯而死。后来她再让我买，我以没找到理由而拒绝再戕害无辜。然而有一种花倒是在她门廊下一直挺立了好几年且花开不败，那是一株一人高的缅栀子。

开始我还真没看上那俗称鸡蛋花的热带植物。阔长的叶子像牛油果叶，花儿为白色带或黄或粉的芯儿，有着香甜轻雅的气味。那五朵花瓣比手心略小，保守而拘谨的圆弧，质感略厚，整朵花像小姑娘戴在头发上的塑料装饰花儿。一向不喜欢规矩的我没有迷上它，就因为它太规矩了。

洛杉矶的主妇们却似乎都爱极了这有着异域风情的植物。散步时对邻居家的花园行注目礼，我早注意到许多人家廊下都有这缅栀子的身影，无一例外地栽种在既背风又光照充足的大花盆里，为的是不至于在冬天叶片落尽休眠时冻死。甚至在旧货市场不时有小贩摆在地上或插在瓶子里卖一截截没有生根的plumeria，说是插进土里就可生根。我也曾好奇地试过，结果那本来硬挺的枝条很快皱缩得像风干腊肠，还没来得及扎根就彻底失去水分而死。

可是就像说什么年纪读什么书一样，在这瘟疫大流行期间，我居然爱上了这缅栀子，且中了魔咒一样一发不可收拾。

这一切皆源起于那个感恩节的夏威夷之旅，与沟壑纵横的火山喷发遗迹一起，顶天立地的缅栀子刻在我的大脑沟回里，挥之不去。缅栀子之于夏威夷，就像棕榈树之于洛杉矶和迈阿密。身处浩渺海洋的小岛上，这植物不再是盆栽于廊下的娇媚的主妇宠物，而是谛听着涛声的哨兵，豪放不乏柔情，矗立在家家户户庭前院侧巨伞一般遮阴蔽日。其枝干壮美如铁骑，花儿娟秀似新娘，从容而谦逊，着实令人陡生敬意。

后来我查到这缅栀子是夹竹桃科，最高可达八米，故乡为墨西哥至委内瑞拉中美洲炎热湿润地带。之所以被称为鸡蛋花还真有其原因：其花瓣洁白，花心淡黄，极似蛋白包着蛋黄。如果说土生土长的加州鸡蛋花是煎鸡蛋，这缅栀子就是煮鸡蛋。另有淡红或淡粉花心者，亦不鲜见。

不同于那些钻进礼品店买珍珠和夏威夷咖啡的游客，我开着租来的一辆吉普车满世界找植物园，想买到货真价实的缅栀子。可也许因为街头巷尾随处可见，反倒没有人把它当成特产而售卖。在餐馆跟一位当地妇女打听，她把我支到全国开着连锁店的 Lowe's 和 Home Depot，结果令我大失所望，这两家店的苗圃区所摆放的植物几乎与我在洛杉矶看到的一模一样。看到我失望的样子，一位工作人员告诉我去沃尔玛看看，说她记得那里有专门为游客设立的商品区。兴冲冲赶过去，还真不虚此行，不仅有打成断的缅栀子，还有天堂鸟种子。甚至还有一种短而粗如雪茄的木棍儿——被波利尼西亚人带到夏威夷的 Ti leaf（泰叶）树，很难想象那紫红如丝缎的叶子出自于这干巴巴的褐色"雪茄"。所有的植物无论种子还是树枝都包在塑料膜里。夏威夷虽属于美国，但与美国大陆之间互相禁运农业产品，包括水果种子和任何植物，以免物种混杂发生变异。唯独这打了旅游商品标记的例外。后来在机场挂满椰风海韵夏威夷衫的礼品店，我也看到这些塑料封着的标本一般的植物，价格当然比沃尔玛贵不少。

结果，这夏威夷的缅栀子似乎并不比洛杉矶的皮实，才几周的时间就香消玉殒，根部黑腐而亡。反倒是那有着雪茄般棕皮的 Ti leaf 只被我插进前廊有太阳的檐下，与那株已经攀爬上二楼的风车茉莉为邻。开始它冬眠了一般毫无生命体征，直到半年后的春天，那光秃秃的打了蜡的顶端居然冒出来几片嫩绿的叶子。再几个月后，夏天的阳光魔术一般把绿色变成了紫红色。先人说，有意栽花花不活，无心插柳柳成荫。真理也。

看到我这所谓园艺达人屡次被这鸡蛋（花）砸得沮丧万分，在后院养着一株已经十五岁的缅栀子的史蒂夫有些于心不忍，说他 94 岁的日本老朋友 Chico 是养这植物的高手，最近又送给他一株，如果我愿意，他可以转送给我。那是一棵至少存活了五年的缅栀子，三根粗壮的主干都到我肩头高，立在圆形的红陶盆里，旁逸斜出的枝条上布满碧绿舒展的叶片。生怕慢怠了它委屈了它，我学着邻居的样子把它放在朝南的门廊下，好让它每天至少得到 6 个小时的阳光。

它的出现似乎使整个门廊都散发着不同于以往的光芒。如果说那些奇形怪状的多肉们是小矮人，她就是白雪公主，端庄亲切而不倨傲，愈显美好。每次站在廊下欣赏它，我都不由得要感激那位只闻其名未见其人的日本老太太 Chico，与她为友三十载的史蒂夫那毫不夸张的描述已经让我对她钦佩不已："当年日本偷袭了珍珠港，在美国的日本民众也受了牵连，被集中到荒凉的地方监督劳动。好不容易一切都过去了，她结婚当了母亲，可两任日本裔丈夫都先后离她而去。第三任丈夫是个来自德国的移民，对她体贴备至，可六十多岁就撒手人寰。她独自把与三任丈夫生的五个孩子抚养成人，最多的时候一人打着四份工。如今孙子辈都有十几个的她仍然独居，94 岁了仍风风火火地开着那辆皮卡到处跑,即便最近查出来患了癌症,她也不惊不惧,一如既往的笑容满面,好像一切都不是问题……"

自从瘟疫暴发以来,出门购物不再是说走就走的旅行,我也另辟蹊径发现了一个新的购植物渠道,Letgo(放手)二手物品寄卖,有点像中国的闲鱼网。如果不想邮购,还可以设定物品所在方圆半径,近距离的可以自驾取货。我的初次尝试首战告捷:以100美元卖掉了淘汰的电视机。心存怀疑地拍了照片挂上去,第二天,就有三个人留言想买,49英寸平板智能电视,我标价80美元,其受欢迎程度可见足够物美价廉。但我没敢接受其中一位要求当晚开车到某停车场成交的请求,那头像显示的粗壮汉子看着就瘆人,我可不想成为一桩凶杀案的受害者。一个头像留着大波浪卷发的女子问电视机是否还在。听说我已经在考虑出售给一位已经表示要买的人,她急切地主动加价到100美元,并真诚地请求我说:"我的孩子们真的需要一台大电视机,就卖给我好了。我这就带孩子们去你家取货。"暮色中看到一辆二手福特开过来,三个黑皮肤的小孩子像三只小鸟,从窗玻璃内兴奋地望着我和那台已经放在路边的电视机,俏皮的小鼻子都压扁了。那年轻的母亲连声道谢,小心翼翼地和我一起把电视机抬进后备厢。看着他们开心的笑脸,我从未有过地满足,庆幸自己把东西卖给了对的人。

很快,我发现如果在 Letgo 关键词栏里输入"植物",就会有不下百种植物出现,从吊兰、橡皮树、琴叶榕到各种多肉,多用各种廉价的盆栽。看到太完美又便宜的千万不要高兴以为捡到了宝,有些是塑料假植物,当然商家也会标明。既然是二手网店，多数卖家只不过把自养的植物当旧货处理换俩钱，也有一些是成规模售卖植物为生的商家。林林总总，有图有真相，煞是热闹。

既然是各色苗圃们的常客，一般的植物我是看不入眼的。可是那天正在手指上下划动手机屏幕，眼前不由得一亮——一株缅栀子！

它不是长在花盆里，而是袅袅婷婷一枝独秀地立在谁家院子一隅，顶端的两个分枝和主干一样粗壮，椭圆茂盛的绿叶中正盛开着一串白花，中心是比蛋黄浅的柠黄，像刚出浴的少女，我似乎闻到她们身上那清甜纯洁的芳香。卖家标注：树龄两年，大约1.5米高。再一看价格，也低得让我不敢相信：20美元。这缅栀子因为人缘好，一向价格不菲。即便一段没有根的一尺长枝条，在旧货市场也要卖到10—15美元。像史蒂夫转赠给我的那株，少说也要150美元。

根据那卖家姓名Megan Wang我推测她是一位中国人。试探着用中文留了言给她：这植物真漂亮。你怎么舍得卖掉？很快她回过来，却是用英文：I need to pay my bill. Sorry, my Chinese is not very good。（我需要付账单。抱歉，我的汉语不好。）我说我非常喜欢她的花，想约个日子去上门买回来。她说好啊欢迎。我一下子喜欢上了她——虽然经济状况不好，却并不贪婪。我们甚至聊了一会儿天，谈论每天高于100华氏度的炎热气温。她好心地建议我：铺一块席子睡在门边的地板上，那样在半夜就不会热醒，因为有风会从门缝进来。看着那行字我百感交集。在外人眼中繁华现代的洛杉矶，居然还有人用不起空调，晚上靠睡在地板上抵御暑热。在我印象中，这样的场景只存在于儿时农村的奶奶家，即便没有空调，至少那铺了凉席的土炕并不燠热难当。

在我们见面之前，我浏览了她的出售清单，缅栀子花是其中唯一的植物。其他的都是杂物：旧鞋、椅子、玉雕的佛像和珠子。我心里突然有些难过，为自己的同胞在这异乡显而易见的挣扎。

史蒂夫听说我要开车往返一百多公里去陌生人家里买一株花，稍显意外，旋即理解，说既然我要途经他所在的帕萨蒂纳，他愿意与我同去。"那不是一个富裕的地方，无家可归的人不少，我跟你去至少安全点。"于是约好当天上午我搭城际列车前往 Glendale，他开车接上我再一同上路去 El Mont，Megan 家所在的小城。

我是等气温降至两位数才和 Megan 约定了具体见面时间的。记得那天虽不炎热难当，但烟雾弥漫，著名的洛杉矶山火已经烧了半个多月。我们走在 5 号高速公路上，车流滚滚，与路左侧不远处山顶上那滚动的浓烟和熊熊燃烧的火苗相应，焦糊味无孔不入地钻进车里我们的鼻孔里，如电影场景一般不真实。山腰与山脚下的树木们淡定地苍翠挺立如故，幸存与否全由天定，风往哪个方向吹是老天爷说了算。我记得在疫情暴发前，我们曾多次在山另一侧的山麓徒步。

"Bobcat fire，山猫，这名字真形象，如此凶悍，已经着了一个月了，还不知何时结束。"史蒂夫感慨着摇头，一边扭头看山火，一边抬手喷水清除前挡风玻璃上飞落的灰烬，"你听说了吗？除了加利福尼亚州这重火灾区，美国现在有 12 个州 100 场大型野火，已烧毁了 450 万英亩，其中有 300 万英亩在加州。"看我瞪大眼睛表示痛心，他又试图用一种积极的态度来看待这灾难，说野火是大自然恢复活力的一种方法，有些树种如红杉树，还依靠大火来帮助其种子萌发，但死亡人数又确实让人心痛，"至少 23 人死亡，数百所房屋被毁"。

这处位于洛杉矶国家森林保护区的野火为何命名为山猫？我一直很好奇。"野火往往根据地理名称或地标命名。这一带的山叫 Azusa，而 Bobcat canyon（山猫岩）是其中高处的岩石名，也许得名于山猫出没。要是几百年前你在那儿搭了棚子，没准儿人们就叫那里埃玛岩，这火灾就叫埃玛了。"他打趣道。事实证明，这山猫大火连续燃烧了一百天才被彻底扑灭。

下了高速，狭窄的街道坑洼不平，两边是低矮破旧的平房。无论是商铺、厂房还是民居，都蓬眉搭眼像蒙着一层灰，让我以为回到了上世纪七十年代中国某个边远小镇。不远处是那依旧喷发着烟雾与火苗的山峦，看不到一个行人，让我恍惚以为面前的小镇下一秒会成为另一个庞贝古城，被维苏威火山彻底埋灭只是一眨眼的事。按导航在一条平坦的老街找到 Megan 提供的门牌号，尽管有心理准备，当我远远看到那间几乎快要倾塌的小平房时仍大吃了一惊，它是那么破旧颓败，像被寄居蟹早就丢弃了的空壳，天长日久自暴自弃。尤其令人难过甚至难堪的是，左右和对面的邻居们即便也是不大的平房院落，却都收拾打理得温馨别致，几乎家家庭前都有一块迷你足球场一般的绿茵，廊外都有一株栽在地里或盆里的缅栀子，株形各异，大小不等，却都修剪侍弄得如虎虎少年，叶片碧绿茁壮，带着或黄或粉芯儿的雪白花瓣正在盛放。再穷苦的人家，有了花儿们的自然点缀，也不显得寒酸，反倒像懂事的孩童天真烂漫的笑，让人立即感受到家的温暖与可贵。那随处可见的缅栀子让我仿佛又回到了夏威夷，只不过背景变成了灰色的天空。

留意到我们的接近，那个瘦瘦的正蹲在门前枯黄的草地上捡拾着什么的年轻女子站起身来，冲我们略带害羞地微笑着。她就是 Megan，正在清理棕榈树下掉落的黄褐色的种子。

"让你们跑一趟，真不好意思啊。"她说的是中文，语气轻柔，带有南方口音。我翻译给史蒂夫听，他似乎并没注意听，立在那儿，四处打量着，好像完全被这破旧的院落和房屋惊呆了一般。我也一边跟 Megan 搭讪一边想理解，究竟是什么原因让一个家穷困到这样的地步，以至于油漆剥落的前廊倾垂下来几乎遮挡住了开裂的玻璃窗，窄窄的一扇门变形得让人怀疑是否还能关上。小小的院子原来应该是有草坪的，可早已枯萎殆尽只剩下贫乏的沙土，檐下墙根长着杂乱的多肉和灌木，有的长在地里，有的种在廉价缺了沿儿的盆里，全都干瘪饥渴，像被困在戈壁滩上的鱼，挣扎着盼望着一场雨。很快，我看到了我此行特意来寻的宝贝：角落里孤零零立着的缅栀子花。它真的很高，一根蜡烛般粗细的主干，顶着两个挂满了叶子的枝杈，花儿们已经萎谢了。我打量它扎根的那个有些细沙土的坑，很浅，似乎用手一拔它就会离地而起，我奇怪它居然在这个浅浅的小窝里两年没有被风刮倒。

看我蹲在那儿打量那花，Megan 快步走过来，递给我一个塑料盆儿，里面还有一棵死去了的枯苗，笑着说我可以把花移栽进去，以免长途路上缺水。

几乎没用她提供的那个小镐头刨，那花儿像急于脱离这个地方一般很配合地连根出土。放进那花盆儿，填土，浇水，搬进车后备厢。按说我该交钱走人了，可我非常想跟她聊会儿天，我已经知道她八岁时随家人从海南岛来到这大洋的另一端，至于家人如今何在以及她如何谋生等问题太过隐私，我没敢打听。而且，我感觉她亦有点回避谈论家庭生活。

我提议看看她的后院，也许能买下几株其他的植物。

"我家又脏又乱。我真的很不好意思把我的院子给你看，尤其是你的朋友……"她立在那儿，笑着，一脸的难为情，不为自己的贫穷，而是担心自己的贫穷影响了客人的心情。我望着清瘦的她，有些恍惚，像看到了我儿时的伙伴：穿着宽松的蓝色运动裤，棉质褪色长袖衬衫，黑色的长发随意地用橡皮筋扎着。她还很年轻，也不过30岁出头，五官很清秀耐看。换了稍微讲究一点的装束，不用化妆，她也会是个有魅力的女子。但事实上，她生活在我难以想象的困顿之中，离得稍近，我甚至能闻到她身上酸腐的汗味，也许我们习以为常的洗澡水对她来说都是奢侈。

看我由衷地称赞着墙角一棵疯长的枣树，她很开心，说今年结的果子小。那淡绿的枣还只有蚕豆大小，也许是缺水少照顾，密密地挂在叶片中间，有些未老先衰的沧桑感。和她一起经过那枣树走到后院，那不大的院子再次让我瞠目：那哪儿是院子，分明是一块农民的土地！一半被红薯藤和叶匐匍占据，那老绿的叶片上无一例外地落着星星点点的白色，来自山火灰的慷慨馈赠。墙角是两株有年头的橘子树，橙黄色的橘子也和枣子一样，果实挂了不少，但都像多胞胎婴儿，营养不足而小得可怜。而且要采摘那橘子并非易事，因为树下堆放着一堆木棍和数不清的破罐子和可乐瓶子，有的里面长着七扭八歪的叫不上名来的植物，有的活着有的死掉了。在露出土的一块极小的缝隙，有一株新栽入土的小苗，她告诉我说那是一株柠檬。"也不知怎么一粒籽发了芽，注意到时它在垃圾桶旁边，刚拱出头，前天我刚把它移栽过来。"说到植物，她似乎忘了担忧，开心地说着，像孩子聊到自己心爱的玩具。

听到我喜欢吃红薯叶，她立刻蹲下开始用手掐要送给我。我注意到史蒂夫站在那里，任凭我们两个中国女人说着他听不懂的语言，环顾四周无语，脸色阴沉。

我们回到前院，向车走去。我回转身递给她一张 20 美元的钞票。她接了微笑着道谢，嘴里又一次客气地道歉让我跑一趟。

车开了。她立在路边，向我们挥手，那柔顺的微笑从未离开过她的脸。

"这花儿多少钱？只有 20 美元？我会给她 40！你看到了她是多么的贫穷，又多么的甜美可爱！"史蒂夫脸色更加凝重起来，对我似乎有些不满。

其实我当时并非没有犹豫过是否要多付她些钱，但又担心会让她以为我在怜悯她。史蒂夫的不满让我更内疚了。"掉头。我回去再给她点钱。"我说。

"你这样做让人感觉不太自然，因为我们已经离开了。下次你可以做得更好,记住,帮助别人也要谨慎,别适得其反。"史蒂夫有足够的经验这么说。他是一个既不放过任何赚钱机会又对穷人慷慨大方的人。家里的清洁工是一对为他工作了二十年的夫妇,除了雷打不动地雇佣他们,慷慨地付小费给他们,还责无旁贷地资助他们的女儿读完了大学。

车朝着刚才来时经过的一个水源保护公园开去,史蒂夫说想去看看这个只听说过的由采石场改建的公园。我们在那巴掌大的公园走了二十分钟就兴味索然了,人工的痕迹很重,且一切都刚开始,新栽的树苗还不及史蒂夫家的树高。唯有几十英亩的水面让人感到一丝凉爽湿润,那是常年采石留下的巨坑填水而成的人工湖。更多的时候,我们立在那儿,目光不由自主被眼前独特的风景锁定:地壳里的岩浆煮沸了一样,腾空的白色烟雾笼罩着整座山。而山顶也被火苗烧裂了,渴得直冒烟,火苗像巨大的舌头贪婪地舔着雾气里的水分。

午时已过,我们都有些饥肠辘辘,我提议请他吃饭,菜馆随便挑。"你知道几乎所有餐馆都闭门谢客了才如此大方吧?"他开着玩笑,说要能吃到点正宗中餐就满足了。

我打电话给一家口碑不错的台湾中餐馆,订了红油水饺和炒饭、烧麦。说好只能在餐厅外取走。然后在马路对面街心公园的橡树下我们席地而坐,虽然不远处就是水泥长凳,都被用明黄的胶带围起来禁用。我们吃得香甜,看着旁边两个戴着口罩的亚裔年轻人在一蹲一起地锻炼腿部肌肉。再不远处,就是那尊著名的慰安妇铜像:韩国人集资建了这座记录历史的雕像,却引起了日本人的不满,曾举行示威游行并控告政府误导,结果以失败告终，这小小的铜像仍稳稳地立在这里，且总有鲜花祭拜。

我留意到无论男女老少何种肤色，人们都戴起了口罩，继手机不离身之后，口罩也似乎变为了我们人体的一部分。尤其在这个以政策严厉著称的 Glendale 市，主街道上每隔几十米就有一个醒目的标识：不戴口罩罚款，第一次违规罚 200 美元，第二次 300 美元，第三次 400 美元。

当时的美国，已经有 20 万人失去了生命，"相当于美国在越战中死亡人数的三倍，或盐湖城的全部人口"，《时代》周刊更是不容置疑定义为这是"美国的失败"。作为超级科技强国，被一个小小病毒搞得如此狼狈，是谁搞砸了这一切？

奥巴马毫不掩饰自己的观点。在为中学生进行的一场演讲中，他表情肃穆地说："做你认为正确的事，做感觉好的事，方便的事，容易的事——小孩子就是这么想的。不幸的是，许多所谓的成年人，包括一些拥有花哨头衔和重要职位的人，仍然这样想——这就是为什么事情搞砸了。"

2009 年春天，刚成为美国第一夫人的米歇尔·奥巴马就在南草坪撒籽松土，开垦了白宫厨房菜园，不仅为总统一家人和来访亲友种植菜蔬，还邀请当地小学生参与劳动，倡议全国百姓都关注健康的生活方式。八年以后白宫易主，那块没有政敌的菜园却留了下来。

我相信，躬身为一棵卷心菜除虫，为一株西红柿搭架的那一刻，米歇尔心里一定比为老公站台拉选票快乐踏实。

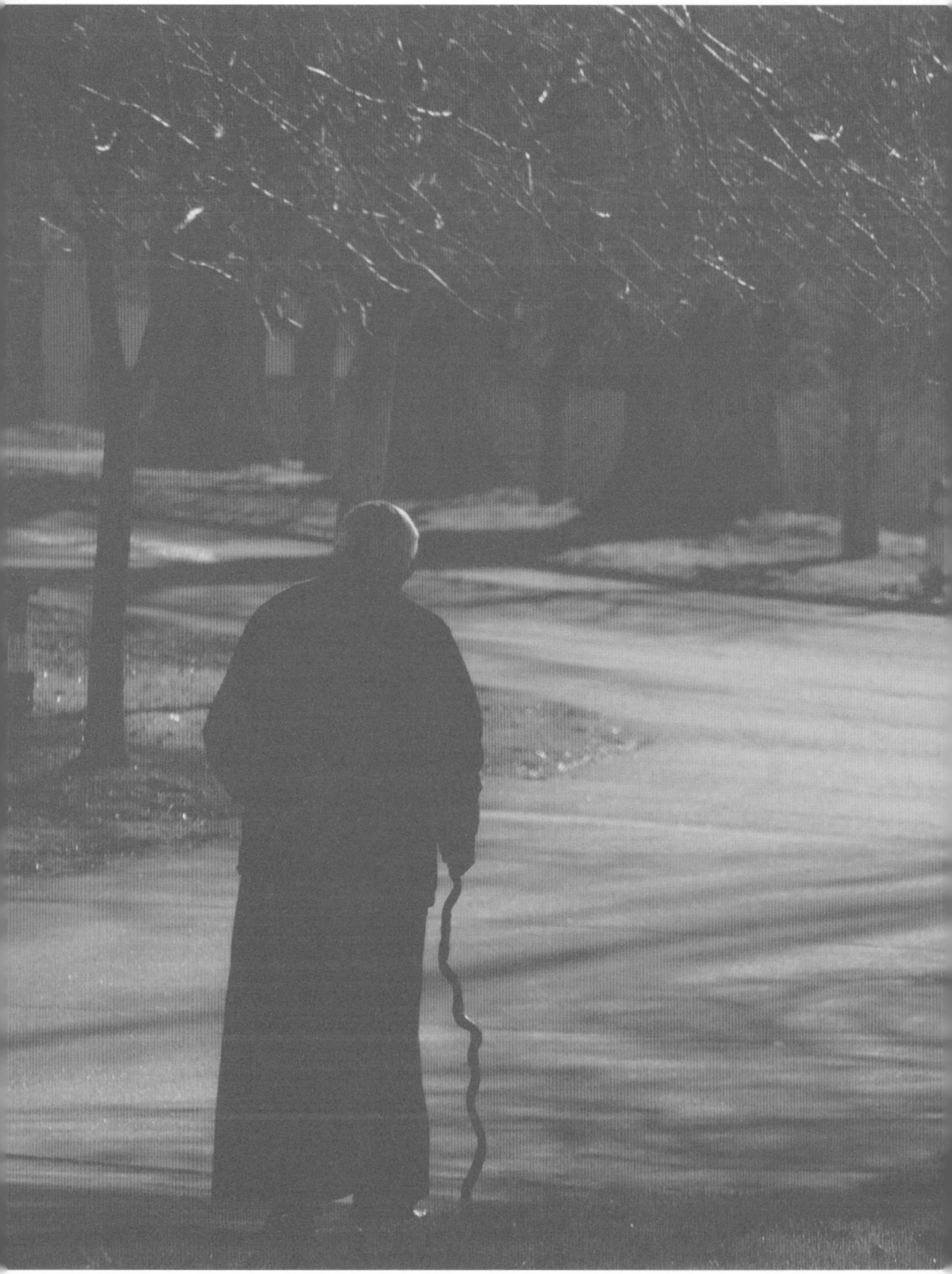

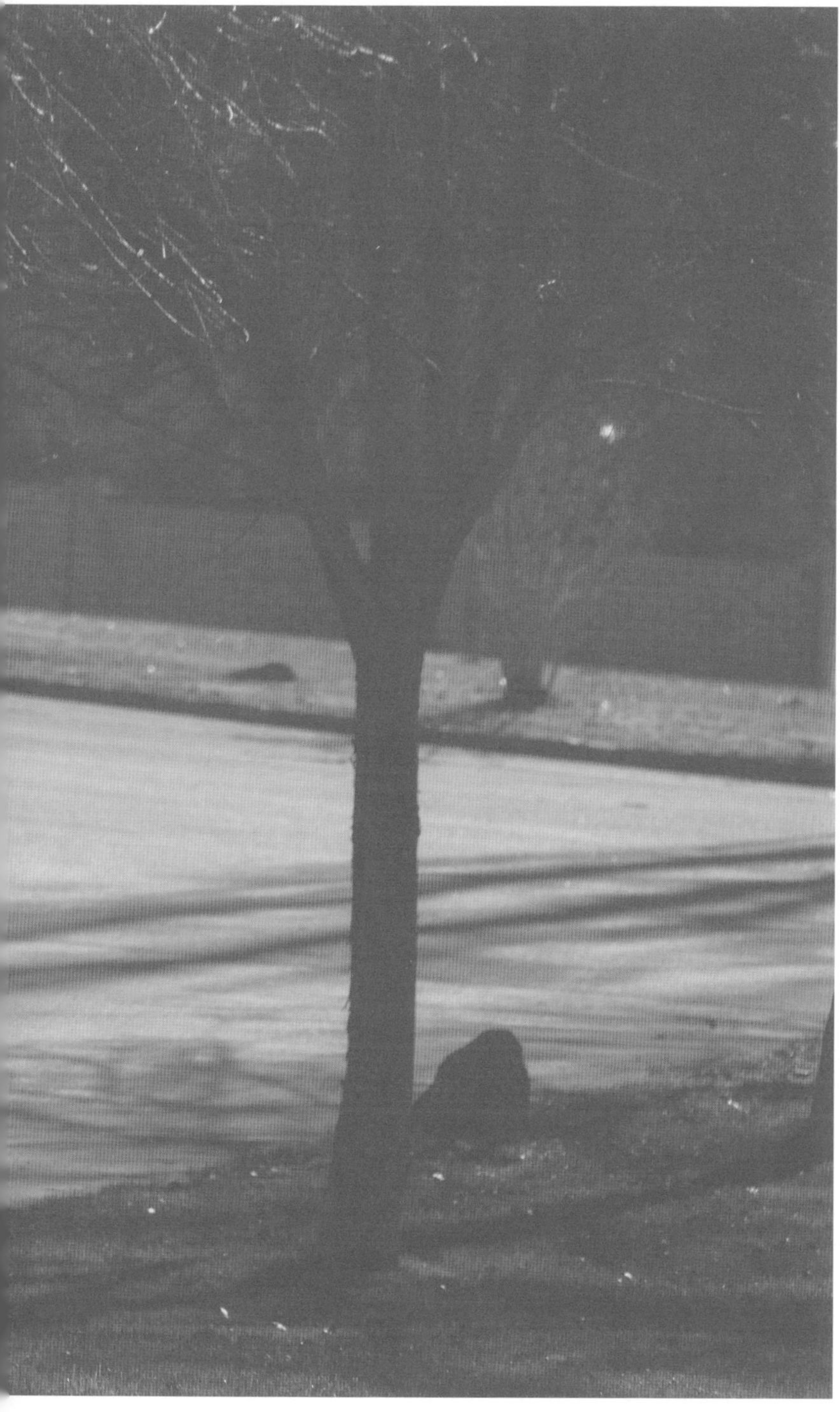

独自去天堂打高尔夫的迈克

1

其实并非生平第一次独自迎来新年,可不知为何,2021年的元旦,一人在北京的我似乎怅然若失,甚至没出息地流了泪。

明知年这度量衡和一小时一分钟一秒钟一样,只是人为的刻度。是由于我们像习惯了头顶的苍穹一样太习惯时间这个概念了吗?无论我多么想用理性忽略掉它的存在,都似乎无济于事。

新年,最直观的记忆就是童年时期看到墙上那一个个标着数字的月份牌儿,如一个个挖好的沙坑,等人们去填种上自己想收获的东西。

未来的一年,我的田垄上会长出什么样的庄稼?

"我不愿意太多想未来,那样只能让我更焦虑。我现在至少能养活自己了,就一心一意干好当下自己的工作,走一步说一步。"从河北一所大专毕业,被招聘到北京当服装导购的侄子跟我聊天,二十刚出头,似乎还只是昨天的那个小屁孩子已经开始思考人生。他每月挣四千块钱，与两个小伙子同住在公司给租的宿舍里，说他很满足。

我越发感觉，知足的人，是有福气的人。

元旦前两天，儿子回了河北的爷爷家迎新年，平生第一次，带了女朋友和他的猫。出行相伴，有自己的女人和动物，这是否是男孩子长大了的标志？

临离开北京，在我的指导下，儿子揉出了人生第一个面团。我一直认为当父母的有义务教会孩子做一些最起码的家务和烹饪。"你就假装是在和泥巴玩儿。"听我这么说，本来担心干不好这活儿被我责备的他似乎一下轻松并开心了起来。然后他看着我烙饼。儿子近1.9米，立在那儿像一座小塔。戴着黑框眼镜，认真安静地看着，好像在实验室观察教授的重要操作。就着摊好的鸡蛋，一小碟甜面酱，还有我在网上邮购的章丘大葱，我们俩吃得香甜。"真好吃。可惜当年在洛杉矶时你没做过。那时每天中午吃你们食堂的饭菜，我都快对中餐的美好失去记忆了。"儿子似乎很久没这么赞美我做的饭菜。我们居然每人吃掉一张饼。

用剩下的一小块面团，我如法炮制了同样的食谱作为我的新年早餐，却只吃了巴掌大的一块，就再也没了食欲。

擦地，打扫卫生，楼里楼外都静得出奇。看到门口鞋柜边那一粉一灰、一大一小两双棉拖鞋，想着离开的那两个年轻人的身影，忽然难过不止，眼泪忍不住地流了下来。连那只抓坏了我心爱的沙发、又总在我面前小心翼翼的捣蛋猫也让我怀念起来。

"幸亏不是正月初一，否则多不吉利啊。"心里一直记得民间过年不许伤心的说法，我擦干泪水走到窗前去给花盆里的油菜浇水。搬进这个公寓十年了，房间时空时住，花草已经数不清死了多少拨儿，居然还有一个幸存者——一盆带钢针般硬刺儿的金虎，也因为长期阳光不足，圆球已经徒长成了三尖葫芦头。回到北京第一件事是打扫卫生，或者更明确说是扔东西，旧衣物、图书、锅碗瓢盆用不着的一概扔掉。独独剩下阳台窗下几个大小不一的花盆，松松覆上一层母亲下楼遛弯儿时搜集回来的土，撒上前年就网购的没胆量带到美国去的油菜籽，居然很快冒出了一层绿油油的嫩叶。两块长了芽的红薯，被我放进一个空瓦罐，倒进一壶水，不知不觉间，一片嫩翠的红薯叶子就让单调的书房一角生机无限了。

"新年快乐！嘿，你知道吗，咱们的朋友里有一位被诊断出感染了新冠病毒，现在还在医院接受治疗。你能猜到是谁吗？"正在把从箱底翻出来的十几张旧邮票放进水盆里浸湿，打算将来送给皮埃尔，接到杰伊发来的信息，说他刚去红十字会献了血回家。献血已经成了他的生活习惯，每年四次，雷打不动，尤其是当他听护士说他的血液很罕见，对白血病儿童尤为珍贵。能用自己的血液帮助许多孩子，这让无儿无女的他特别欣慰。

我说出两位上了年纪的朋友，均被告知 No。"咱们的朋友谁最壮实最不像能被感染的？"他给了我点暗示。

"迈克？"

"Yes（对）！"

怎么可能？我打过电话去追问，杰伊说千真万确，不仅迈克,他的太太辛迪也感染了。而且,迈克的情况不容乐观,医生用了多种药物都不太见效。杰伊的声音瘪瘪的,显然心情有些沉重。

"美国有着居高不下的世界上最高的感染人数,你认识的朋友圈子里,也有不少感染上病毒了吧?"不止一次,我的朋友们问我这相同的问题。

我似乎还真回答不上来。第一个我想到的人也许是墨西哥裔摄影师罗伯特。七十岁的他是出生于洛杉矶的第二代移民,父母皆来自墨西哥,他娶的太太也是讲西班牙语的南美人。他的三个儿子有两个已经成年结婚,娶的也是拉丁裔太太。所以,他们这喜欢大家庭群居生活的拉丁文化背景,还真给了病毒可乘之机。美国《大西洋月刊》一项数据显示,新冠病毒对不同族裔造成的伤害不同,其中黑人、土著和拉丁裔等有色人种成为最大受害者。每十万人口中,黑人、土著、拉丁裔、夏威夷及岛民的死亡率分别为170人、165人、145人、136人,远远高于白人的119人,而循规守矩的亚裔人则十万人死亡率为90人,明显低于其他族裔。

我和曾获过郎静山摄影奖的罗伯特早在疫情之前就约了要做个采访,可一直没有成行。后来终于约了要去亨廷顿图书馆见面。"我儿子在那儿当保安。咱们可以作为他的客人进去不用买门票,"不久他告知我说再等等,"我儿媳家十几口人,全都染上了新冠病毒,我儿子也没能幸免。好在都没有生命危险。"直到那个秋风送爽的上午,我们才在一个绿草如茵的空旷小公园第一次见了面。虽然我戴着口罩小心翼翼地坐在公园的水泥条凳上，不肯坐下只愿站着聊的一脸络腮胡子的罗伯特大叔离我只有一米远的距离。我一边飞快地在本子上做着记录（偶尔纠结是用中文还是英文），一边担心那风向是否在往我这边吹，因为他明确地告诉我说他在两个月前也染上了病毒，但"已经痊愈"了。

那是我唯一的一次与曾感染新冠的人近距离接触。

此后，回到北京，听杰伊说我们对门邻居家那个五岁的小男孩居然被核酸检测为阳性。"除了在幼儿园上课就是在家，不知道接触到了谁，也没有任何症状。做核酸检测纯粹是因为打算去看望一下孩子爷爷奶奶，为了以防万一全家去做了核酸，没想到大人们都没事，小家伙查出来阳性。"

"在家上班马上就快一年了，我的生活每天几乎一成不变。早上去麦当劳买个 drive through（免下车）的早餐，中午去墨西哥店再买个 taco（夹肉或菜的玉米饼）或煮一罐鸡肉罐头汤，晚上自己拌个蔬菜沙拉，看个电视剧。另外八个小时都在电脑前。你不用担心我染上病毒。虽然迈克确认染病前几周，我们五个朋友还同去一个百吉饼店聚了一下。当时我们在露天区域，坐得很分散，除了吃东西，也都戴着口罩。"其实不用他说，我也知道杰伊每天的日子是怎么过的。单调，重复，如史蒂夫总喜欢在无奈时用法语说的那句话，"C'est la vie"，这就是生活。

地球再大，在哪儿的生活不是一样？

听我说他的生活 Boring（无聊），杰伊笑着说他也知道我的日子如何，除了吃饭睡觉，"你每天会看书，写字，健身，发呆"。他说得一点儿也没错。只是这个新的一年，我想试着约束自己，不要去愤怒，失望，或者，不撒一个哪怕是善意的谎。

　　阳光从开着一条缝的窗子照进来，似乎很和煦。虽然是寒冬，我仍然有每天开窗通风的习惯。已经有几天没去森林公园走路了。我戴上口罩和帽子，穿好那件已经伴随了我二十年的黑色带细金丝的呢子大衣，向公园走去。脑子里，却不时浮现出总着一身黑衣的迈克那健壮得像公牛的形象。沫沫听说迈克染上了病毒，也惊讶不已。有一年他从美国东部的学校飞到洛杉矶去过春假，当时我和杰伊在北京，还是迈克冒雨开车近一小时去机场接的他，虽然他事后跟我们共同的朋友玛丽安抱怨说"埃玛应该提醒她儿子坐大巴，中国人太溺爱孩子了"。

　　"我喜欢迈克。别看他长得人高马大，性格也一派高冷有点傲慢爱吹牛，可心很细。接了我第二天，就让他太太开车拉着我去超市采购蔬菜水果。"我没跟儿子提迈克接机的后半截故事，只点头说是。

　　不同于杰伊的大多数朋友都是民主党，性格不羁精力充沛的迈克不仅是共和党，还是特朗普的支持者。每次朋友们聚会，大家都有意地不谈政治，就连一向以年长自居、喜欢调侃的玛丽安的老公 Bruce 也三缄其口。疫情之初，迈克一家都拒绝戴口罩。他的理由是，"美国人根本不习惯戴口罩。我在超市，看到不止一次，有人打喷嚏时把口罩摘下来。在飞机上，我的邻座都把口罩拉下来挂在下巴上。这样戴口罩跟不戴有什么区别？"后来出于生意需要，在许多场合都"非戴口罩莫入"，他才不得不服从了。口罩是戴了，但公众活动一点也没减少。Facebook（脸书）上仍是隔三差五地晒出他出入于不同餐馆的照片,不是美食特写,就是他的光头自拍。

所以,他染上了病毒,似乎也并不该令人意外。

相比于病毒重灾区洛杉矶,北京安全得简直让我不好意思跟美国的朋友描述,客观的对比似乎都有"炫耀"之嫌。听说我回到了北京,迈克有一次跟杰伊聊天就曾酸酸地说:"问问埃玛,中国还允许吃野生动物吗?中国现在倒安全了,可全世界都受了牵连。"我知道他并非唯一有这种想法的美国人。遇到灾难,迁怒于人,这也是人类的本能吗?

从病毒重灾区回到国内,我似乎放松过度成了最没防范意识的人。加州根据不同程度的病毒感染率将各个城市标注为不同的颜色:紫色代表最严重的广泛传播区域,红色代表大量感染人群地区,浅橙色代表温和地区,黄色代表少量感染人群地区。即使在被标为紫色重灾区的洛杉矶,每天去户外跑步我都不戴口罩。如果迎面遇到有散步或遛狗的人,我就绕道跑过去,尽量不与人靠近以免人家不安。在新增感染人数几乎为零的北京,在森林公园里走路,居然被保安拦住要求我戴上口罩。不同于大多数人将蓝色面朝外,我习惯了白色朝外,先是因为喜欢那白色覆盖在脸上的样子,后来发现那样还容易和别人的口罩做区分,尤其是在家里,极易弄混。一个月前去做体检,几次被工作人员冷着脸提醒,"你口罩戴反了"。我只点点头表示听到了,还是依然如故。有人说蓝色朝外比较禁脏,可口罩是需要经常更换的,我认为这个原因可以忽略。我妈是喜欢随大流的一代,总是在想劝说我做什么事的时候说"大家都这样"。对我这生了反骨的人来说,这个理由只能适得其反。

我知道自己是个固执的人，可好在我喜欢较真儿，对一些即使我本能坚持的事情也想弄个究竟以确定我坚持的是否有道理。那天回到家，我特意记得上网搜索了一下，才发现这口罩佩戴还真有内外的区别："口罩的折痕方向的设计是配合脸型的，如果口罩戴反就无法紧贴住整个脸部，外面的空气、细菌和污染物就会沿着缝隙进入上呼吸道，口罩就无法发挥过滤功能。另外不少口罩采用的是三层设计类型，其中过滤病菌的过滤层位于中间。正反面的功能也不同，最简单的口罩设计，外层为防水层，里面为吸水层。如果戴反的话，吸水层就会变成防水层，防水层变成吸水层，这样就会导致口水依附于口罩表面，而且越积越多，就可能弄湿口罩，让口罩失去过滤功能。"

于是欣然采纳，蓝面朝外。从善如流，善莫大焉。不禁想起美国那些至今仍拒绝戴口罩的人。35万美国人被这小小的冠状病毒永远地拦在了2021年的大门之外。单是加州，短短一个月内，感染者就从十二月初的40万增加到了80万！ICU病房爆满，急诊室挤满了"等死队"：只有等病房里的某个患者死掉，他们才有可能被轮到去躺在那张床上接受治疗。否则，只能等死。而养老院里临终病人已经不被纳入紧急送医院救治的范畴。

史蒂夫发来信息，说疫情到了如此地步，居然还有大规模集会，尽管警察制止了多起超过两千人的聚集，仍然有些宗教组织聚集信众，祈祷，唱歌，甚至跳舞。元旦当天，著名的玫瑰花车游行近百年来首次取消，仍有几百名特朗普支持者，开车打旗，小丑一般聚在一起演出闹剧。有人称美国为超"疾"

大国，从 2020 年 1 月 21 日，出现首例新冠肺炎确诊病例，到 11 月上旬，累计新冠肺炎确诊病例超 1000 万例，这个过程不到三百天。而从 1000 万例到如今的 2000 万例，仅仅用了 54 天！这惊悚实在像好莱坞电影。

国内新年前把辽宁和北京局部地区当成中度风险地区。远在重庆的同学老尹吓得赶紧转发给我，生怕我这一心想故地重游的人前去添乱。"去年七月份你儿子来了一趟，我只跟他吃了顿饭，回到学校就不得了了，说要我隔离，因为他是从北京来的。"当老师的她已经是惊弓之鸟。

二号又爆出石家庄、邢台、保定零星新增病例。我更加确定了在北京过年哪儿也不去的决心。

二号沫沫女友的父母怕我孤独，来家里一聚。大家聊天，做饭，相谈甚欢。那同样喜欢搜罗小文玩物件的母亲表达了对我几件小画的喜爱。我毫不犹豫地送她两幅。说她还喜欢那个我白瓷印蓝花的象，我让她拿走。墙角放了几年的那块易水砚，听那写得一手好书法的父亲说喜欢，我当即相赠。

他们离开已是晚上十点。坐在冷清的屋里，望着那旧物件曾栖身的地方，心底突然空落落的，我突然悲哀起来，像失去了旧玩具的孩子。玩具闲置着多少年可以不再玩儿，可以放在那儿积灰落土，但不经意间望一眼，那与过去的日子有关的记忆像锚一般沉在时光之水里，心里是踏实的。如今陡然只剩下空白和墙上挂过的旧痕，我的心里就像被戳了一个洞。

打电话给杰伊诉说，他听着沉默几秒，安静地说："不要太牵绊物品。其实最珍贵的是生命本身 。"他的声音仍是瘪瘪干干的。弘一法师自幼记得家训，"惜衣惜食，不为惜财为惜福"。而珍惜于我，更多的是念旧缘。说到念旧，杰伊其实比我更甚。多年的T恤，破了洞也不想扔掉，就因为跟他朝夕相处多年。一个粉色树脂的兵马俑摆件儿，还是我参加一个活动人家给的纪念品，摆在窗外角落多年，被猫碰掉摔掉了手臂。我用一堆旧衣物裹着带到旧货市场，打算送给一个卖二手货的墨西哥女子。杰伊看到那兵马俑，有点固执不悦地说他还想在家里看到它，伸手拿了回来。让那女人很不以为然耷拉下眼皮，以为他小气。那一幕却让我更珍惜杰伊这情深之人，就像我钟情丰子恺，不仅为他那寥寥几笔就诗意与烟火气同现的绘画才华，还因为他的惜缘念旧情怀——一根随手捡拾的木棍，拄在手中走了一段荒郊野路，离开时丢弃了，以后他都会不时想起它，牵挂着那曾与他有过交集的物件的命运和下落。

"我昨天接到迈克儿子大卫的电话，说他爸感觉呼吸困难，已经住进ICU了！"杰伊似乎犹豫了一下才说。他的声音越发低沉。

"你记得我给你看过的那个视频吗？那个浓眉大眼的墨西哥护士，28岁，在染上病毒后十天就离开了。咽气前十几分钟，他还对着手机录制了一段视频跟大家道别。他的父亲和姐姐，也都死于新冠。一家最后失去了三位亲人，却留下了五万美元的债务。但愿迈克能挺过去。"我一口气说了那么多，也不顾得这会缓解还是增添杰伊的紧张。

"咱们现在不是人到中年了，而是人过中年了。"几年前，旧友M就跟我调侃似的说过这话，当时我还不以为然，现在想

独自去天堂打高尔夫的迈克 | **269**

想，谁又说不是？后浪们已经排山倒海一般近在眼前了，即使我们永远也不服老。眼前浮现出迈克蹲在地上费力地与杰伊搬动一台旧冰箱，肥白的后腰露出来一大截。他的儿子大卫双臂交叉在胸前，立在不远处与我聊他最近分手的女友。"我们还没弱到求年轻人帮忙。"那个自认为永不会倒下的迈克，居然躺下了。

2

其实几年前，还没见到迈克，我已经对他有了戒备甚至敌意。"你要与这中国女人谈恋爱，记住一点，一定要做婚前财产公正。这年头，Gold digger（淘金者，意为拜金女）很多。否则一旦离婚，哥们儿你就吃大亏了。"某次不经意中，看到杰伊的手机里居然有这么一条信息。发信人正是大名鼎鼎的迈克。

"我最崇敬的人：迈克。"在网上与杰伊相遇，浏览他的个人信息页面时，看到这一项，我不禁好奇心大发，究竟是何等人物让杰伊这理工男用上崇敬这样的字眼？莫非他这年过四十而未婚的家伙是个gay（同性恋）？

后来得知这二人是发小儿，不仅小学时就在一个学校混，两家还在一条街上住。不过杰伊是安静的乖男孩，迈克则是一半时间在操场上疯跑的嘎小子。后来到了中学，他俩仍是同校，只不过差异越来越大，在校橄榄球队当了几年叱咤风云的令女孩子们疯狂迷恋的后卫，迈克没有去读大学，而是进了他父亲一手创办的法务公司，当起了递送法院文书的快递员。杰伊则进了离家一百英里的工科大学读数学专业，边打工边读书，四年就该毕业的本科他读了六年。但俩人仍住在距离洛杉矶三十英里的同一小城，只不过杰伊的母亲过世，父亲再娶并搬到了得克萨斯州。他唯一的弟弟也去了外州读书。给了他快乐童年的老宅被父亲卖了。杰伊孤身一人，毕业后先租住在了奶奶家，每月付五百美元房租，半年后搬出去用微薄的收入租了间一居室公寓。迈克家也发生了变故，先是父亲过世，随着对公司所有业务的熟悉，他的野心也成长起来——在母亲打算执掌公司的时候，迈克带领手下人发生了"夺权政变"，不仅当上了公司老板，还把母亲排挤出了公司，母子二人从此形同陌路互不来往。听闻杰伊说到这个细节，我对迈克更是反感有加。

我好奇地问一向谦和礼让的杰伊为什么和这样的一个男人保持着友谊。"迈克在我眼里唯一的毛病是喜欢自夸。你从来不用担心找不到他，他每天去了哪儿吃了什么餐厅与什么人在一起，他都会发在Facebook（脸书）上。每当我说起什么新鲜事，他没有不知道的。就连我说最近减了十磅，他都会不服气地说他也在控制饮食不吃碳水了。但他其实是个很讲义气的朋友，时间长了你就会喜欢上他了。至于他们母子之间的争斗，你没见过他母亲，不知道其中的细节和真相，还是不要当成评价他的主要依据。"

第一次遇见迈克是在保龄球馆。他与杰伊和另一位中学同学、一个也叫迈克的肤色微黑的墨西哥裔家伙在一个球队。每逢周日他们都要一起去打球。这俩迈克都长得人高马大。迈克祖辈来自亚美尼亚，所以在我这中国人眼里他还真不是白人的长相，黑发，肤色偏黄，但高鼻凹眼，有点像西亚人种与欧洲的混血。初次见面，穿着黑运动短裤黑色T恤的迈克只冷眼打量了我一眼，说嘿你好！他的棒球帽帽檐朝后反戴着，块头很大但不显臃肿，立在那儿甚至还很挺拔，让我联想到飞人乔丹。我找话说他长得有点像主持Family Feud（家庭宿敌）的史蒂夫·哈维，他并没显得高兴，仍是冷着一张扑克脸干脆利落地说："那个家伙是黑人，我不是黑人。"他说话的声音有点瘪且鼻音重，发音短促，我又突然感觉他像电影《教父》里马龙·白龙度演的黑社会老大。但想归想，我没再找他搭话。

"我一点也不喜欢迈克。在他警惕的眼里，我是要占他朋友便宜的势利女人。"我跟杰伊直言不讳。

"你没必要喜欢他。他是我的朋友，不一定要成为你的朋友。"杰伊倒是开明，一笑置之。但他想不到，他与这个好友的友情之舟也很快触礁了。

那是半年后，某天我受托驾车一小时前往蒂芙妮店给一位中国女友买戒指，人在上海的她订婚在即，刚好她表妹要从洛杉矶回国，便委托我这她信赖之人买好了捎回去。杰伊和我分别戴上那两枚同款的戒指，拍了照片，发过去请对方看效果。同行的还有玛丽安，她一向是蒂芙妮珍珠饰品的热爱者。本来一切都顺利无误。直到玛丽安把几张照片发在脸书上，其中一张便是我与杰伊戴着婚戒的手，还半开玩笑地配文说"Time to tie the knot"（婚期将近）。

"我最好的朋友订婚了，居然没告诉我！这样的人还可以做朋友吗？"迈克看到那图文，不问青红皂白大发雷霆。他不仅转发了那页面，还配发了一张黑底白字的抗议，每个字母都大写——"TRAITOR（叛徒）"。

杰伊自然看得一清二楚，包括那些"朋友们"的仗义执言，"一刀两断！""友情的叛徒！"

杰伊默默看完了这些控诉，拨通了迈克的电话，平静（在我看来极无说服力）地解释着。对方显然还在气头上，没给杰伊太多时间就挂断了。

"这就是你最好的朋友？"我愤愤不平道，"他误解你也就罢了，还在社交媒体上公开这种敌意，陷你于不义，太可恶了。"

杰伊却并不气恼，灰蓝色的眼睛里更多的是难过，像受了委屈又无处申诉的孩子。

后来我们在玛丽安家的 Super Bowl 派对上见到了迈克与他的太太辛迪。我看过二人年轻时的照片，青春气息逼人的中学 sweetheart（青梅竹马），非常般配。身材结实丰满、圆脸上那双大眼睛带着野性的辛迪小迈克一岁，父母来自黎巴嫩，家教很严，成熟懂事的她与迈克结婚后很快就在公司当起了得力干将，随着丈夫夺得大权，二人更是夫妻同心其利断金，把一个小小的法务公司做得风生水起，迁到了洛杉矶最重要的威尔士商业街，最忙时雇佣着近百人。不仅生意兴旺，这个小家还开枝散叶，养育了两儿一女，个个结实健美。大儿子也叫迈克，未来要子承父业。二儿子对经商不感兴趣，读了社区大学打算当个电工。唯一的也是最小的女儿是一个垒球高手，中学起就代表校队参加各种比赛夺奖无数，毕业后被一所地方大学以全额奖学金录取，未来打算当个护士。活得如鱼得水的迈克有权自我感觉良好，甚至他那辆开起来呜呜咆哮的蓝色宝马跑车上的个性化车牌都透着霸气：POWRCP，power couple 的缩写，意思是权力夫妻。

"你们俩那么好，为什么不结婚？是我这伙计不够优秀吗？他家人都盼着他早点结婚，他姥姥多少年前就催杰伊赶紧结婚，说都四十了还一个人，哪怕跟个大象结婚呢，也别单着了……"迈克跟我开着玩笑，逗得大家都乐了。那之前的不愉快像根本没有发生一样。

杰伊之所以对迈克充满感情，还出于感恩。刚出校门没几年，在洛杉矶一个软件公司做程序员，杰伊某天加班后疲劳驾驶，闭着眼睛打盹的他撞上了高速上的护栏，驾照被吊销。屋漏又逢连阴雨，坐着公交去上班没几周，公司倒闭裁员，他一下成了失业者。"我当时刚贷款买了房子，没有积蓄，全靠工资还房贷。没人可指望，我给我已经住在养老院的外婆打电话请求帮助。她只在电话那头说了句：我帮你不太合适，亲爱的杰伊，你还是想想其他办法吧。我当时只是有点失望，但一点也不恨我外婆，虽然我后来知道我和我弟弟都在她的遗嘱受益人名单上。几年后她去世，留下来一笔不小的遗产。"正是迈克，毫不犹豫地伸出了援手，让杰伊去为他打工，活儿不累，但很占时间，有点像中国的快递小哥，骑车穿梭于大街小巷派送法院通知。工资不足以还贷加支付生活费，杰伊只能把房子二次抵押，用再次贷得的银行的钱还贷，直到两年后他又回归到软件开发工作，经济状况才恢复正常。

有这样的感情基础，杰伊可以对迈克不计前嫌，因为在他心里迈克做什么都不会成为前嫌，因为他们是光着脚玩儿大的哥儿们。

不久，迈克又在脸书上发了他与杰伊去打高尔夫的照片。那些起哄架秧子的人也都噤了声。

后来熟了，在杰伊的鼓动下，我也被拉进了保龄球队。因为被他的哥儿们迈克戏称为 Beaner（美国人对爱吃豆子的墨西哥人的称谓），被玛丽安称为 MJ（他名与姓的首字母）的墨西哥裔迈克，当时要去新墨西哥州随摄制组拍戏，担任财务的他必须前往无法参加球队，于是我和玛丽安加盟，与迈克和杰伊凑了一组。每个球队可以自由命名，迈克总是姗姗来迟，玛丽安就直白地为球队取名"Mike is on the way"（迈克在路上）。听到这个名字，迈克仍是冷着一张脸，没有反对，心里其实是高兴的，暗暗享受着被重视的自豪。

但凡有人打出好球，比如全中，队友之间都会击掌相庆。迈克与我也熟识起来，话不仅多了，有时他还主动买啤酒和小吃请大家分享。好胜心强的他非常在意自己和队友的发挥好坏，因为每周都要轮流和另一个队对抗，最后获胜最多的球队有现金奖励。有时我超常发挥，连打几个全中，他会开心地咧开嘴笑，"That is my girl"（不愧是我的女孩），那眼睛里的自豪似乎让他又回到了球场上。

他仍是喜欢炫耀的，不时刷手机让我们看他西装革履出席商务场合的照片。瘦小的玛丽安瞪着大眼睛，认真地说："嘿迈克，你这张打着领带的身份照像个保险推销员。"迈克听了一点也没恼，只是眨了一下眼，没吭声，虽然他想显示的是他的老板派头。我忍不住，笑出了声。

渐渐地，我对他的反感也减淡了。

再后来，杰伊买了新居搬家，迈克再次令我刮目相看。不仅告诉杰伊不要费钱请搬家公司，他要来帮忙，并约了玛丽安一道前来。可能考虑到说好前来但临阵退缩的玛丽安老公Bruce，迈克建议杰伊去路边儿找两个等着干零活儿的墨西哥人，"一人一百块就行了"。生怕他多付，迈克还叮嘱他。人约好了，还得去租搬家的卡车，担心杰伊没开过长斗货车，当天一早，迈克让他刚十八岁的儿子大卫接上杰伊去租车公司，由大卫把那货车给开到家门口。那次搬家的经历让我记忆犹新。尽管之前我和杰伊已经把能装进轿车的所有物品都蚂蚁搬家一样分若干趟运到了新家，剩下的只不过是几个柜子、床、沙发和冰箱，两次往返于相距只不过三公里的两个家，到中午，东西搬清，每个人都累得龇牙咧嘴、汗流不止。那两个墨西哥人是父子。父亲四十岁左右，那儿子还不过是个十几岁的少年。杰伊不忍心，在他们离去前除了说好的二百块，又多给了五十块。后来一算账，租车的费用，加上午餐费，雇佣墨西哥人工费、两个冰箱抽屉被磕碎更换费，总花费为590美元。我之前咨询过一个搬家公司，对这点东西和这么短的距离，人家的报价是350块。即使加上小费也不会超过四百。等一切就绪做清洁时，我发现崭新的实木地板上，有许多无法修复的难看划痕，一看就是搬重物时强行拖拉所致。

"迈克是不专业，可他表达了作为朋友的心意。地板划了没关系，就像火球抓破了沙发一样，那些看似破坏性的痕迹本身也让原本正常的一切添加了个性不是？"听到我的抱怨，杰伊微笑着说。他总能看到乌云上的金边儿，难怪他总那么快乐得像个大男孩。

那之后不久，我在一个家具店看中了一个可以放在后院的长桌，结实的桌面，下面是两条粗壮的腿，两条腿之间，又有厚厚的木底相连。生意不好，店要关门了清仓打折，只要四百块钱，但如果需要送货上门，费用要额外加150块。

"迈克家有卡车，我请他来帮我拉回去。"杰伊似乎并不觉得让在下属面前一脸威仪的老板同学干体力活儿有什么不妥。

"不太好吧？毕竟人家也是管着一大堆人的老板，又刚当上了美国法务协会的主席，去欧洲刚出席了国际会议回来……"我有些犹豫。

第二天，我正在后院给新种的胡萝卜间苗，忽然看到两个人弯着腰沉重地挪着步子从侧门进来，那张巨大的桌子在他们身上像座小山，压得他们脸和脖子都红得像煮在沸水中的螃蟹。前面那个不是迈克是谁？

连口水都没喝，把桌子安放在我想要的地点，迈克抬胳膊用袖子擦了擦汗就晃悠着公牛似的身子离开了。那一刻，我似乎理解了杰伊眼里的迈克究竟是什么样的。

再之后就越发熟识起来，迈克与我也成了可以互开玩笑的朋友。有一次伏案写了一天字再去打球，我一副没精打采的样子。杰伊帮我揉了一下酸痛的肩膀，迈克在一边儿看着笑。然后他走开了，过了一会儿端着一盒三明治过来，面包片上那烤化了的厚厚一层奶酪像黏稠的蛋黄，看着很诱人。"吃吧。杰伊说这是你唯一爱吃的美式三明治。保龄球馆没有中餐。"他并没笑，只是把那纸盒放在小桌上，轻轻地推向我。

"其实，如果你跟我过日子，会比跟杰伊更快乐。杰伊比我聪明，这我早知道。可我比他这书呆子更有趣，哈哈！你还真别不信哦。我可以开着车带你出去疯，他肯定不会。他喜欢在玩游戏，那不是你感兴趣的吧？"他这一席半开玩笑半认真的话，令在场的人先愣了一下，随即都大笑起来。"你不用再说了，我们都知道你是 narcissist（自恋狂）。用一个三明治就想追女人！我们中国女人也不像有些美国女孩那么廉价……"玛丽安更是笑弯了腰，说回去一定要把今晚这最大的笑话讲给老公听。其实在她眼里，迈克就是个假装成熟的大男孩，尤其是当他弯腰系鞋带时，黑色运动短裤滑到胯下，露出一小截股沟。玛丽安和我正立在那儿，面对他的露腚，我们皱眉相视一笑，像成年女孩目睹了一个小屁孩的私处。

从那以后，似乎迈克与我都开始把对方当成了亲近到可以插科打诨的朋友。甚至看到我蹲在鞋柜前的地毯上换鞋，与杰伊一起走过也去换鞋的迈克突然边走边故意高声嚷着，"嘿，我终于知道埃玛的内裤是什么牌子了，CK！"我知道他看到了我后腰露出来的字母，便假装没听见。看我不吭声，他也若无其事地像没说一样。

不久的一个秋天，我们一行人前往墨西哥，在游轮上为迈克庆祝了他的五十岁生日。尽管他邀请同往的四个宝贝朋友个个都让我瞠目，但那一趟 Ensenada 一日游至今让我记忆犹新，我像走出自己的习惯地带的小刺猬，梦游一般跟着客串了一场他人的生活。

3

10月最后一天是迈克的生日，太太辛迪两周前就在朋友圈发了E-invitation（电子邀请），请大家一同乘游轮为将即半百的迈克庆祝。起点是洛杉矶的长滩码头，终点是墨西哥的恩斯纳达港。说是三日游，一来一去的两个夜晚都在船上，只有中间的一个白天在岸上游。"迈克出钱请大家去玩儿？"听到杰伊跟我说起这事，我第一反应是这样的。"怎么可能，当然是谁去谁出钱。"我明白了，就像听到美国人跟你约吃饭一样，千万不要以为是对方请客，说一起吃饭只是就伴一起吃，最后各付各的账。这人均500—800美刀的游轮自然更是烙饼卷手指头，自己吃自己。我跟杰伊说了这个歇后语，把他笑喷了，"你认识的朋友里面只有玛丽安和Bruce，其他四位你从未见过。Bruce这个抠门儿的老头嫌贵，不想去，说他去年已经坐过这一趟线儿了。最后是玛丽安说由她来付他那份钱他才肯去了。"虽然辛迪网撒得挺开，最后答应前往的人并不多，主要因素还是一个字：钱。2019年，加州家庭平均年收入为91377美元，高于美国家庭平均年收入1万元。看起来很美的数字经不起解构：首先，这是税前的数字（加州人担负的税在全国都几乎名列前茅），其实，是全家收入，一家就算按两口人算，人均下来就少了一半，再平摊到十二个月，美国人真没有我们想象中的富有。

最后，迈克的庆生游轮一行共攒到了十个人。迈克夫妇，玛丽安夫妇，我和杰伊，另外两对活宝有一对是迈克的手下，年近六十的两个同性恋男人，另一对倒是异性恋：迈克妹妹的前夫和他的新女友。

从家到长滩码头，我们与玛丽安夫妇同行。Bruce 开着他那辆老福特，一个多小时到达，我们拉着行李去上船，Bruce 一边走一边嘟囔着码头停车场不合理的计费方式："他们应该满 24 小时才算一天，这可倒好，天都快黑了，没几小时了就算一天，还每天 30 美元！"杰伊紧走两步，上前拍拍他肩膀说既然我们搭车同行，这几天的停车费由他来出，Bruce 一下笑逐颜开，不住口地说"谢谢老伙计"，花白的胡须都显得很开心。其实，他个人年收入也近十万美元，根本没必要如此过于在乎钱财。可能因为家里有个既没学上也不去工作的儿子吧，年近七旬的他心里没有安全感。

我们分头去找自己的舱房。Bruce 和玛丽安的在七层中间的小舱，完全没有窗户，除了一张床和一个小卫生间，逼仄得像个小监牢。这是最便宜的舱。所以玛丽安打定主意除非睡觉，平时都在甲板上逛或坐在自助餐厅里喝免费的酒水，饿了就吃，反正费用都包括在船票里了。Bruce 则打定主意把时间都耗在那小小的赌场。虽然可能蚀掉三五百块钱，但至少还是有赢钱的可能。

大家约好安置了行李去餐厅集合。"嗨我叫杰克！这是我家尼克。"一位头发稀疏却目光从容的白人男子向我伸出手，因为个子太高，他微低下身子，本就和善的面容更显得谦逊。如果不说他是迈克的员工，我还真以为他是个大学教授。他旁边的那位男子年岁相当，但矮壮一些，笑起来，红润的脸上有一丝内向甚至害羞的表情。我们围桌而坐，喝着吃着从餐台取来的食物。周围全是来来往往端着餐盘的人，需要大声说话才能听得清对桌的人。

迈克和太太坐在那儿，显然已经吃喝了一阵儿，面前的几个空盘子摞着。看到我们过来也并未起身，甚至没有打招呼，但他脸上那舒心的笑像是最好的说明——能来的人，都是给面子的真哥儿们啊。

我正低头用刀子切着一块鸡排，突然肩膀被谁拍了一下，"你就是埃玛？从中国来的？听说中国许多地方都很穷。我没去过。"抬头看，一个披散着一头棕黄色大波浪长发的年轻女子正立在我面前，虽然她脸上笑着，却毫不掩饰地释放出审视的目光。她高鼻大眼，皮肤微黄，丰满的身上大喇喇地只披着几条色彩俗艳的布片儿，"我叫安吉，肯的女朋友。"我这才发现，有些昏暗的灯下，一个留着墨西哥短发的小个子男人手里正端着一大杯鸡尾酒啜着，闻声上前也跟我打招呼，一只耳钉在灯光下一闪一闪的。他笑着，是那种喝醉了的人才有的笑，特别认真而卖力，即使他立得很直，你都会担心下一秒他就会突然摔倒不省人事。我猜，他就是迈克的前妹夫，东一榔头西一杠子打着工，收入高低都永远酒不离手的男人。美国人就是那么有意思，离了婚的人，无论与前配偶如何疏离，与其家人往往还有扯不断的关系，因为"we are family"（我们是家人）。就像迈克，他妹妹与他鲜少往来，而这位不务正业的酒鬼前妹夫，却自掏腰包带着新女友前来出席他的生日聚会。

我对这位嬉皮士一般的肯点点头，说了声你们好，继续低头吃饭。上来就说中国穷，这显然不仅是没文化，更是没教养，我打算故意冷落有意攀谈的安吉。"亲爱的，我再去给你买杯玛格丽特吧，口味太地道了，我保证你在洛杉矶没喝过这么味道纯正的。"说着，他们粘着腻着像两个糖人儿离开了。

"我再也不去坐游轮了，简直是折磨。我那趟为期两周的游轮之旅与其说是旅游，不如说是与一帮老头老太太一起被囚禁在海上，不是吃喝就是望着大海发呆，无聊，同时，还提醒你人老了是多么无趣。"一位开画廊的犹太老人曾跟我说起他的加列比游轮之旅，不停地抱怨。我们乘坐的这个名为嘉年华游轮，却没多少银发族，相反，全是年轻人，或者是带着儿童的年轻父母。从他们的衣着打扮、行为做派上来看，多是收入不高又想尝尝游轮滋味的那么一群人。

说是娱乐项目很多，可也真没什么有趣的。某层走廊里挂满了照片，全是客人们上船时被拍下来的，放大，塑封好。供客人们自愿去找自己。找到了，拿去收银台付费算买下。不喜欢，或嫌贵，就让自己继续挂在那儿等着被清理进垃圾箱。"30美元一张，也太贵了。我不明白为什么他们不便宜点让更多的人把照片买回家，宁愿浪费资源当垃圾扔掉。"Bruce 找到了他和太太玛丽安的，别说，那戴着金边眼镜和黑色绅士礼帽的他很精神，可他犹豫了片刻，还是决定放弃，说可以如此穿戴好站在同一个地方让杰伊给他用手机重拍一张。

游轮公司给所有人提供两顿正餐，人们被划分去几个不同的正式大餐厅，要求穿正装。我们十个人对坐在一张长桌子两侧。女士们都穿着长裙，男士则领带衬衣，太热，没有人穿西服。桌子正中有两瓶红酒，供要点酒水的人饮用，却不是免费的。我以为迈克会点一瓶，邀请大家共同庆祝他的生日。可他却完全没有那么个意思，只是和别人一样，跟墨西哥侍者点了自己的前菜、主菜与甜点。玛丽安首先道生日快乐，递上了礼物。迈克认真打开，是一件黑色T恤衫，前胸印着一行很长有点搞笑的话。他把那至少得有五个X的小蚊帐一样的短袖T恤比划在胸前，让大家看看，咧着嘴致谢，收起来。杰伊笑着递给他一张礼品卡。他接了打开，看了看也咧嘴笑了。那上面的金额是50美元。为这礼物，杰伊与我还有一段小小的对话。开始他打算送给爱打高尔夫的迈克一个丈量球距的小仪器。我上网一查，最便宜的也要二三百美金。"你去年过生日，迈克送你的礼品卡是20美元，你送他如此贵重的礼物，不担心他难为情吗？他是要面子的人呢。"我的话立即引起了杰伊的重视，他不怕花钱，却不想伤到朋友的自尊。我提议既然是五十大寿不如送他五十美元的礼品卡，他一下同意了。我们都知道，其他的朋友不会送超过这个数字的礼物。这就是美国。

  两位同性恋如相敬如宾的老夫妻，不仅就座时挨在一起，说起话来也是轻言软语，温文尔雅。让我对他们不无好感。而安吉和肯那一对，则没有一刻安静，不是在喝酒就是在找酒喝。餐罢，音乐响起，餐厅招待们都化身成为舞者，随着节奏欢快起舞。安吉和肯更来了兴致，相拥着扭着，动作夸张，"迈克，生日快乐！迈克，我爱你！"她的叫声响亮嗓音高亢，引得不少人望向她，而她脸上那快乐的笑引得大家也跟着笑。

玛丽安冲我摇摇头，苦笑一下："咱们明天下午可以去七层的画廊看看，那儿有个活动可以参与。"她一向认为自己的艺术天赋自小被压抑了，如今但凡与艺术有关的事，总想参加一下。在她七八岁的时候，菲律宾母亲弃家而走，她和弟弟被出生于香港的父亲在餐馆打工养大，先是移民关岛，后来才来到美国大陆。不会说一句汉语的她个子虽小得像个儿童，却有一种发自内心的自尊与自强。她骄傲自己是美国这个世界上最强大的国家的公民，同时她又自豪身上那勤俭耐劳的亚裔血液。虽然三年前她做到了中层的保险公司被收购，她成了第一批被辞退的人，但很快她又在网上投简历找到了一份在建材公司做行政总管的差事，收入也并不低。"我们中国人……"一说到自己身上吃苦耐劳、与人为善的优点，她总强调自己的中国血统。让我莫名地感觉与她的亲近。

"一会儿四楼的西式咖啡厅就营业了，咱们去那儿吃点可口的食物。那里是点餐，比这自助餐精致可口多了。然后就去画廊参加猜宝活动。"玛丽安之前坐过这趟航线，所以经验老到，什么样的地方可以吃到好东西，什么地方有舞台她都了如指掌。"上次那家游轮公司是皇后号，可比这个强多了，人们都很优雅，不像这……"说着，她冲正在往嘴里塞着颜料一样紫色冰淇淋的年轻人撇撇嘴。

所谓画廊，也不过十平米左右一个小空间，两壁挂满了色彩艳丽的不入流的现代技法的油画或版画。每个人可以拿一张纸，在有限的时间内，依据你对画的理解，把纸上描述或画名与画对号入座。猜对最多者可以免费获得一幅画。玛丽安显然很投入，不仅踱来踱去在纸上认真地写着划着，还生怕泄露了秘密似的把那纸小心地卷着握在手里。Bruce 不感兴趣，去了那迷你赌场趴在桌子上玩黑色杰克。我和杰伊一起参与，不时商量着修改着选项编号。正在这时，一阵酒气袭来，一个步履沉重的人晃进来，那满足的笑嘻嘻的红脸正是肯，手里仍然端着一大杯酒。他先是立在那儿安静地打量着墙上的画，然后一屁股坐在一张靠墙的椅子上，不时啜一口酒，像个不打算闹事的孩子。那两名工作人员都看到了他，可谁也没上前说什么。不一会儿，时间到，那清瘦的男子宣布没有人猜对过半，因而无人获奖，但马上可以开始一个拍卖环节（我们猜测那是吸引大家前来的真正目的）。他举起一幅画，宣布一元起拍。屋里也就十几个人，本来就很安静，这下更没人吭声，都琢磨着自己是否真喜欢这画，多少钱自己可以承受。突然，肯摇晃着站了起来，为了让脚步稳些，他一手抓住了杰伊的胳膊，另一只手仍举着酒杯不时啜上一口，"我出二百块！"他大声宣布，红红的脸上满是真诚。

所有人都愣住了。对我来说，别说二百，就是二十美元，那画似乎也不值。甚至，白送给我，我都不会考虑挂在家里。可是这醉汉……我看到玛丽安脸上立即露出一丝难堪，毕竟，肯是我们认识的朋友，如此闹笑话发酒疯。

"不错，这位先生看来很欣赏这幅画。你是认真的，对吧？"那清瘦的男子脸上堆出了笑容，可显然那笑还是有些不确定。他不确定是否该拿这样豪爽的顾客当真。

"我付现金。这里是钱。"仍是笑嘻嘻地,肯摸出口袋里的一卷钞票,也没数,就递给对方。

"他醉了！这交易不算数的！走,你跟我走。"迈克忽然走了进来,看到这一幕,不用解释,他自然明白发生了什么。他一只手搭在肯的肩上,边拥着他往外走,边冲工作人员道了声歉。

"那不行。他已经报价了,都打算付账了,不能这样中止拍卖呀。"另一位岁数稍长的中年男子大声说,他显然很不满这眼看到手的二百美元又成了泡影。

"跟一个醉汉手里抢钱,你不感觉难为情吗？"迈克停下脚步,冷眼冷脸地说,他像一尊结实的黑塔,那么结实地立在那儿,一只大手仍搭在肯的肩上,像保护着一个弱智的孩子。

在场的人都不作声,像观众看戏一般。那工作人员自忖再闹下去也没趣,挥了一下胳膊,算是结束了战斗。

"You are ok（你没事）,把钱放回口袋里,好,没事了。"迈克满脸笑意,安慰着仍一脸笑嘻嘻的肯,似乎刚才发生的一幕只是个笑话。

吃晚饭时我们把这一切告知安吉,她丝毫没有大惊小怪,更没责怪这位不着调的男友,反而怜爱地扭脸望着他,用那涂着腥红口红的嘴唇在他脸上啄了一下。"我的肯是个好男人,钱在他眼里一钱不值。这就是为什么我喜欢他。"她的举止那么自然,让我突然对她刮目相看。

后来,男人们约了去小赌一把运气,女人们一起去做足疗。正是那次闲聊,让我喜欢上了安吉。"我有三个孩子,最大的已经二十五岁了。我非常爱他们，不仅因为他们是我的孩子，还因为在他们很小的时候就失去了父亲——在我们打算结婚的前一个月，他突然患心脏病死掉了。我换过好多工作，从发廊到宠物医院，再到老人看护。我男友的死彻底改变了我，我发现所有的生命其实只不过是幸运的存在，死亡只是瞬间的事。这世间除了活得快乐和心安，没什么是值得在意的。我很偶然地接触到了殡葬整容这一行，先是给一个殡葬师打下手，后来大部分的活儿都是我来做。从小到几个月的婴儿，到八九十岁的老人，经我的手，这些没有了心跳的人都安详得像熟睡了一样被送到了另一个世界。我的收入并不高，因为大头都由那殡葬师挣了，他有那资质可以接活儿，我只是干活儿的。可我心里很踏实，每一天，我都感恩地活着，因为越接触死人，我越知道活着意味着什么。"安吉其实长得很好看，她浑身上下那股说不出的野性其实不过是不加掩饰的自然流露罢了。她不在意别人如何看她，也不在意是否一辈子租住在需要与他人共用厨房的公寓里，甚至一个酒不离手的心地善良的男友，在她眼里也是上天的赏赐。

"迈克与我前男友是好朋友。当他获知我们三个孩子失去了父亲，当即冒着暴雨赶到了我家，他并没安慰我，而是和孩子们一起，对着那永远睡着了的人哭得透不过气来。最后还是我，上前去安慰他。"这么多年来，是迈克不时借各种理由接济安吉和她的三个孩子，甚至当他的亲妹妹与妹夫离婚后，他主动牵线介绍肯与安吉相识。"他是个好人，善良，从不会伤害任何人，唯一的毛病是爱喝酒。不过，他做电工，收入也过得去。

另外，你不也好喝一口吗，正好有个酒友，哈！"于是在外人眼里一切都没保障的两个人就在一起搭伴儿走过了五个年头。

第二天，上岸。我们十个人分了两组，玛丽安夫妇与迈克太太辛迪跟团去一个乡村酒庄品酒，余下的七人搭汽车前往著名的游客一条街徒步观光。名为恩斯纳达的滨海小城虽不富裕，却极有西班牙的可爱纯朴风情。红瓦白墙的拱形门窗建筑，挺拔高大的棕榈树，笑容厚道的墨西哥男女。

不一会儿，我们这七个人的小分队就变成了五人，肯和安吉不知何时消失了。平生第一次，我与四个大男人一同逛街。一家家的店铺显然是为游客而备，墨西哥皮画、帽子、首饰、工艺品，像任何一个旅游景区的商品一样，大多外表廉价质量低劣却价格不低，就连画廊里弗里达那浓眉相连的肖像都不能免俗。我们慢慢走着，进店、出店，纯粹是消磨时光一般。迈克忽然在一个皮具店停下了，他抬眼望着蛇一般垂了一排的皮带，用手摘下来打量着抚摸着。"我也要买一根皮带。至少是个有用的纪念品。"杰伊也跟着凑热闹。那店老板是个精明的老者，一口英语很流利，让我以为回到了洛杉矶。45美元一条，在我看来明显宰客。记得曾在李维斯店给杰伊买过一条真皮腰带，不过三十块钱，质量比这所谓的手工裁制的要好多了。听我这么说，杰伊放弃了。迈克与那对形影不离的同性情侣每人买下一条。

继续走，我正惊讶为什么这条街上这么多药店，那对情侣已经走进了一家，不一会儿就出来了，手里拿着几盒刚购到的东西跟我们分享。"太便宜了，你看这抗生素药片，这里是不需要处方的。还有这伟哥,太便宜了!喏,埃玛,这管药膏是给你的,我看你脖子上那个红疹这几日没见好转,抹抹试试。"我有些感动地接过来,突然肩膀上被谁重重地拍了一下。"嘿,埃玛,我一定要请你喝几杯。没别的,我喜欢你!"却原来是安吉,旁边是笑脸泛着红光的肯,俩人都一身酒气,显然是钻进小酒馆饱饮了 tequila(龙舌兰酒)。

安吉爽朗的笑脸和坦率的话激发起了我的豪情,中国北方女子的侠气也不容许我说 No,跟着他们走进一家门面并不起眼的酒馆儿,海洋一样扑面而来的音乐立即让我肾上腺素飙升:戴着礼帽穿着礼服的乐队正在演奏欢快的西班牙音乐,几队男女正舞得尽兴。安吉把我拉到吧台前,把几张纸币放在酒保前,笑着用西班牙语说了句什么。还没等我明白过来,两个像中国的玻璃白酒杯已经放在我们面前,旁边的小碟子里洒着一层像盐又像白糖的东西。安吉把我的一只胳膊拉过去,平放在吧台上,把那白色的东西洒在我手腕处一点,"Suck it(舔了它)!"我照做,很咸。"Drink it(干了它)!"她端给我那杯酒,脸上的笑容让人以为她代表好客的墨西哥人尽地主之谊。我从命。那酒似是气体而非液体,又辣又热从喉咙窜流入腹腔。

安吉见状,开心得再一拍我的肩膀,也如法炮制,一口干掉。"我说要请你喝酒,就是要连干三杯。来,继续。我喜欢跟朋友喝酒!"三杯下肚,我往外走,脚步一下轻飘起来,但我仍能听到那欢快的乐声,我仍记得酒保眼中那友善的笑意。"人生得意须尽欢。"虽然中国人李白留下了这诗句,这道理,显然全世界的人早就懂了。

到了墨西哥，怎么能不买瓶最地道的龙舌兰酒？趁着其余人都坐进了酒馆，我和杰伊溜进一家超市，让店长用钥匙打开上着锁的玻璃橱柜。不一会儿，怀揣着他推荐的那瓶酒，我们往回走，与大部队会合，准备弃岸登船。

至今，那瓶酒仍原封未动。没了酒友和喝酒的气氛，那不过是一瓶浓缩了的水。

4

也许是那次墨西哥之行加深了友谊，迈克对我似乎尤其有了好感，甚至母亲节还给我发了一条信息"Happy Mother's Day（母亲节快乐）"，虽然他与自己的母亲都不来往。我们又组了一季的保龄球队，夺得第三名的好成绩。不时，我们会趁节日或生日聚上一次。在杰伊的生日到来之际，我们在后院举行了烧烤派对。美国人有当众拆开礼物的习惯，以示对送礼物者的尊重。大家围坐成一圈，看杰伊一一拆开包装纸。迈克与辛迪送了一套法国产的刀具，不管好用与否，至少那闪光结实的样子很气派，完全符合迈克的风格。当杰伊拆开玛丽安夫妇送的两圈花花绿绿的抽屉垫纸时，迈克带头起哄："这玩艺儿99分店有的是。"虽然是玩笑，但也是实情，在大家的笑声中，胡须皆白雪一般的Bruce有一点难为情，虽然他也咧着大嘴笑得开心。我望了迈克一眼，他恶作剧的眼神让我更加喜欢他了。这就是不管三七二十一的迈克。

即使疫情期间，我们仍在一起吃Brunch（早午餐合二为一），是玛丽安张罗的，在一家名为"Egg and things（鸡蛋和其他东西）"的餐馆。迈克和墨西哥迈克，玛丽安，杰伊和我。迈克照例坐在当中，是话题的主要发起人。"看那个新闻了吗？一个女护士，居然偷了新冠病人的信用卡，给车加油，去超市采购。结果那病人没几天就死在了医院。他女儿处理完丧事后发现父亲的信用卡账单，其中有些消费是在他住院期间发生的。一查，才发现那护士干了这么丢人的事，真太 low（差劲）了。"迈克说完，带头哈哈笑起来，瘟疫、病毒，似乎只是个谈资。阳光通过窗子照射到桌上和他肩上，我暗想，迈克这样浑不吝的人，新冠也许反倒会绕着走。"今天都算我的！"他一伸手，把信用卡递给了侍者。因为限制消费人数，餐馆有一半的座位都空着，虽然外面排队等候就餐的人越来越多。"咱们走吧，否则她该冲我翻白眼了。"说着迈克带头站起来，冲着还给他信用卡的女招待揶揄道，又凑过去自来熟地问，"Honey（甜心），是他们（老板）让你把纹身藏起来吗？"我这才注意到那漂亮的女子手腕处缠着一根手帕一样的布条。"是啊，刚面试的时候就说过不许有纹身，如果我不想受罪去洗掉，就只能遮起来。"那女子冲迈克笑着说，眼里显然有些受用这位先生的细心和体贴。

那是我最后一次见到迈克。

二月底，美国新冠肺炎死亡病例超 50 万例，这一数字"几乎相当于二战、朝鲜战争和越南战争中美国死亡人数的总和"。刚上任一个月的新总统拜登下令降半旗致哀。

"我们美国人似乎从来没这么有挫败感。一向自信强大的国家，新冠死亡病例居然占全球的 20%。但好在拜登干得不错，他承诺一百天内让一亿人注射疫苗，事实上在不足两个月的时间就做到了。"发出这种感叹的不只是史蒂夫和皮埃尔这样的老人。在他们看来，不幸中的万幸，特朗普下台了。希拉里也在推特上发文，"That is leadership.（那才是领导力。）"与其说称赞拜登 58 天就实现了为国民注射 1.16 亿剂疫苗的成就，更不如说是掌掴特朗普的无能。

几天没有接到杰伊的信息，我直接给他打电话。平时讲话总像挺着胸脯的小公鸡的杰伊似乎有些蔫。"迈克的病情又反复了。本来已经回家了，他甚至已经去公司上了几天班，可突然又发烧咳嗽得厉害。这一次，住进了亨利麦尔的 ICU，那是从一开始就接受新冠感染者的医院，应该更有经验。"杰伊说他想去看望迈克，可根本不允许进医院。"那次他从医院回到家，给我打电话，说好在药物治疗有效。甚至乐观地说，从此他身体里就有抗体了。只是他不明白何时感染上的病毒，有时以为是在一家法院，那里有人查出感染上了病毒。后来又认为是在不久前一次去打高尔夫球，有一个球友被确诊患了新冠。"杰伊知道迈克几乎没有中断过打高尔夫球，那是他最爱的运动。

我知道美国新冠死亡人数已经从高峰时的每天五千多降至一千多，可是又听说年轻人感染人数却在递增。迈克总不会在这黎明的曙光到来之际熬不过去吧？杰伊说他最近临睡前都要为迈克祈祷一下，虽然他知道迈克并不相信上帝。但他仍希望这次上帝显灵，就像那次他的猫火球半夜未归，他祈祷着入睡，竟在天快亮时听到了小家伙喵喵地叫着回来了。我嘴里安慰着杰伊，心也变得沉重起来。

史蒂夫告诉我美国每日感染新冠的人数也大规模下降了，但让人不安的是，越来越多的年轻人成为感染的主要人群。

唉，迈克！挺住啊。

有些人，我们在乎他们，不是因为他与我们多么感情深厚，更不是他对我们有多大帮助，仅仅是在这生命的途中彼此相知，一起蹚着时光之河流，结伴往生命的暮年和终点走去，就已经是值得欣慰的温暖。

不像玛丽安能与我用微信交流，迈克不用微信。接下来的几天，我都试图给他用Facetime电话，每次都是徒劳，响半天也无人接听。但就在我决定再试一次之际，电话那头居然传来了声hello，不是迈克，是他太太辛迪。"迈克走了。昨天晚上。他说，很满意自己的人生。唯一的遗憾是天堂里没有熟人一起打高尔夫……"说到此，她已经哽咽得说不下去了。

听说迈克走了，我儿子在电话里就哭了。他为之哭泣的第一个美国人是乔布斯。那天洛杉矶暴雨如注，当时读中学的他回到家，关在卧室里为他崇敬的英雄的离去而伤心不已。他甚至给苹果公司写了封信，表达自己的哀痛与对乔布斯的敬仰。

我昨天又去奥森走路。那不久前还是灰褐色的园子已经是花的海洋。紫色的二月兰更是铺满了地面，雾一般美如仙境。我不禁想到迈克，他去的地方也这样美如画吗？

迈克，安息。你知道，总有一天，你的球友们会与你相聚挥杆。

重回洛杉矶

1

夜半时分。月光白纱般笼罩万物。廊下的风车茉莉悄悄地在拔节新芽。我努力地清空大脑,奢望像个婴儿一般恬然入梦。再看表,已是凌晨两点。但凡往返飞过的人都会有同感:从北京飞到洛杉矶的时差,比从洛杉矶飞向北京的更难倒。

在2021年的夏天,也就是本书付梓之前,我又回到了洛杉矶。人脑对不愉快的记忆会有意识选择遗忘吗?本书所记——头一年秋天的逃离,于我,好像已经是前生的梦魇。

"你又要去美国?现在?"朋友听闻我在预订机票,都不解地发问。

我母亲更是以为我疯了。虽然她的记性越来越差,但八个月前难民一般回国的惊险历程让她如惊弓之鸟,一提到"美国"这俩字,她都似乎本能地恐惧。"什么采访那么重要?非去不可?安全第一,这年月在家待着比什么都重要。"我想说,那一百多位刚刚长眠的迈阿密人一定不同意这话。他们可是哪儿也没去,只不过在卧室做着最寻常的梦,随着楼的轰然坍塌,彻底,永远地从这个世界消失了。

"金窝银窝,不如家里的狗窝。"我知道母亲所秉持的,是农耕时代的人生哲学,何况老人家刚刚陪伴我亲历了逃离洛杉矶。

其实早在两年前史蒂夫就曾认真地问过我,是否对中国先民到达过美洲的话题感兴趣。他自从年轻时候起就开始搜集这方面的资料和研究成果。"我和一些考古学家都确信,在哥伦布之前,中国人是到过美洲大陆的。"而促成此次采访的美国作家协会主席道格拉斯·普莱斯顿(Douglas Preston)除了是一位惊悚畅销书作家,本身也是一位探险迷。他早年为了重走二百年前西班牙殖民者在美国西南部的征服之路,曾雇了一位印第安向导一起在荒凉广袤见不到人烟的大地上骑马走了三个月,由于天气干热且缺少食物和水,瘦了五十磅已不成人形的他几乎倒毙于野。后来他很快又将这吓人的一幕迅速遗忘——为了写一个涉及黑社会的故事,前去意大利采风,被对方察觉后遭到追杀差点丧命。几年前,又冒着生命危险受史蒂夫之邀前往亚马逊丛林探寻失落的"猴神之城",临行前更是给妻子写好了遗书。虽然有着富有的家族根基,在缅因州海边也有一个世外桃源一般的家,而他的人生哲学似乎就是"在路上"。他一年中有一半时间住在新墨西哥州空寂的农场写作,累了就独自像个牛仔一般骑马在周边游走。他相信离家不远的岩洞石壁上那些黑色的象形文字就是中国的文字。"你是一位中国作家,又在美国生活工作过多年,对跨文化的话题更容易介入。我们一起探寻一些古迹遗踪吧。"他的邀请让本就对这话题感兴趣的我热血沸腾。

即使在逃离洛杉矶的日子里，我依然为此心心念念。既然瘟疫不能让时钟停摆，如果眼睁睁看时光流逝而像被施了魔咒一般无所作为，如果和史蒂夫的邀请失之交臂，那感觉似乎比病毒更可怖。

"去吧。这是个很有意义的题材，甚至可以挖掘更深厚的题旨！"北京文学界的朋友们和我一样斗志昂扬。我却觉得心中陡然生出异样的悲壮。

我有时自忖，人活半世，难道还没走出少女的叛逆期吗？就中国人而言，或许，西方人的好奇心、探索欲，总透着生机勃勃的诱惑。而东方文明的典雅、悠久、神秘，乃至中庸、自律，又何尝不被西方的有识之士所迷恋？

重回洛杉矶，与其说是被某个事关中国的题材所吸引，不如说是一种人生哲学的邀约。

2

知道史蒂夫已经把在车库里封存多年的书和资料都找了出来，我仍在国内订购到了一些相关的书籍。已经报名修了五个月的中国画和书法课仍未结束，好在是网课，我可以在有时差的情况下看回放，但笔墨纸砚是要带上的。随身的双肩背已经压得我矮了一截，两个托运行李箱也都超重。幸运的是在办登机牌时，那年轻的工作人员只略带严肃地说了句"下次超重要交费啊"就开恩放行了。

很难判断得到的照顾是因为帅哥的职业素养还是对此时去国离家者的怜悯。到了那架波音大飞机上，我忽然自我怜悯起来，肃然感受到了"风萧萧兮易水寒"的苍凉——虽然机舱里也已经坐了百十人，仍显得空空荡荡的，每张脸上捂着严严实实的口罩，使人与人之间越发添了冷漠与隔膜。中间一排本是四人连坐，却往往只有一个人，左右两排各三人座，也是往往只有一人。我坐在中间排的过道座上，身后是一个只有九岁的小男孩，从前来关照他的空姐口中得知，他独自前往美国投奔父母，因为新学期马上开学了。

看了两部电影，我一觉醒来，忽然听到身后有些嘈杂，不用细听，从空姐那简单的责备里就明白发生了什么：和小男孩隔着过道而坐的那对老夫妻，看小孩一直在玩游戏不睡觉，就自作主张过去占了他旁边的座位——把三个空位的扶手推起来，那老头呼呼大睡全然不顾旁边紧挨着的小孩。"你们这样做是很自私的，不知道疫情期间要保持距离吗？你们两个是一家人，坐在一起，中间有一个空位，已经不挤了，还私自挪动到其他座位上，你们这是占小孩子的便宜……护照交给我。"

刚才上飞机时放行李时，这对面相沧桑的老夫妻就曾令人侧目了。他们迫不及待地抢占并不紧张的行李架。有位小伙子提醒他们，不要把行李箱挤压了他的笔记本电脑，他们没听见般不理不睬。他们眼里没有表情更没有感情，莫不是经风沐雨一辈子，以为只有蛮横和霸气，才能找到生存之道？

毫不客气地过来仗义执言的空姐，倒是给冷寂的飞行平添了一丝正气。

洛杉矶机场似乎比去年热闹了许多,虽然国际航班仍有限,但许多国内航班都开始满员,打了疫苗的美国人开始报复性出行,好把在家压抑了一年多的憋屈发泄一下。出了机场走到街上,灿烂的加州阳光一如既往,洒在高大的椰树和敦实的建筑上。杰伊穿着沙滩短裤和那件他最喜欢的老鹰乐队演唱会T恤,笑眯眯地迎上来,也没戴口罩。

"不需要戴了,我打过疫苗了。"他是美国典型的carefree(无忧无虑)乐观性格,但凡面临好坏皆有可能的情形,总毫不犹豫地往好处想。

后来去超市购物、去餐馆吃饭,我发现果然有许多人都不戴口罩。"我看到数据显示昨天美国死于新冠病毒的人数是333人,其中有28人在加州。截止到昨天,自瘟疫以来,美国死于新冠的总人数为624,189,其中1/10在加州。加州仍是重灾区,九百多万洛杉矶人只有不足一半接种了疫苗……"我的不安里甚至有些抱怨。

与疫苗接种不积极相比,物价飞涨似乎让我更有切身的体会。

"美国的物价已经开始疯涨!我和皮埃尔仍每周约见一次,吃个汉堡喝杯可乐,以前算上小费三十多块钱就够了,现在得花五十块。信不信由你,有些高档一点的餐馆甚至开始收疫情费!房子更是遭到抢购,多贵多破都有人哄抢。我邻居死掉了,半年前她女儿把房子卖了105万。对方雇人重新装修了一番,种了几棵树,几天前出手了,标价200万,最后208万成交!

没错，加州生活成本高，可我那住在新墨西哥州的儿子为了买一套房，竞价了二十套房子，终于抢到了一套，一年前要买也不过三十万，他最后付了五十万才打败了另几个竞争者签了合同。疯了！"我回洛杉矶之前就听史蒂夫跟我诉过苦水，美国政府印钞票的结果就是让通货膨胀物价飞升，"开动印钞机给大家发钱，我们这是在给自己掘墓。贫富分化越来越严重，那些买不起房的人越来越买不起了。没错，房贷利息是很低，只有2.75%，可月供仍然是一大负担，毕竟房子总价在那儿摆着。而且，一套花一百万买到手的房子，一年的房产税就得一万多。"史蒂夫喜欢自己动手，要么在后院搭个花架，要么给那条人工小溪砌些石块，可他发现木头石头沙子价格都涨了三分之一。

为了倒时差，我强迫自己白天再困也睁着眼。周日，更是迫不及待地去久违的露天旧货市场寻宝。我发现，就连这跳蚤市场都涨价了。门票由一块五涨到了两块一张。出摊的小贩们少了许多，一块块划分好的场地空着许多，在火辣辣的阳光下像长了癣的皮肤很刺眼。以往一直卖五美元四斤的桃子李子卖三斤了。要价两美元都不好意思的旧陶盆如今摊主大喇喇地卖五块钱了。

"什么都涨价，不卖高点怎么 make two ends meet（维持生计，收支平衡）？所以你别跟他们还价了，都不容易。"杰伊一向不好意思看我在跳蚤市场跟人讨价还价，虽然许多美国人也乐于这么做，理由是"这就是那种的地方，Bargain（讨价还价）本身也是一种乐趣"。那个专卖邮票和金币银币的八十岁的老人跟我很熟络了，我曾买过他几枚熊猫邮票。我知道他还是个孩子时就开始收集邮票，十八岁从德国来实现美国梦，干瘪的行囊里就那几册邮票最宝贵。我不知道他是否曾有过工作，从衣着和相貌看似乎很落魄穷困，否则也不会把那些积攒多年的邮票卖掉糊口。他说他有一年没出摊了，上周刚来。我挑了六张印有希特勒头像的二战德国邮票。"三十块！"他说。我没还价，递给他。他开心得连声道谢，似乎今天的饭钱终于有了着落。在另一个摊主那儿看到七个印有黑色插画的盘子，以为是一套，仔细看发现有两个是重复的，便挑出来放一边。摊主说七个一起买六十美元，如果只要那五个，五十美元。我本来想问四十五美元可否，也相信他会让步，可一想到去餐馆吃一顿饭也得四五十美元，便打消了念头，直接把钱给他了。

3

不仅许多美国人拒绝打疫苗，杰伊的猫火球也是坚决的抗拒者——当然它打的是狂犬疫苗。

那天是个周六，说好十一点半到诊所。杰伊一早起来照例跑步、修剪草坪，可我知道，他心里和看到那个猫笼子的火球一样抓耳挠腮——把这散养于小区闪展腾挪于檐上的猫关进笼子，绝非易事。

"我需要你的帮助。我去捉住它，你帮我打开笼门，然后关紧，拉上那道拉链。"

待他抱着那猫走近猫笼，原本安静的火球突然觉察到了等待它的是什么，剧烈地拧着身子挣扎反抗着，三下两下，它挣脱了跳到地上,然后飞快地奔向楼递跑到了楼上。杰伊当然不肯轻易放弃,一路追上去。

"它躲在我床下了!我把它赶下去。你把所有门都关好,别让它跑到院里去。"这一招儿果然有效。几分钟后,无路可逃的小家伙就又在杰伊的大手里了。可这次它更急了,不仅扭曲着想挣脱,还绝望地嚎叫着左右拧着脑袋,亮出了尖尖的牙齿,几次做势要咬那夺取了它的自由的双手和双臂。可我分明看出它的犹豫,它知道那双手臂来自那个最疼爱它的人,它知道不该动用它的武器。无论如何拼命反抗,它真没下去嘴。我被这场面惊得心跳加剧,高声请杰伊放手。我到后院去找那双种仙人掌时才戴的厚磨砂皮手套,这手套已经完全看不出皮子的质感,倒像铁制的一般。"你戴上这个。"我递给已经满头大汗的杰伊,他的脖子和脸都已经急成了粉红色。

"戴这个干嘛?"他一边焦躁地质疑着,一边接过去试探地戴上。火球见他伏下身来在桌子底下寻它,一溜烟地又往楼上跑,到了上面发现屋门紧闭,它又只好沿楼梯往下跑,被迎在楼梯一端的杰伊逮个正着。

我再次蹲在客厅那笼子前,心呼呼跳着准备配合这关押行动。没想到见到笼子越发歇斯底里嚎叫的火球像粘在了杰伊的手上一般,拼死不从。叫声更加凄厉绝望,还真的开始动用锋利的牙齿撕咬了。幸亏杰伊戴了手套,否则一定早就鲜血淋漓。

最后一次尝试着终于把猫像堆乱草似的强塞进了笼子,还没等我动手,它已经窜了出来。地板上,已经湿了一片——它被吓尿了!

"放手吧！让它走吧，太可怕了！"我嚷着，心脏再也禁不起这杀人般的场面。杰伊手一松，火球立即弹簧般地跳起来，这次它没再往楼上跑，也没往桌子底下钻，而是逃进了厕所，缩进了它的便盆。看杰伊走过去，居然还从喉咙里发出怒吼以示不屈。

人猫大战的结局是杰伊抓起电话拨过去跟兽医解约。

"火球和许多美国人一样，拒绝打疫苗。"我笑道，希望缓和一下紧张的气氛。望一眼仍趴在猫沙盆中的火球，我不无好奇地问，"为什么那么多美国人就是坚决不打疫苗呢？免费不说，还有希望中奖（俄亥俄州就有好几个人账户中突然多了一百万美元）。比如邻居加里，我直接问过他为什么不打，他说他不相信疫苗而相信自己的抗体，尤其是新闻报道说有人注射疫苗后死亡了，更让他以为找到了证据。"

"没错，有些人和加里一样，害怕这么短时间之内研发出来的疫苗不安全。有些一向就反科学的宗教信仰人士认为打疫苗是对上帝的背叛，当然坚决不打，只等着上帝的保佑。还有一些人完全是逆反心理在作怪，你越动员他打疫苗他越不打，因为那看起来好像违背了他的自由意志和人权。"自由、人权这两个词，本身是多么美好，可在这极端形势下，在某些人头脑中却变成了一道道冰冷的枷锁。为了彰显人权，他们上街游行捍卫不戴口罩的自由。为了体现自由意志，他们叫嚣不打疫苗否则就是充当实验室的小白鼠。可铁的数据证明，自2020年12月7日至2021年6月7日这半年时间，洛杉矶郡未接种疫苗的人占该地区新冠感染者的99.6%、住院治疗的98.7%、死亡的

99.8%。

有人相信猫是有神性的，任何极端的触怒都可能引起不幸的事发生。原本好心好意却让爱猫大受刺激的杰伊果然迎来了坏运气。他开了十五年的车把他扔在路上不说，还彻底报废了。

打电话找了拖车把那拒绝再奔跑的灰色"老马"拖回家，唯一能做的就是去买辆新车。车行仍在，可展厅里没车。甚至销售人员也半天没见踪影，直到他去跟那一直歪坐着看手机的前台搭讪，才有一个穿制服的小伙子出现。"目前所有车型都缺货，你知道，芯片短缺。你提到的那款定价5.8万美金，要等六到九个月才可能到货。而且只是预估，我不能保证车到时一定能到。"

"这5.8万是最终费用吗？"我记得以前买车是有还价余地的。

"不是。除了约10%的税，还要额外加5000美元的浮动费用。这一项目前所有车行都一样。"

以前上门追着你给你各种优惠的车行，如今成了愿者上钩的坐收渔利者。如果不是亲眼所见，我真不敢相信。

今天，玛丽安上门来喝茶。有二分之一中国血统却不会说一句中文的她总是彬彬有礼，带来了一块我喜欢的西班牙干酪。我在国内时就得到她晋升的好消息，"Bigger office, bigger check"（大屋子，大票子），她的喜悦兴奋之情隔着太平洋我都能真切地感觉到。再次当面祝贺她职场风生水起，我问她27岁的儿子可好。"他已经许久没上班了，在家上网课修学分打算尽早大学毕业。你知道这里现在有一件很奇怪的现象：不去工作，领到的失业补助反倒比上班挣的还多。我儿子一周可以领到九百美金，包括联邦补助和州里救济，一个月就三千六百美元。他女友也一样，两个人七千多块钱！我老公退休金都不足三千块。这个社会现在鼓励人们懒惰。"她边说边摇头，大眼睛里丝毫没有因为儿子的受益而喜悦，反倒充满担忧。

  我看出玛丽安明显憔悴了不少，脸上的黄褐斑更明显了，眼角的细纹也深了不少，便问她升职后是否很累。"太累了！你知道吗，我们公司经营建筑材料，本来沾了疫情的光（人们在家办公，有了时间和精力装修），利润增加了两倍多，可问题是现在根本招不到人！没有人愿意上班，都在家里吃补助。我的职务是行政总监，可每天兼做着老总秘书、办公室主任甚至前台的活儿。"她揉着一侧的肩膀苦笑。

  我在飞机上看到新闻说美国在过去的一年催生出了五百万个百万富翁，便问她在瘟疫笼罩全球经济衰退的时期这是如何产生的。"没错，许多中小公司倒闭了，因为没有生意，可还要付房租和税。那些没有倒闭的便少了竞争对手，挺过了最困难的萧条时期，反而有了比往常更多的生意和利润。你知道迈克的法务公司吧，虽然他不幸走了，可他太太现在真可以叫富婆了，网上办公就赚得盆满钵满，听说打算把公司和家都搬去得州，毕竟那里税比加州低多了。我听她说得州的房子和加州一样抢手，目前还没找到合适的房子。本来她看中了一套，可犹豫着没买，因为那几户邻居对加州人都极不友善，说不希望行事随意的加州民主党人把保守的得州风气带坏……"

  拥抱道别，玛丽安说希望以后常聚，毕竟生命太脆弱，"我相信这场瘟疫不是人类最后的一场。我们想象不到的灾难无计其数，你看这天热得，昨天棕榈泉（Paml Spring）已经达到118度（摄氏48度）了！全球变暖，最直接的受害者就是人类自己"。都上车了，又探出脑袋叮嘱我没事尽量少出门，"你知道吧，上周，光是洛杉矶的枪击死亡人数就达到了150人。许多都无冤无仇，甚至只是开车在路上，一个开得快超了车，另一个不高兴，超过去开骂解恨，另一方也以牙还牙，结果，一方掏出枪来就射。死得多不值得！现在的人都特别容易失去理智，千万要 lie low（低调）"。我有些后怕，头天晚上还在久别重逢的两对美国夫妇怂恿下去了一个熙熙攘攘的餐馆。现场座无虚席，几百人坐在室内尽兴吃喝高声聊天，明明开着冷气，我却分明感受到人体组成的一锅热浪。坐在火车卡座，三人一排，对面是另外三个人，中间隔着窄长的桌子。我有两次分明感受到了谁的口水溅落在了我的脸上。那杯加了冰的柠檬水，不用细看我也相信那已经是一个汇集了多人口水的迷你泳池，吓得一口没敢喝。

  7月16日半夜开始，洛杉矶再次强制要求民众室内佩戴口罩，原因实属迫不得已：变种德尔塔病毒已经成为了该地区的主要新冠病毒，而最近一周新确诊人数达到一万人，平均每天都超过一千人确诊，这是三月份疫情缓解以来再次出现的感染高潮。

  我决定把所有的必要出行都留给我的采访对象。那真是让我感觉时不我待的一群特殊的朋友——有一位已经于去年离世了。目前联系到的六位考古学家中最年轻的72岁，还患有多发性骨髓瘤，定期去医院接受检查治疗。最年长的 89 岁，颤颤巍巍行走不便，已经没有太多底气讲话。而每一位都有一部或两部著作在等着我细细读过并向他们讨教。我白天读书做笔记，准备采访提纲，晚上则把与他们谋面的细节记录下来。有时感觉自己像一个同时撑着三条船的船夫，哪个都不能放手不管，哪个都不能全力以赴，颇觉劳顿。可一想到自己正在做着一件有意思又有意义的事情，又顿觉两腋生风，似乎正超然乎轻翔于宇宙。

　　泉下有知的中国先人们，不管你们曾几何时登陆美洲，我来了。